SIGITAS PARULSKIS

Drei Sekunden Himmel

SIGITAS PARULSKIS

Drei Sekunden Himmel

Roman

Aus dem Litauischen
von Claudia Sinnig

claassen

Die Originalausgabe erschien 2002 unter dem Titel
Trys sekundės dangaus
im Verlag baltos lankos, Vilnius

Die vorliegende Übersetzung
wurde gefördert durch *Books from Lithuania*
mit Mitteln des Ministeriums
für Kultur der Republik Litauen.

claassen ist ein Verlag
der Ullstein Buchverlage GmbH

ISBN 978-3-546-00448-0

Gesetzt aus der Janson
bei LVD GmbH, Berlin
Druck und Bindung: CPI – Clausen & Bosse, Leck
Printed in Germany

Gott
ist eine Lücke, sie liegt zwischen
Gedicht und Seitenrand, ein Raum
zwischen Gewissheit und Phantasie,
Erzählung und Wirklichkeit. Du erschaffst Ihn.
Und er – dich.

Conrad Aiken

1

Nach meiner Ankunft in dem Kurort im Westen des Landes machte ich mich gleich daran, ans Meer zu gehen und mir die Nägel zu schneiden.

Ich ging ans Meer, schnitt mir die Nägel und verlor die Schere. Ich badete, sprang am Strand herum, schrie dabei allerlei Unsinn und rieb mich mit dem Handtuch ab, bis meine Haut angenehm kribbelte. Dann saß ich da und schaute mit debilem Blick aufs Meer.

Was andere Leute sehen, wenn sie aufs Meer schauen, weiß ich nicht. Ich sehe gar nichts. Es ist gut, wenn sich irgendwo am Horizont ein Schiff bewegt. Dann sehe ich das Schiff, aber mehr auch nicht. Wenn da kein Schiff ist, sehe ich nur Wasser, jede Menge sinnlos schaukelndes, kaltes Salzwasser.

Die Ärzte sagen, das sei ein Generationsproblem. Manche Generationen sehen, wenn sie aufs Meer schauen, Gott, andere hören symphonische Musik oder Fugen von Bach, wieder andere erblicken eine Frau, Aphrodite, die Unendlichkeit, das Nirwana oder irgendwelchen anderen lyrischen Müll. Die Generation, die etwa in den sechziger Jahren in diese Welt gestoßen wurde, obwohl die Zeit hier keine besondere Rolle spielt, sieht überhaupt nichts. Zu dieser Generation gehöre ich. Zu einer Generation, die keinerlei besondere Merkmale hat, einer Generation fast ohne Eigenschaften. Einer Generation, die zu spät gekommen ist für die Hippies, der die Beatles zu süßlich sind, die viel zu erwachsen war, um die Ideen des Punk zu übernehmen, für die die Sex Pistols nur nervtötender Krach sind. Ein beachtlicher Teil dieser Generation ist verspießert und hat sich dem Lebensmodell von ABBA verschrieben, doch das ist kein Generationsmerkmal mehr, sondern ganz einfach Statistik, an der die Motorsägen von AC/DC und das Blut von John Lennon nichts ändern können. Mich interessiert diese Generation, die fast keine eigene Musik hat, keine eigenen Idole, keinen Begriff von Heimat, Geschichte, Liebe, Geld, Familie und Verantwortung.

Es ist eine Generation, die den Drogen einen gewissen Tribut gezollt und auch Blut in Afghanistan gelassen hat. Doch das sind eher Ausnahmen als die Regel. Die einzige Philosophie dieser Generation ist das Nichtvorhandensein einer Philosophie oder die Vermeidung, sich einer Philosophie zu verschreiben. Dieses theoretische Vakuum füllt auf praktischer Ebene der Alkohol. Aber meine Generation hat nicht gelernt zu trinken, sie hat nicht gelernt zu ficken, zu essen oder zu sparen, das heißt, sie hat nicht gelernt, Annehmlichkeiten zu genießen. Selbst die Reichen, die stabile Familien und florierende Unternehmen gegründet haben, sehen beim Blick aufs Meer nichts als Wasser. Sie können sich einfach nicht freuen. Und das ist das grundlegende, entscheidende Merkmal dieser Generation.

Verallgemeinerungen sind abstoßend. Doch es gibt nun einmal auf der Welt viel mehr Abstoßendes als Angenehmes. Ehrlich gesagt, es ist mir völlig egal, was meine Generation ist. Kann sein, es gibt sie überhaupt nicht, und kein verdammtes Meer kann Katalysator für ihre Darstellung sein. Aber ich gehöre zu dieser verfluchten Generation, und niemand kann mir einreden, ich sei absolut einzigartig, originell und unnachahmlich. Ich gehöre zur russifiziertesten, verdummtesten, mit Atheismus am meisten vollgestopften, naivsten Generation, die außerdem an gar nichts glaubt. Alle Generationen weiden sich daran, verloren zu sein. Meine Generation ist nicht verloren. Meine Altersgenossen könnten sich auch nicht als Beatniks bezeichnen und noch nicht einmal als Rebellen im elementarsten Sinne. Es ist einfach eine von feigen, angepassten Eltern erzogene Generation unreifer und unerfüllter Versager. Sie hat mit Anfang zwanzig die politische und soziale Wende, das heißt einen plötzlichen Bruch erlebt, und ist trotzdem dieselbe geblieben: unsicher, gleichgültig, faul und ohne jeden Enthusiasmus.

Nicht mit einem buddhistischen Lächeln, sondern mit idiotischer Leere in den Augen starrt sie aufs Meer und sieht nichts, nur Gischt. Man könnte sich an einen tröstlichen Strohhalm klammern und meinen, es sei ja nicht so wichtig, was man im Meer nicht erblickt. Viel wichtiger sei, was sich dabei im Kopf sonst noch tut. Doch im Kopf ist dasselbe wie im Meer, nämlich nichts. Und wenn manchmal am Horizont der Schatten eines Gedankens auftaucht, dann ist er so weit weg, dass nicht einmal zu erkennen ist, ob er sich bewegt.

An alldem sei ein demographischer Knick schuld, sagen die Ärzte. Da meine Generation keine Eigenschaften hat, passt uns selbst diese betrübliche Rechtfertigung nicht, die darauf hinausläuft: Immer ist jemand anders schuld, nur ich nicht. Wir machen niemals irgendjemandem Vorwürfe. Meursault hat den Araber der grellen Sonne wegen getötet. Aus diesem Grund ist er ein Angehöriger der ehrwürdigen Generation der Existentialisten. Meiner Generation gefällt die Dämmerung. In der Dämmerung verschwimmen die Grenzen jedweder Existenz. Uns ist es völlig egal, ob unsere Enkel Russisch, Englisch, Jiddisch oder Arabisch sprechen werden.

Die Generation, die in Wohnheimen und kommunalen Wohnungen herangewachsen ist und als Teenager nachts gehört hat, wie ihre Väter ihre Mütter bumsten, versteht den Ödipuskomplex als ein Gefühl der Enge, das unausweichlich ist auf dieser Welt.

Wegen jenes demographischen Knicks, oder anders ausgedrückt, weil das Kanonenfutter knapp wurde, musste meine Generation den Dienst in der Sowjetarmee direkt von der Hochschulbank aus antreten. Nach dem ersten Studienjahr wurden nach und nach alle eingezogen: die Plattfüßer, die mit gekrümmter Wirbelsäule, Halbblinde, Bettnässer, jeder, der den Verstand noch nicht ganz verloren hatte und nicht vollständig gelähmt war.

Was für fast jeden Russen eine ehrenvolle »Schule der Männlichkeit« war, wurde für meine Generation zu einem weiteren Beleg dafür, dass ein Individuum nichts zählt auf dieser Welt, dass Macht und Gewalt alles bestimmen und dass dir jeder Kretin dank irgendeiner beschissenen Hierarchie auf den Kopf scheißen kann.

Der schwerste Fehler meines Lebens ist die Zeit. Als ich von der Armee zurückkam, erkundigte ich mich nach der Uhrzeit. Ich sprach Russisch, weil ich billige Effekte mag. »Sagen Sie bitte, wie spät ist es jetzt?«, fragte ich im Großen Hof der Universität. Ich trug die Paradeuniform eines Fallschirmjägers, war behängt mit Achselschnüren und blitzendem Geschmeide und hatte das blaue Barett ins Genick geschoben. Ich wurde einfach nicht mehr wiedererkannt. Dabei hatte ich meinen Kommilitonen gefragt, einen Studenten, der ein paar Jahre älter war als ich. Er teilte mir zwar die Uhrzeit mit, doch ich verstand ganz klar, ich fühlte geradezu körperlich, dass seine und meine Uhr unterschiedliche Zeiten anzeigten. Genauer: Mein Bewusstsein maß eine andere Zeit.

Eine Lücke hatte sich aufgetan. Im Kalender würde diese Lücke zwei Jahre ausmachen. Aber das ist keine kalendarische Lücke. Sie ist fast unsichtbar, sie ist völlig unsichtbar, und doch gibt es sie, weil ich sie spüre. Alle spüren sie, denen es beschieden war, in der Armee zu dienen oder im Gefängnis zu sitzen. Oder im Exil zu leben. In Einsamkeit. Alles ist scheinbar dasselbe, doch verschoben. Wie eine verzogene Kimme. Du zielst geradeaus, aber die Kugel driftet ein wenig ab. Eine Kimme kann man regulieren. Ein Gehirn, das die Zeit erfasst, und in dem sich eine Lücke aufgetan hat, jedoch nicht.

Das Gefühl, du stehst daneben. Du spürst du die Lücke, wenn du dich mit einem Menschen unterhältst. Während die Wörter, die du soeben ausgesprochen hast, diese verfluchte, kaum wahrnehmbare Lücke überwinden, verändern sie sich, und dieser Mensch versteht dich falsch. Die Lücke verzerrt den Sinn der Wörter, obwohl sie sich äußerlich durch nichts von anderen

Wörtern unterscheiden. Wenn du mit einer Frau Liebe machst, kannst du es nicht mit ihr zusammen genießen, weil es diese Lücke gibt. Der Orgasmus ereilt euch zu unterschiedlichen Zeiten. Ihr verpasst euch aber nicht nur physisch, sondern auch emotional. Also nicht so sehr im zeitlichen als vielmehr im räumlichen Sinne – ihr bewegt euch auf unterschiedlichen Ebenen. Selbst wenn du Alkohol trinkst, ereignet sich deine Bewusstseinstrübung zwangsläufig in einer anderen Dimension. Obwohl du immer weiter am Tisch sitzt, immer weiter sprichst und immer weiter Gläser hebst, trennt dich diese Lücke von allem ab. Du begreifst ganz deutlich, dass du allein trinkst. Du redest, liebst, trinkst – und bist die ganze Zeit allein.

So gesehen, eine Einsamkeit nicht so sehr im Raum als vielmehr in der Zeit.

Als ich das verstand, fing ich an, meine Altersgenossen zu beobachten, wenn sie herumsaßen in Bars und Cafés, wenn sie durch die Stadt liefen, an einem Fluss oder an einem See mit einer Angel herumstanden oder Auto fuhren – alle blickten in solchen Momenten aufs Meer und sahen nichts. Alle hatten denselben stumpfsinnigen Blick. Mit der Lücke. Wie ich. Das heißt, ich bin nicht allein. Das heißt, es gibt diese Generation. Ich sah im Übrigen fast nur Männer. Offenbar ist der Generationsbegriff auf Frauen nur bis zur Hochzeit anwendbar, und selbst dann nur mit Vorbehalten, weil sie Mimikry lieben. Danach gehören sie zur abstrakten Weiblichkeit, die sich nach Generationen nicht mehr klassifizieren lässt.

Das Merkwürdigste daran ist, dass man sich sogar mit Angehörigen der eigenen Generation nicht verständigen kann, das heißt mit Menschen, die selbst an der Lücke leiden. Diese verfluchten Lücken unterscheiden sich voneinander.

Sie sind angefüllt mit Schimpfwörtern, mit widerlichen, anstößigen russisch-türkischen Flüchen, die ihre eigentliche Semantik verloren haben und in erster Linie eine Form der Hoffnungslosigkeit sind. Es ist kein verarmter Wortschatz, sondern eine existentielle Sprache – ein Ausdruck von Lücke und Leere: Im Arsch ist dieses Leben, das Leben in der Lücke, nicht in einem Umfeld.

Wenn also einer einen Menschen sieht, der mit völlig nichtssagendem Gesichtsausdruck in einer Düne hockt und aufs Meer starrt, dann soll er wissen, dass er es mit meiner Generation zu tun hat, die da aufs Meer starrt und nicht die Bohne sieht. Denn es trennt sie von der Welt diese kleine, aber unüberwindliche Lücke, eine Lücke von vielleicht nur drei Sekunden.

Ich hatte beschlossen, jeden Morgen ans Meer zu gehen, im verflucht kalten Wasser zu baden, und danach schreiend im Sand herumzurennen und mich bis aufs Blut mit dem Handtuch abzurubbeln. Doch eines Morgens schlug ich eine ganz andere Richtung ein.

Der Kurort liegt auf einer Halbinsel, zwischen Meer und Haff. Aus unerfindlichen Gründen stinkt dort, auch dort, bei absoluter Windstille das Wasser nach Kotze und verdorbenem Pferdefleisch.

Am Ufer des stinkenden Haffs betrank ich mich mit einem grauenhaften Gesöff, verlor das Bewusstsein und kam, weiß der Teufel wo, wieder zu mir.

2

»Wo ist mein Arm? Gebt mir meinen Arm zurück, ihr Bastarde!« Das waren die ersten Laute, die mir – zu allem Überfluss auf Russisch – ins Bewusstsein drangen. Und ich, der ich am ganzen Körper furchtbare Schmerzen spürte, die in einem scharfen, rhythmischen Stechen im Nacken gipfelten, wiederholte automatisch: »Wo ist mein Arm … ihr Bastarde!«

Wahrscheinlich ein Schützengraben. Ich liege in einem Schützengraben. Ich liege da mit einem Loch im Kopf nach irgendeiner Schlacht. Und neben mir wimmert Igor, der seinen Arm verloren hat. Das will ich nicht sehen. Deshalb öffne ich meine Augen nicht. So fühlt sich ein Mensch kurz nach seiner Geburt. Nur erinnert sich später keiner mehr daran. Trotzdem, interessant eigentlich, gegen wen wird gekämpft? Gegen die Deutschen? Die DDR hat die Sowjetarmee überfallen, die Fallschirmjäger? Quatsch. Rüpel sind sie, Missgeburten, wimpernlose Nazis allesamt, aber doch nicht wahnsinnig. Sie sind klug, sie haben Kant und Hegel gelesen. Wir sind dumm, aber unbesiegbar, *wir sind vom Blau des Himmels, wie der Hurrikan, stärker ist keine Armee …*

Vielleicht hat sich mein Fallschirm nicht geöffnet, und ich liege in der Leichenhalle?

Mit erwachendem Bewusstsein stieg mir beklemmende Kälte in die Brust. Ich musste die Augen öffnen. Und dann gleich wieder schließen. Schützengraben oder Leichenhalle wären besser gewesen. Es reichte schon, nur die Augen zu öffnen. Es reichten schon diese wenigen Augenblicke. Nicht einmal drei Sekunden braucht man, bis einen die Welt anekelt. In fahlem und dunstigem Licht, an der bläulichen Wand gegenüber (alles da war bläulich, alles in dieses leichenblaue Licht getaucht), stand eine Liege. Und neben der Liege, in der Ecke, mit dem Rücken zu mir, ein Kerl in Unterhosen. Wahrhaftig kein Geburtshelfer, kein Arzt im strahlend weißen Kittel mit einer schönen Klinge in der Hand. Der Typ in der Ecke wankte, obwohl er sich mit einem Arm an der Wand abstützte. Er stöhnte ein paarmal auf, dann war gedehntes Winseln zu hören und gleich darauf das Geräusch von Flüssigkeit, die auf den Boden spritzte. Nein, Deutsche pinkeln nicht in die Ecke. Ich musste im Gefängnis sein. Irgendetwas musste ich angerichtet haben. Dabei konnte ich mich an nichts erinnern. Irgendjemanden musste ich erschossen oder erschlagen haben.

»Wo ist mein Arm? … Gebt mir den Arm, den Arm«, war wieder aus der Ecke am anderen Ende des zellenähnlichen Raums zu hören. Wie schwer es mir fiel, mich zu bewegen. War ich verprügelt worden? Dann hätte ich doch die Stellen spüren müssen. Dieser Schmerz aber kam von innen. Es tat so weh, als würde in mir das ewige Feuer brennen oder die olympische Fackel im Amphitheater der alten Griechen. Mir war, als beweinte ein Sophokles auf Kothurnen seinen zerschmetterten Gipsarm, während er mit der ihm verbliebenen, gesunden Hand eine lasterhafte Antigone schlägt für ihre Untreue an ihrem Bruder, diesem Neger. Und immerzu von innen, aus der Tiefe, dieser Schmerz *de profundis*. Und außen war alles abgestorben. Und noch dazu dieses verfluchte Bohren im Kopf. Mühsam drehte ich mich auf die Seite. Immer wieder rief ich in Gedanken unnütz unseren Herrn und Gott an und warf dabei meinen Kopf zurück. Ich muss so komisch ausgesehen haben wie der von heidnischen Pfeilen durchbohrte Sebastian. Dort in der Ecke lag noch ein weiterer Körper, ein Geschöpf in Boxershorts und T-Shirt, das anstelle eines rechten Arms einen etwa fünfzehn Zentimeter langen Stumpf in die Höhe reckte. Sophokles? Admiral Nelson? Wo war ich, zum Teufel? Und wer soll ihm den Arm abgenommen haben, doch nicht etwa dieser Pisser?

Letzterer wischte sich nun den Hintern derart geräuschvoll ab, dass es klang, als klatschte er einen Heringsschwanz auf den Tisch. Dann legte er sich zufrieden hin. Damit nicht genug, im selben Augenblick fing er an zu schnarchen. Ich litt, zusammengekrümmt, nicht weniger als ein von Ungläubigen gemarterter Heiliger. Der Unglückselige in der Ecke schrie weiter immerfort nach seinem Arm. Er wimmerte wie eine Feministin beim Gebären. Und dieser pissende Hundsfott schnarchte selig. Hatte dieser Mensch denn keinen Funken Mitgefühl, dass er unter solchen Bedingungen schlafen konnte? Es gibt keine Nächstenliebe auf der Welt, wirklich nicht.

Mir war schwindlig im Kopf. Mein Rachen war ausgetrocknet. Statt Speichel kratzte mir irgendwelches Papier mit schmerzhaften Steinbröckchen am Gaumen herum. Und die Zunge wälzte sich wie Glaswolle in meinem Mund … Mit letzter Kraft erhob ich mich von meinem Lager. In gekrümmter Haltung, um mich nicht plötzlich zu übergeben, schlich ich hinüber zu dem etwa vierzigjährigen Schnarcher und trieb ihn an, diesen bärtigen Pisser:

»He … he … Gib den Arm zurück … den Arm, gib ihn zurück … bitte schön …«

Ich wollte noch etwas über Humanismus sagen, über Brüderlichkeit, dass alle zusammenhalten müssen wie ein Mann, und auch noch etwas über die Pariser Kommune, aber auch in meinem Kopf raschelte Glaswolle.

Der Bärtige öffnete ein Auge, kratzte sich mit den Fingernägeln den nackten Schenkel und sagte ein einziges russisches Wort: *»Chuj!«* – Schwanz. Eben doch ein Deutscher. Die Aussprache jedenfalls war waschechtes Schwäbisch.

»Er gibt ihn nicht zurück«, sprach ich mehr zu mir als zu dem in die Höhe gereckten Stumpf und kehrte, weiterhin gekrümmt, zu meiner Liege zurück. Der Bärtige fing wieder so köstlich zu schnarchen an, dass es den Anschein hatte, er würde Suppe schlürfen. Borschtsch aus Rotz und Schleim, mindestens.

Um den Schmerz der Niederlage etwas zu mildern, krümmte ich mich noch weiter zusammen und tapste zu dem Armlosen hinüber. Ich beugte mich zu ihm runter, versuchte zu lächeln und ebenso höflich wie fürsorglich zu fragen: »Kann ich irgendwie helfen?« Doch mir versagten die Sprechwerkzeuge, und durch meine entblößten Zähne rutschte ein einziger langgezogener Laut: »Uuuiiiii.«

»Trinken«, jammerte auf Russisch der Armlose. »Wasser …«

Dann schaute er mich an, nannte mich einen Bock (»was glotzt du, du Bock?«) und setzte seinen Klagegesang vom verlorenen Arm fort. Wirklich, ein verlorener Arm ist viel schrecklicher als verlorene Zeit.

Etwas Wasser. Oder Bier. Ein halbes Fläschchen, beschlagen. Kühl, wenigstens drei Schluck. Ist das vielleicht zu viel verlangt? Ich will ja nicht mit Prinzessin Diana schlafen … Sie hat mit einem reichen Araber geschlafen, und als sie bei dem Autounfall ums Leben kam, weinten alle so bitterlich, als wäre ihre letzte Hoffnung auf Erlösung zerschollen … Große Sache, ein Araber. Ich habe mal mit einer Jüdin geschlafen. Zugegeben, reich war sie nicht, sie schielte, hatte außerdem Haare auf den Armen und nuschelte. Kein Wunder, dass ich mir mit ihr wie ein Logopäde vorkam. Wenn ich den Abgang mache, wird niemand eine Träne vergießen. Höchstens irgendeine sentimentale Dame, der ich noch keine Schweinereien angetan habe … Drei Schluck Bier sind doch eine Kleinigkeit. Nur ein, zwei, drei nichtige Schlucke. Die würden meine Seele bewahren vor der Sünde übler Schmähungen.

Obwohl ich gerade nicht viel sagen konnte, sündigte ich in Gedanken. Ich verfluchte alle Tugendpäpste und Moralisten dieser Welt, denen drei Schluck Bier zu schade waren für einen verkaterten Menschen. Auch über Gott dachte ich nichts Gutes.

Gott, sagte ich mir, wenn du so mächtig bist, sieh mich jetzt an, überzeuge dich von meinem nicht allzu tiefen Glauben und benetze meine Lippen mit einem Tröpfchen Bier. Gut, gut, wenigstens mit einem Tröpfchen Wasser. Rück deinen strahlenden Kelch näher an mich heran. Ich leere ihn, ohne ein Tröpfchen zu verschütten, und werde dich verehren, wie dich noch kein Abtrünniger verehrt hat. Wie noch kein einziger durch Sauereien berühmt gewordener Heiliger … Und wenn das geschieht, dann werde ich nie wieder trinken, keinen Alkohol, nur Tee, sogar Duftöle, keinen Tropfen mehr, höchstens …

Zum wievielten Mal wiederholte ich nun schon dieses dumme »nie wieder«? Zum wievielten Mal, obwohl ich doch genau wusste, dass ich krumm war und verlogen. Doch in schweren Stunden hatte mir das aus unerfindlichen Gründen immer geholfen. Fast immer.

Zaghaft klopfte ich an die Tür, und der Herrgott gab mir Antwort! »Was willst du?«, fragte der Herrgott und schaute mich mit einem Auge durch den Türspalt an. Ich aber war so erschrocken, so sehr erstaunten mich seine Macht und Wunderkraft, dass ich gekrümmt an der eisenbeschlagenen Zellentür stand und meinen Ohren nicht traute. »Herrgott«, stammelte ich endlich mit einer mir fremden Stimme: »Ich möchte nur ein Tröpfchen Wasser … und vielleicht noch, … wenn es dich nicht erzürnt, Herrgott, ein Schlückchen Bier, … drei … Schlückchen …«

Und es donnerte das Eisen des Himmelstores. Es schmetterten die Trompeten der sich öffnenden Riegel. Ich klopfte, und es ward mir aufgetan. Und ich bereute, dass ich zu wenig erbeten hatte. Schließlich hätte ich ja auch um eine ganze Flasche bitten können …

Der Herrgott trug die Uniform eines Polizisten.

»Willst du pinkeln?«, fragte er grob. Mir blieb nichts anderes übrig, als mich damit abzufinden, dass Wunder eine relative Sache sind. Relativ und verworren.

»Pinkeln«, stimmte ich demütig zu. Ich versuchte,

mich so würdevoll wie möglich aufzurichten, und tapste hinter dem bulligen Leib des Polizisten her. Es war sinnlos, so würdevoll wie möglich auszusehen. Überhaupt gibt es keine größere Dummheit als die Demonstration von Würde gegenüber einem Polizisten. Kaum hatte ich das Klo erreicht, musste ich mich übergeben. Wer so etwas einmal erlebt hat, der wird mich verstehen und es mir nicht übelnehmen, und vielleicht sogar Mitleid mit mir empfinden. Das Erbrechen aus leerem Magen ist wie der Regen aus Schwefel und Feuer, der Sodom und Gomorrha zerstörte. Es war im Grunde nicht viel Regen, aber wie schwerfällig, wie quälend stieg er aus meinem Magen auf und versengte mir Mund und Nasenlöcher mit seinem vernichtenden Zorn. Da vergeht einem das Bedürfnis nach Wasser. Lohnt es sich denn, verbrannte Erde mit einem Spritzer Wasser zu benetzen? Nur zischen würde das wüste Land, nur mit Schaum sich überziehen und noch kraftloser und lebloser werden. Na ja, es sei denn, ein Schlückchen Bier …

Ich war schon auf halbem Weg zurück in die Zelle, als plötzlich irgendeine Macht mir sagte: »Kehr um!« In solchen Momenten kann ich an alles Mögliche glauben. Schrecklich sind diese Momente, wenn zwischen Gehirn und Hinterausgang ein Transrapid hin- und herrast. So furchtbar raste er durch meine erschaudernde Innenwelt, grauenhaft. Ich kehrte um und machte mich wieder auf den Weg zur Toilette. Der Polizist stieß mich in den Rücken und schimpfte mich einen Scheißer. Doch ich ging trotzdem zurück. Danach füllte ich meine aneinandergelegten Handflächen mit Wasser und rannte in die Zelle, und der Polizist fluchte wieder …

Nicht viel Wasser war im Gefäß meiner Handflächen

geblieben, aber ein bisschen schon. Und ich trat an den Einarmigen heran und sagte: »Trink, und dir wird leichter, dann kannst du aufstehen und gehen und rühmen allenthalben …« Was denn rühmen? Egal, die Würde war sowieso schon verloren, also konnte alles gerühmt werden. Der Armlose sah mich scheel und zornig an, schlug mir mit seiner übriggebliebenen Linken auf die Handflächen und beschimpfte mich noch unflätiger als der Polizist. Dann wandte er sich böse ab.

Herrgott, wenn du machen würdest, dass das alles nur ein böser Traum ist, nur ein Alptraum, aus dem ich sogleich erwachen werde, wie groß wärst du! Herrgott, welch einen Altar würde ich dir in meinem Herzen errichten! Eine Pariser Kathedrale aus Kronkorken und auch etwas noch Großartigeres. Und das, obwohl großartiges Denken unter solchen Bedingungen gar nicht so leicht ist.

Mach es vielleicht besser doch nicht, Herrgott. Mein Herz würde solche Bauwerke nicht ertragen. Mach es nicht, ich werde diesen Kelch bis zur Neige trinken. So oder so ist es eine Flüssigkeit, und Flüssigkeiten gefallen mir. Mir bleiben drei Sekunden, na gut. Und danach, danach kannst du mit mir machen, was du willst. Diese drei Sekunden aber gehören mir. Ich habe sie verdient, ich habe sie mir erkämpft. Selbst du kannst sie mir nicht wegnehmen, selbst du nicht.

3

Ehrlich gesagt, könnte ich auch jetzt noch nicht mit der Hand auf der Bibel schwören, dass ich wieder bei Bewusstsein bin. Ich könnte nicht mit Sicherheit sagen, wo ich bin und wer ich bin. Wer weiß, ob sich hier überhaupt eine Bibel finden ließe. In einem Hotel scheine ich jedenfalls nicht zu sein. Es gibt keinerlei Anzeichen von Komfort. Ich tröste mich mit der zweifelhaften Hoffnung, dass ich bald, gleich, sofort bis drei zählen werde und sich dann alles aufklären wird. Ich glaube nicht, dass man sich im Traum selbst in den Schenkel kneifen kann. Noch schwerer zu glauben ist, dass ich im Traum jemand anderen bitten kann, mich zu kneifen. Höchstens Gott selbst. Wenn er in diesem Augenblick von mir träumt.

Ich bin schon einmal gestorben, und das hat mir nicht gefallen. Damals sprang ich von einem hohen, sandigen Steilhang, prallte mit dem Hintern gegen das Gestein und spürte plötzlich, dass ich keine Luft mehr kriege. Ich kroch auf allen vieren wieder hinauf und fragte meine zehnjährigen Spielgefährten für alle Fälle, ob ich sterben werde. Sie wieherten vor Lachen, und ich bekam Angst. Angst davor, dass Tote nicht mehr atmen können. Angst davor, dass mir, wenn ich tot bin, niemand auch nur einen Luftzug geben wird, nicht mal stinkendes Abgas, Zigarettenqualm oder den Fäkaliendunst der Nachbarschaft, keinen einzigen Luftzug. Jetzt kann ich atmen, aber das ist kein Trost. Es kann sein, dass mir nur das Atmen geblieben und alles andere verschwunden ist.

4

Eins, zwei … Zum Teufel, wie schwer es ist, bis drei zu zählen. Die in Gedanken gezählten Sekunden sind völlig verschieden von den Sekunden, die die verfluchten Weltzeituhren und die Schweizer zählen. Ich habe keine Uhr, doch selbst wenn ich eine hätte, würde ich trotzdem nicht glauben, dass der Zeiger, der sich im Kreis dreht, jene Zeit zählt, jene drei Sekunden, die ich brauche. Ich brauche ja nicht einfach irgendwelche Sekunden: Ich brauche drei besondere Sekunden, nach denen sich alles aufklären und ändern wird – nach denen sich herausstellt, dass alles nur Einbildung gewesen ist, ein Traum, eine Bewusstseinstrübung oder vielleicht irgendein anderer Unsinn. Ich fühle mich, als läge ich auf einem Hochaltar, als sei ich ein Cao-Dai-Mönch, völlig entgeistert, weil soeben Gott selbst zu mir gesprochen hat. Und ich kann einfach nicht bis drei zählen. Und ich kann mich über meinen unsinnigen, bedauernswerten Wunsch nicht einmal lustig machen. Ich bin der, den es einst gegeben hat, den es gibt, den es aber nicht mehr geben wird. Ich kann bis drei zählen, bis hundert kann ich zählen, aber ich will nicht. Ich brauche jetzt überhaupt nichts mehr, nur ein wenig

Hoffnung, ein wenig Glauben, dass es eine Formel gibt, dass Zahlen noch magische Kraft besitzen, dass ich zählen kann und dass dann alles anders wird.

5

Es ist eine wahnsinnige Quälerei: bis drei zu zählen und es einfach nicht zu schaffen. Es ist eine verfluchte Zahl. Sie ist magisch! Die Indianer Amerikas zählen bis sieben. Ich dagegen kotze bloß noch. Mir wären schon drei genug … Einmal hatte ich es mit anderen drei Sekunden zu tun, mit jenen, die man braucht, um in sichere Entfernung von einem Hubschrauber zu gelangen, der einen soeben abgeworfen hat. Die Ausbilder, Sergeanten, die schon ein oder zwei Jahre gedient hatten, hämmerten uns ein, dass man nicht einszweidrei zählen darf, ehe man die Reißleine zieht. Sonst könnte sich der Fallschirm in den hinteren, vertikalen Rotorblättern verfangen. Eine Lüge, natürlich. Doch wenn man sich von der Wahrheit überzeugen wollte, würde man riskieren, Hackfleisch zu werden, mindestens. Auch das Fluggerät würde auf die Erde stürzen. Also nichts als Unannehmlichkeiten. Man muss dreistellige Zahlen nehmen: fünfhunderteins, fünfhundertzwei, fünfhundertdrei, und dann erst ziehen.

6

Ich sollte besser irgendjemanden beschuldigen, statt ständig zu versuchen, bis drei zu zählen. Es ist so toll, anderen die Schuld für eigene Fehlschläge zu geben. Ich scheiße auf den Spruch, dass ein freier Mensch für Misserfolge nur sich selbst verantwortlich macht und niemanden sonst. Ich habe mich niemals frei gefühlt. Außerdem, dir selbst kannst du Vorhaltungen machen, wenn du in Sicherheit bist: wenn du genug Geld hast, wenn deine Geliebte zufrieden ist mit deiner Erektion und wenn dein Magen nichts gegen eine Mischung aus verschiedenen alkoholischen Getränken einzuwenden hat. Wenn das Leben dann trotzdem noch langweilig ist, mach dir Vorhaltungen, so viel es geht.

Aber wenn ich mir jetzt Vorwürfe machen würde, wäre es eine Schweinerei, weil mir nichts geblieben ist außer mir selbst. Welcher Idiot sägt schon an dem Ast, auf dem er sitzt. Ich habe schon Hunderte solcher Äste abgesägt, weil ich immer gemeint habe, die wahre Suche nach Authentizität bestünde in der Zerstörung jedweder Beständigkeit.

Ich habe so fleißig aus meinen Fehlern gelernt, dass

in meinem Leben Fehler nicht die Ausnahme, sondern die Norm sind.

Vielleicht ist ja George an allem schuld, der sich selbst Jurgis nennt. Er war aus Detroit hierhergekommen und hängte sich an mich dran, weil er unbedingt wollte, dass ich ihm von meinem Wehrdienst in der Sowjetarmee erzähle. So ein Typ mit einem Magengeschwür hatte uns miteinander bekanntgemacht: George – oder vielleicht Jurgis, ich kann mir nicht merken, wie er im Reisepass und wie er aus Überzeugung hieß – sei nicht nur ein guter theoretischer, sondern auch ein ziemlich seriöser praktischer Sowjetologe. Er wollte unsere Eigenarten von innen kennenlernen, das heißt, aus nächster Nähe erforschen, wie stark wir von der roten Pest verseucht waren. Deshalb soff er wie ein Loch. Natürlich tränkte er auch großzügig die Exemplare des *homo sovieticus*. Diese Leute aus dem Westen fühlen sich hier derart frei, dass sie sich augenblicklich in lüsterne, maßlose Idioten verwandeln und mit ihren grünen Dollars winken wie mit Seiten aus der Guten Nachricht. Das Leben in der Demokratie schützt den Menschen nicht vor seiner tierischen Natur.

Der Kerl mit dem Geschwür überließ mich also der Obhut von George und machte sich aus dem Staub. Danach betranken wir uns sofort. Nüchtern gingen wir uns mächtig auf den Sack. Seine Vertraulichkeit und das ständige Schulterklopfen nervten mich. Überhaupt sah er in mir nur eine Art Versuchskaninchen, das man irgendwie hypnotisieren musste, um dann zur Vivisektion zu schreiten.

Er stellte ein Diktiergerät der Marke Sony auf den Tisch und eine Flasche Gordon's Gin. Dann sollte ich, der ich bereits dreihundert Gramm Schnaps intus hatte, ihm einen Schnellkurs in Sachen sowjetischer Grausamkeit bieten, die ich vor einigen Jahren am eigenen Leib in der Deutschen Demokratischen Republik erfahren hatte. Ich trank weitere dreihundert Gramm und erzählte ihm alles.

7

Am nächsten Morgen meckerte George (der sich nun Jurgis nannte) am Telefon unverständliches Zeug. Ich befürchtete schon, wir hätten uns am Abend zuvor geprügelt oder er sei überfallen worden. Nach dem halben Liter Gin, den ich mir genehmigt hatte, kam ich mir vor, als hätte ich mich mit Heidekraut vollgestopft oder einen ganzen Weihnachtsbaum vertilgt. Als ich auf den Kater den ersten Schluck Bier herunterwürgte, verbreitete sich in meinem Mund ein Geschmack, als hätte ich Fichtennadelshampoo der Marke Chwojnoi getrunken. Jesus, nie wieder verfluchten Gin … Unter Aufbietung all meiner Kräfte hielt ich das in mir aufstoßende Bier zurück. Doch bald darauf spürte ich Erleichterung unter dem Herzen und bat George, er möge noch einmal wiederholen, was er gerade gesagt hatte. Wie sich herausstellte, war nichts Schlimmes geschehen. Aber er hatte sich die Aufzeichnung angehört und war sehr unzufrieden. Genau so drückte er sich aus: »Ich bin sehr unzufrieden.« Soviel ich verstehen konnte, war außer Flüchen, Zähneknirschen und Schluchzen kaum etwas zu hören. Daran war er selbst schuld: Es war einfach zu viel Gin gewesen. Und wenn es zu viel Gin gibt, dann erzähle ich sehr dramatisch und füge natürlich allerlei Unsinn hinzu, damit ich richtig stolz auf mich sein kann.

Zornig schimpfte er mich einen *post-* und *homo sovieticus*. Und ich ihn einen Bourgeois, zusätzlich einen Scheißamerikaner, Kapitalisten und Negerausbeuter. Dann warf ich den Hörer hin. Ich musste kotzen. Danach hatte George sich beruhigt und einen genialen Plan gefasst.

Er gab mir Geld und das Diktiergerät der Marke Sony. Er sagte aufrichtigen Herzens, mit einer Geste, die man nur in Amerika lernen kann: »Fahr ans Meer. Lass dir Zeit. Ruf dir alles ins Gedächtnis. Zeichne alles auf, alle Kleinigkeiten und Details. Kommentare sind überflüssig. Kommentare verfasse ich. Wir werden zusammen ein Buch veröffentlichen. Damit gewinnen wir den Pulitzer-Preis.« Mindestens. Er war naiv wie ein Amerikaner. Und ich war wie ein Trojaner. Er versprach, mich nach Amerika mitzunehmen. Einer solchen Versuchung kann nur ein vollkommen Hirnrissiger widerstehen. Ich habe mich nie wie der letzte Dummkopf gefühlt, obwohl einige Fakten meiner Biographie, das heißt eine Vielzahl von Eseleien, das Gegenteil vermuten lassen.

Wir versuchten trotzdem noch ein paarmal, uns zu treffen und meine tragikomischen Erfahrungen aufzuzeichnen. Doch immer endete alles auf dieselbe Weise: mit Flüchen, Drohungen und vielen, vielen Tränen des Selbstmitleids. Georges amerikanische Geduld verwandelte sich in anklagende Unzufriedenheit. Ganz abgesehen von seinen hoffnungslosen Versuchen, mir zur Abwechslung nichts zu trinken zu geben. Dann schwieg ich, weil ich mich überhaupt nicht mehr erinnern konnte. Nur ein Betrunkener kann sich mit Vergnügen an Unangenehmes in seinem Leben erinnern.

»Fahr los, Bob«, sagte Jurgis-George. Obwohl es mir besser gefällt, wenn ich Rob genannt werde, entgegnete ich ihm nichts Gemeines. Wer will denn nicht Co-Autor eines amerikanischen Buches sein? Wer will denn nicht ins Land der Träume – nach Amerika? Mir gefällt es, wenn man mich für dümmer hält, als ich bin. Der Pulitzer-Preis! Ha! Ein Buch in Amerika! Ha, ha! Doch so skeptisch und zynisch ein Mensch auch sein mag, er hat trotzdem ein paar besonders idiotische Schwächen, die man gemeinhin Hoffnungen oder Träume nennt. Der Mensch lässt sich gern mit unrealistischen Träumen und Versprechungen betrügen. Sie sind so abstrakt, dass man in ihre Form jeden beliebigen Inhalt stopfen kann, selbst den allerhirnlosesten. Ich lasse mich gern mit Versprechungen füttern. Ich lasse mich gern mit Versprechungen betrügen. Selbst wenn ich weiß, dass sie niemals gehalten werden. Dieses Wissen bereitet mir Genuss, seltsamen, masochistischen Genuss, aber immerhin Genuss. Natürlich wollte ich vor allem rauskommen. Im September ist die Stadt voller selbstmörderischer Andeutungen, die sich nur durch Alkohol zerstreuen lassen. Ich machte mich auf den Weg mit dem festen Vorsatz: Nie wieder einen Tropfen!

8

Verflucht sei Amerika, die Mystik, Bewusstsein und Unterbewusstsein, alle Prämien und Bücher dieser Welt. Selbst wenn ich vielleicht nicht bis drei zählen kann, ist mir klar, dass ich mich an einem unerquicklichen Ort befinde … In fünfundzwanzig Metern Höhe, auf einem Grenzwachturm. Vor meinen Augen das Meer, erfüllt von grüner, verrotzter Romantik. Kein Wind, und das Meer vor mir hingestreckt wie eine riesige Salzwasserleiche. Und von hinten – ich bin mir nicht sicher, aber warum eigentlich nicht? – fliegt auch schon eine Granate auf mich zu, aus einem tragbaren Mörser vom Typ Mucha zur Bekämpfung von Infanteristen. Der kann weiß der Teufel was anstellen mit diesem Kasten auf stählernen Stelzen, mit diesem Aussichtsturm und seinen optischen Geräten. Und mit mir, der ich in diesem Kasten sitze und nicht bis drei zählen kann und mir vor Angst in die Hosen mache … Ich bin in diesem Übungsturm für Fallschirmspringer, in fünfundzwanzig Metern Höhe, so fest geschnallt, dass ich weder Arme noch Beine bewegen kann. Ich werde unaufhörlich um meine eigene Achse gedreht, bis sich die Riemen ganz eng an meinen Kopf drücken, bis sie sich einschneiden in mein Gesicht, in mein Gehirn …

Vielleicht habe ich ja auch nur eine Lebensmittelvergiftung, wie damals, nach der Armee, als Alkohol schwer zu beschaffen war. Da trank ich in Hausfluren die Essenz vom Kleber der Sorte BF-6 und spülte, wenn auch das nicht half, einen Cocktail nach, den die Degenerierten »Mucha-Zwei« nannten: ein halbes Glas Bier, die Sorte war übrigens unwichtig, und zwei Sprühstöße aus der Dichlorphosflasche. Danach ähnelte der Mensch im Handumdrehen einer vergifteten Fliege beim qualvollen Verrecken. Die Straßen neigen sich ihm zu, er verliert die Koordination und seine in die Höhe gestreckten, in die Luft greifenden, Halt suchenden Arme erinnern an verzweifelt schlagende Flügel …

9

Im Namen Gottes des Vaters, des Sohnes und des H… Immer wenn es mir besonders schlecht geht, fällt mir zu meiner eigenen Beschämung ein, dass ich Katholik bin … Wenn es schlimm um dich steht, erinnerst du dich an Gott. Wenn du guter Dinge bist, rufst du auch manchmal: »Herrgott, wie ist das gut!« Aber das ist nur so dahingesagt und hat mit der Heiligen Familie nichts zu tun.

»Du Parasit bist noch nie ein guter Katholik gewesen!«, schreit mir meine Großmutter direkt ins Ohr. Eigentlich ist sie ja tot, aber nun geht sie mit den Regeln der Metaphysik so um wie der Metzger mit Schlachtfleisch auf dem Markt.

»Großmutter«, rufe ich ihr zu, »du bist doch schon lange tot. Bleib doch ruhig liegen unter deiner Erde und schnüffle nicht in meinem Verstand herum. Außerdem, was war denn mit dem Baum?«

»Der Baum? Na und!«, schreit die Alte, die nicht von mir weicht. »Der Baum ist noch kein Beweis.«

Aber ich habe nicht die Kraft, mich mit Toten zu streiten, und tue so, als würde ich sie nicht mehr hören. Sie bläst sich noch eine Weile auf im metaphysischen Äther, hält aber bald wieder den Mund, weil von mir keine Reaktion mehr kommt. Sie ist beleidigt. Es ist nicht so wichtig, dass ich der schlechteste Katholik auf Erden bin. Vielleicht kann ich ja wenigstens so meinen Rückstand von drei Sekunden zur Wirklichkeit rechtfertigen. Drei Sekunden, die mir so sehr fehlen, die ich brauche, um den Schirm, die Kuppel meiner Seele aufzuspannen. Drei Sekunden Totenstille, die selbst die Todesangst nicht stört. Weil man es in drei Sekunden nicht schafft, sie zu fühlen. Nein, fühlen kann man sie wohl selbst in einer tausendstel Sekunde, aber man schafft es nicht, zu begreifen, dass es die Angst ist. Man schafft es nicht, ihr das eigene, von Selbstmitleid verzerrte Gesicht zu verleihen. Und gesichtslose Angst ist nicht schrecklich. Sie kann dir überhaupt nichts anhaben, weil sie dir unbekannt ist. Drei Sekunden Vorbereitung auf das Ritual, und die Angst, die versucht, sich dein Gesicht aufzusetzen, jagt dir hinterher. Du hast sie überholt. Nein, nein, nein – du hast sie nicht überholt. Dein Herz hinkt drei Sekunden hinterher. Drei Schläge, drei Fingerbreit von den Rippen, drei Fingerbreit entfernt von den Klingen der Todesangst. Vielleicht bin ich ja der glücklichste Mensch auf der Welt: Beim Sterben keine Todesangst zu empfinden ist fast dasselbe wie niemals zu sterben. Das ist der wahre Preis für die Ewigkeit. Die Zeit der Ewigkeit, komprimiert auf drei Sekunden, in denen man es nicht schafft, sich an der Todesangst zu vergiften …

Ich bin mir nicht sicher, kann sein, ich stehe jetzt auf jenem Wachturm am Stadtrand von Cottbus. Und vor meinen Augen verschwimmt ein hoher Stacheldrahtzaun mit einer kleinen Fichtenschonung, und jeder Nachtfalter im Scheinwerferlicht ist für mich ein Eindringling ins militärische Sperrgebiet. Aber ich bin so erschöpft und unausgeschlafen, dass ich nur noch auf die Ablösung warte. Im Halbschlaf erscheinen mir Alpträume aus der Zukunft. Kann man die Zukunft im Traum sehen? Solchen Unsinn glaube ich nicht. Das glaube ich nicht!!!

10

Die Fähre, die sich träge durch den Kanal zwischen Festland und Halbinsel schob, war halbleer. Damit müsste man wohl beginnen. Die Fähre!!! Mit ihr setzte ich über aus der Welt der Lebenden ins Land der zukünftigen Toten. Ich entrichtete einem Charon mit roter Fresse und Kapitänsmütze meinen letzten Obolus und starrte nun mit weit aufgerissenen Augen auf mein Leben, das unwiderruflich von mir abrückte.

Ein paar Pkw, ein leerer Laster und ein Krankenwagen nahmen ein Drittel des trügerisch klein wirkenden Decks ein. Im September reißt der irrsinnige Urlauberstrom an die Küste so unvermittelt ab, als sei zwischen Festland und Meer plötzlich eine chinesische Mauer errichtet worden.

Ich lehnte an der Reling und rauchte, als direkt neben mir flüssiger Möwenkot aufklatschte. Es hat keinen Sinn zu erklären, dass schon vieles in meinem Leben mit Kot seinen Anfang genommen hat. Und es ist noch sinnloser, darüber zu spekulieren oder darauf zu hoffen, dass es besser enden wird. Der Kot klatschte so dicht neben mir auf, dass ich das Gefühl hatte, angeschissen worden zu sein, und beleidigt auf Russisch schrie: »Fotze mit

Ohren!« Ich kann die dumme Natur nicht ausstehen, die den klugen Menschen besudelt.

Mein Ausruf richtete sich an einen zerzausten, unangenehm an ein zerfleddertes Polster erinnernden Vogel. Stärkeres Interesse weckte er jedoch bei einem unweit herumstehenden alten Mann. Sein fleischiges, wabbeliges Gesicht glich durch das Doppelkinn und die beiden tiefen Falten, auf denen sein Mund ruhte, einer bestimmten Hunderasse. Na, der, die so aussieht, als würde man ihr tagtäglich einen Ziegelstein an die Schnauze hauen. Bulldoggen, Bernhardiner, Pinscher-Finscher oder so. Ich aber nannte ihn in Gedanken sofort Fox. Daran konnte ich auch nichts mehr ändern, als er sich mir dann als Soundso vorstellte. Fox klingt so ähnlich wie John Smith. Mir gefallen dumme Spitznamen. Selbst Bob klingt besser als Robertas.

Während er auf mich zukam löste der fast zwei Meter große Fox seine Hände nicht von der Reling (aus Angst herunterzufallen, der Schisser). Als sein dicker, keineswegs proletarischer Fuß direkt neben dem weißen Kotspritzer des Vogels angelangt war, fragte er betont freundschaftlich: »Afghane?« Und dann auf Russisch: »Ein *dembel*-Kreuz?«

11

Es ist sehr schwer, mit sich selbst zu reden … Das Tonband dreht sich. Du weißt, es zeichnet dein Schweigen auf, und du bringst einfach kein Wort heraus … Du musst dich daran gewöhnen und die Scham beim Erkennen der eigenen Stimme überwinden … Du willst gleich alles wieder löschen, weil du es falsch ausgedrückt hast … Weil deine Stimme wie Ziegengemecker klingt, wegen der Pausen und der ungelenken Sätze …

Ich kann mich einfach nicht an meine eigene Stimme gewöhnen, George. Vielleicht, weil meine Ohren so weit weg sind vom Mund? Sonst kommt mir meine Stimme nämlich ganz erträglich vor, aber wenn ich eine Aufzeichnung von ihr höre, möchte ich sofort abschalten … Vermutlich gibt das Band das wahre »Ich« des Menschen wieder. Das kann ja gar nicht angenehm sein. Vielleicht sollte ich mir nicht noch einmal anhören, was ich sage? Es wäre einfacher so. Es macht ja nichts, wenn ich mich nicht mehr daran erinnere, was ich schon erwähnt habe, und mich dann öfter wiederhole. Hauptsache, ich muss mich nicht mehr mit meiner eigenen Stimme quälen … Das Komischste daran ist, dass ich mein Meckern schon höre, wenn ich noch gar nichts auf Band gesprochen habe. Ich schalte das Diktiergerät sofort wieder aus. Versager, beschissener Krapp.

Ich wende mich nicht an dich, weil du ein besonders enger Freund von mir wärst. Hoffen wir, dass es eines Tages so kommt. Ich wende mich an dich, weil ich mich an irgendjemanden wenden muss, sonst gerate ich gleich ins Stocken. Ich kann nicht ins Leere, also zu niemandem sprechen.

Auf meiner rechten Schulter, fast bis zum Oberarm hin … Das zeige ich übrigens gern, besonders Frauen. Die lässt das nicht gleichgültig. Solche Dinge machen sie an. Na ja, das ist nicht so wichtig … Also, dort ist eine Tätowierung. Sie stellt einen Fallschirmjäger dar, der soeben mit zusammengedrückten, geraden Beinen und seitwärts ausgestreckten Armen von der Rampe eines AN-12 abgesprungen ist. Es sieht aus, als ahme dieses unter meiner Haut wohnende Tuschemännchen das christliche Symbol nach …

Hinter dem Rücken des Männchens ist noch ein Stabilisator zu sehen und die winzige Kappe eines Fallschirms. Der Künstler, von dem die Tätowierung stammt, verstand offenbar nicht die Bohne von Raum- und Objektproportionen. Deshalb sieht das Fallschirmspringermännchen nicht aus, als befände es sich im freien Fall, sondern eher so, als hinge es in der Luft. Ja, und diese Komposition heißt »*dembel*-Kreuz«. Das ist der rituelle letzte Absprung eines Fallschirmjägers. Der *dembel* stellt aus diesem Anlass ein lebendes Kreuz dar. Er zieht nicht die Reißleine, die sogenannte Aufzugsleine, sondern überlässt das Entfalten der Kappe einer automatischen Vorrichtung, die auf drei Sekunden Verzögerung eingestellt ist. An ihre Bezeichnung kann ich mich beim besten Willen nicht mehr erinnern. Unter der Zeichnung steht in russischen Großbuchstaben WDW – *Wosduschno Desantnyje Wojska:* Luftlandetruppen.

Ich bin nie in Australien gewesen. Man sagt, dort hänge am Himmel das Kreuz des Südens. Ich weiß nicht, ob das wahr ist. Wenn ja, dann gleicht jeder Fallschirmjäger mit einem Funken Ehrgefühl im Leib bei seinem letzten Sprung diesem kleinen, dämlichen Sternbild von der Form eines Kreuzes.

12

Am Arsch bin ich gewesen, nicht in Afghanistan. Wäre ich in Afghanistan gewesen, dann säße ich jetzt im Irrenhaus oder im Gefängnis, oder ich würde vielleicht ohne Beine und Arme vollgepisst in irgendeinem Hauseingang hocken. Vielleicht wäre ich auch ein Mitglied der Vilnius-Brigade, mit Frau, Haus, Hund und Billardtisch im Keller. Ich wäre etwas wert und würde mich nicht fühlen wie der letzte Dreck. Ich bin nicht in Afghanistan gewesen, aber unser Hauptmann Krutow war dort. Und er war derart dort gewesen, dass er sogar beim Gehen immer etwas seitwärts driftete und aussah wie ein betrunkener Matrose. Oder – weil er so unglaublich dürr war – wie ein verhungerter Gänserich. Aber er erzählte nur ungern von Afghanistan, nur, wenn die Konflikte zwischen Soldaten und Offizieren unerträglich wurden. Dann erwähnte er wie beiläufig, dass die Offiziere, insbesondere der Rottenführer, beim Angriff auf die Duschmanen von den Soldaten am besten geschützt wurden. Weil Soldaten ohne Führer auf dem Schlachtfeld wie Schafe ohne Hirten sind. So sagte es der Hauptmann und driftete davon in sein Büro, gepeinigt von schmerzhaften Schwielen an den Fußsohlen …

13

EINE SCHAFHERDE. Ich versuche, Schäfchen zu zählen. Mir tut der Rücken weh, die Liege ist unbequem. Sie ist aber nicht ganz so hart wie damals jene Pritsche hinter dem Goldenen Tor in Vilnius. Das Goldene Vlies, das Jason den Verstand raubte, und das Goldene Kalb, das die Juden um den Verstand brachte, während Moses sich vor Zorn den Bart raufte, haben mit diesem Tor rein gar nichts zu tun. Es war ein Tor wie jedes andere: eisern und rostig. Es glich nicht dem Goldenen Tor von Konstantinopel, durch das der Basileus, erfüllt von Demut und Gottesfurcht, feierlich hinter der Ikone der Gottesmutter in die Stadt einzog, wenn er aus siegreichen Schlachten gegen barbarische Westgoten oder Bulgaren heimkehrte. Wir waren bei unserem Einzug erfüllt von Stolz und kindischem Hochmut und hatten keine Ahnung, in welchem Loch wir da für zwei Jahre verschwinden sollten ... Hier wurden Rekruten aus ganz Litauen versammelt. Von hier aus wurden sie wie Häftlinge zu den Garnisonen in Russland und im sozialistischen Lager transportiert. Hier fühlten sie sich noch wie zu Hause. Sie scherzten, beschafften sich sogar Alkohol, spielten Karten und gaben mit den Mädchen an, die sie gevögelt hatten. Doch je länger sie sich auf den hölzernen Pritschen wälzten, desto gleichgültiger und düsterer wurden sie. Wenn dann ein neues Kontingent ankam, hatten die, die drei Tage hier herumhingen, bereits das Gefühl, sie seien schon ewig da …

Auch heute hängen dort noch die Soldatenschinder herum. Scheiße zieht immer jede Menge Geschmeiß an. Doch damals wurde man von dort in die Ferne verschickt. Hinter dem Goldenen Tor wurden die Partien sortiert und vorbereitet. Es gab Leute, die fast zehn Tage auf den Holzpritschen zubrachten. Dann trieb man uns zum Bahnhof. Nachts, damit wir nicht die friedlichen Bürger erschreckten.

Unsere Kolonne war lang und gespenstisch. Es schien ein schwacher Mond in jener Frühlingsnacht. Wir liefen durch die Altstadt wie die dunklen, zerlumpten Seelen der hier einst ansässigen, massenhaft umgekommenen Juden. Zivilkleidung wurde in der Armee nicht geschont, weil man sie sowieso nie wieder sah. Wir waren alle so schrecklich angezogen, dass wir tatsächlich aussahen wie Todeskandidaten und nicht wie die Verstärkung der ruhmreichsten und heroischsten Armee der Welt. Unsere frisch rasierten Köpfe glänzten im Dämmerlicht. Nur selten hallten das Pflaster des Ghettos und die schmutzigen, bröckelnden Mauern der alten Häuser von schläfrigem Gelächter wider. Irgendwer versuchte, einen Witz zu erzählen. Einer schniefte ab und zu. Und wer noch Zigaretten hatte, der rauchte und schwieg. Wir hatten den Bahnhof vor Augen und eine absolut unbekannte Zukunft …

In Frankfurt/Oder erwarteten mich die gleichen Pritschen, harrte meiner die gleiche geschorene Schafherde, nur war ihre Vereinheitlichung schon etwas weiter fortgeschritten: Alle trugen die gleichen Militärjacken, noch ohne Schulterblätter und Uniformstücke, sowie Stiefel mit langen Schäften aus Juchtenleder, die nur Wehrpflichtige im Ausland erhielten. Die ganze Herde wirkte wie ein Überrest der Turmbauer zu Babel: Sie sprach in den Sprachen fast aller Sowjetrepubliken. Nun wartete sie auf die Händler aus den Einheiten, die sich die Leute aussuchen und über ganz Deutschland verteilen würden.

Deutschland empfing uns mit einem für die Tageszeit ungewöhnlichen Zwielicht, einer Mischung aus mitteleuropäischer Zeit, dem Dunst verbrannten Flugdiesels und dem unaufhörlichen Brummen russischer Zerstörer. Wir waren auf einem Militärflughafen gelandet. Die Flugzeuge waren mit hell- und dunkelgrünen Flecken angestrichen und sahen unwirklich aus, wie Spielzeug. Überhaupt war alles erst einmal nur ein Spiel. Eigentlich gefiel es uns sogar, Soldaten zu spielen. Die Angst vor dem Ungewissen wurde immer wieder vom jugendlichen Erlebnishunger verdrängt. Unseren Enthusiasmus konnten selbst die *dembel* nicht dämpfen. Sie bestiegen in Paradeuniformen das Flugzeug, mit dem wir gekommen waren. Ihr Wehrdienst ging zu Ende. Sie flogen zurück in die Sowjetunion, warfen uns ihre Gürtel zu und riefen auf Russisch: »Hängt euch auf, ihr Geisterchen, wir gehen eure Weiber ficken!« Und wir riefen ihnen zornig hinterher: »Wir haben eure Weiber schon gefickt!« Sie taten uns sogar leid, weil sie die Abenteuer, die uns erwarteten, nicht mehr erleben konnten. Wir waren Idioten, wie alle Neulinge.

Hier sah ich auch zum ersten Mal sie: die Halbgötter

mit den blauen Baretts und den unverschämt weit aufgeknöpften Hemden, mit denen sie die blau-weiß gestreifte *telnjaschka* zur Schau stellten. Sie schwebten beim Gehen gleichsam über dem Boden, und ihre finsteren Blicke schweiften stets über die Menge hinweg. Ihre schwarzweißen Verkehrsstäbe schwangen sie derart gekonnt, dass ich mich beim Zuschauen gar nicht mehr losreißen konnte und mir sofort der Aluminiumlöffel geklaut wurde.

Ohne Löffel aber war es hier schlimmer als ohne Hosen, weil man mit den Fingern nicht viel von diesem flüssigen Brei schöpfen konnte. Warmes Essen erhielten wir übrigens nur einmal am Tag, während wir zum Frühstück und Abendessen Trockenproviant in dämlichen, schlaffen Rucksäcken bekamen, die hier, weiß der Geier, warum, auf Russisch *weschtsch-meschok*, also »Sache-Säckchen« genannt wurden. Es sollen schon Alpinisten verhungert sein, die im Gebirge ihre Ausrüstung verloren haben und nur noch Konservendosen dabeihatten. Wir konnten nicht sterben. Wir hatten auch keine Messer. Woher denn? Wenn einer mal eins hatte, musste man den Mistkerl fürs Dosenöffnen noch beköstigen. Wir brauchten keine Messer. Wir rieben die Dosen mit dem konservierten Brei an der Chaussee, bis die Schweißnaht am Rand durchgescheuert war und der Deckel von selbst abfiel. Wir waren keine Alpinisten und scherten uns einen Dreck um aristokratische Manieren. Wir waren eine Schafherde und hatten nicht die Absicht zu verhungern …

Viktor. Ich habe vergessen, aus welcher Ukraine er stammte. Vermutlich aus der Südukraine, wo sie die Litauer mögen, weil ihnen die Russen nicht geheuer sind. Viktor teilte seinen Löffel mit mir. Abends erzählte er gern Geschichten. Besonders gut konnte er Filme nacherzählen. Er hatte schon viele Videofilme gesehen, was damals extrem selten war. Und wir, eine internationale Gruppe aus fünf Leuten – an die anderen erinnere ich mich nicht mehr, nur an Viktor –, hörten uns begierig einen Film über Menschen an, die anscheinend bereits tot und trotzdem noch lebendig waren. Das Licht war schon aus, aber das Gebäude war so groß, dass der wachhabende Fähnrich sich gar nicht erst die Mühe machte, herumzugehen und die lärmenden Neuzugänge zur Ruhe zu bringen. Sie waren sowieso nur für kurze Zeit hier, bis die Händler anreisten. Eigentlich hätte Schlaf jetzt wirklich gutgetan, aber Viktor erzählte begeistert, wie der Held des Films mit einem Maschinengewehr auf die lebenden Toten schoss, die einfach nicht umfielen. Sie kamen ihm immer näher, ihre Körper waren von Kugeln durchlöchert. Ich kriegte vor lauter Furcht eine Gänsehaut, so grauenhaft sahen die lächelnden Gesichter der lebenden Toten im Dunkeln aus. »Zombies.« Viktor sprach das so aus, als sagte er: »Es ist vollbracht.«

»Das sind doch alles Märchen«, meinte ein betrübter Weißrusse und schwieg, weil ihm keiner zustimmte. Und wir sanken langsam in den Schlaf, in Träume von einer unbekannten Zukunft und von lächelnden Toten mit blutüberströmter Brust, die sich langsam an unsere harten, unbequemen Holzpritschen heranschlichen …

Am dritten Abend bekamen wir von Viktor keine Videonovellen mehr zu hören. Sie kamen zu fünft und nahmen ihn mit, fünf schreckliche *tschurki*. Kann sein, es waren Aserbaidschaner, vermutlich waren es alles

Schwarze. Sie zogen in Schwärmen herum, wie die Heuschrecken, stets auf der vergnüglichen Suche nach Dingen, die sie mitgehen lassen konnten. An Viktor blieben sie wegen irgendeiner Schnalle hängen. Er sollte einem ihrer Landsmänner diese abgerissene Schnalle wieder annähen. Wie der die Schnalle abgerissen hatte, interessierte keinen mehr. Diese Schwarzen hatten einfach keinen Spaß an ihrer Blutsbrüderschaft, wenn sie nicht jemanden zusammenschlagen, hänseln oder erniedrigen konnten. Und wir, die Weißen, lagen auf unseren Pritschen, zogen die Schwänze ein und schlotterten vor Angst: dass sie nur ja keinen von uns anrührten. Wir wagten nicht einmal, den Blick zu heben. Wenn du einem Schwarzen in die Augen siehst, dann wird er sofort zudringlich. Weil du seine Mutter beleidigt hast oder Ähnliches.

Viktor hatte das Bett über mir. Ich sah im Dunkeln, wie er etwas zur Seite gebeugt zurückkam. »Na ja«, sagte Viktor und stampfte ein wenig mit dem Fuß auf, »einen Scheiß werd ich tun und ihnen Schnallen annähen.« Aber er erzählte uns auch keine Geschichte. Ich lag so da, und plötzlich war mir, als tropfte etwas auf mich herab. »Viktor«, sagte ich, »aus dir rieselt ja schon der Sand. Du bist ein alter Sack.« Viktor kicherte irgendwie, aber es klang mehr wie ein Winseln. »Es ist gerissen«, sagte er. Und wieder schien er zu kichern oder zu winseln. Dieser langgezogene Ton im Dunkeln war so unangenehm, dass ich vor lauter Angst erneut eine Gänsehaut bekam. »Sei kein Zombie«, sagte ich zu ihm, »was ist denn gerissen bei dir, die Schnalle oder was, zum Teufel?« Viktor lachte, doch seine Stimme verriet, dass ihm überhaupt nicht zum Lachen zumute war. Und wieder dieses Tropfen – tropf, tropf, tropf. »Heulst du, oder was?«, versuchte ich ihn von seinen düsteren Gedanken abzulenken. »Benimm dich nicht wie ein Weib. Wir sind doch Soldaten, Verteidiger der Heimat. Wir dürfen nicht weinen. Wir sind jetzt zwei Jahre lang Zombies mit blutenden Körpern.« Ich versuchte, ihn aufzumuntern, während mir selbst schon die Tränen kamen. Als mir klar wurde, dass die Tropfen, die auf mein Gesicht fielen, gar keine Tränen waren, hielt ich den Mund und fühlte mich weder tot noch lebendig – wie der letzte beschissene Zombie auf der ganzen Welt.

Viktor wurde am nächsten Morgen fortgebracht. Sein Gesicht weiß, die glasigen Augen schon fast erstarrt. Er schaute mich von der Trage aus an und versuchte zu lächeln. Er sah schrecklich aus. Ich hatte schon einige Tote gesehen, aber sie hatten mich nicht mit einem so schrecklichen Blick angestarrt. Etwas in ihm war wirklich gerissen. Dabei ist der Mensch doch keine Balalaika, ja nicht einmal eine Stradivari, dass ihm die Saiten reißen könnten. Viktor sahen wir nicht mehr wieder, auch deswegen nicht, weil wir alsbald von den Händlern aus den Einheiten eingesammelt und, wenn auch nicht auf Tragen, mit unbekanntem Ziel fortgebracht wurden, zwei Jahre in die Zukunft …

»Verfickt, kaputt«, ertönt Viktors Stimme. »Viktor, bist du das?«, frage ich und versuche, mich nicht zu bewegen. Aber in diesem Zustand gleicht die Stimme, die mit der Luft aus meinen Tiefen aufsteigt, einem Erdbeben in Los Angeles. Die Stimmbänder erzittern, die Luftröhre bebt und im Magen – Kaskaden tektonischer Brüche … »Verfickt, kaputt«, ertönt wieder die Stimme aus der Ecke. Der Armlose ringt mit den Windmühlen des Katzenjammers.

14

Fox verbiss sich in die Tätowierung. Hier, im zivilen Leben, sah sie auch wirklich dämlich aus. Aber dort, wo man nicht mit dem Kopf, sondern mit einem kühn aufs Ohr geschobenen blauen Barett dachte, ließen sich fast alle Tattoos stechen. Die meisten meinten, dass es Fallschirmjägern stehen und den Mädchen gefallen würde. Und weil das zivile Leben nur aus Mädchen und Schnaps bestand, war eine Tätowierung unentbehrlich. Sie war das Erkennungsmerkmal dafür, dass man zu den elitären Himmelsbewohnern gehörte.

Fox wirkte nicht wie ein Russe. Wenn er aber Litauer war, wieso, zum Teufel, quatschte er mich dann an? War er ein Perverser? Komisch, früher hatte es die gar nicht gegeben. Und wenn es doch mal einen gab, saß er im Irrenhaus. Nun aber hatten sie sich mit einem Mal derart ausgebreitet, dass man annehmen konnte, ganze Heerscharen von ihnen hätten im Verborgenen nur auf die litauische Unabhängigkeit gewartet. Mörder, Sadisten, Masochisten, Transvestiten. Und Deportierte, so weit das Auge reichte. Genau wie früher in der Sowjetunion die Veteranen des Zweiten Weltkriegs. Sie überwanden auf unerklärliche Weise die physiologischen Gesetze, die Barrieren der Lebenserwartung: Sie vermehrten und vermehrten sich, zusammen mit Orden und Medaillen. Verdächtige Verdienste waren das – Leute umbringen oder in Sibirien sitzen.

Als Erwiderung schnipste ich den Zigarettenstummel kräftig in Richtung einer Möwe, die in einiger Entfernung von der Fähre in der Luft hing. Sie stürzte ihm hinterher wie ein Stein, fing ihn kurz mit dem Schnabel auf und warf ihn zurück ins Wasser. Fox gab nicht auf.

»Schöne Vögel«, sagte er, zum Wasser gewandt. Sein südlitauischer Akzent war so gut, dass einem von der Vollkommenheit übel werden konnte. »Alle denken«, sagte er, »es sind Seeschwalben, die Hafenstadt ist voller Seeschwalben. Aber nichts dergleichen, eigentlich sind es Möwen«, sagte er. »Manchmal verirren sich auch Möwen hierher, zum Kanal, aber sie sind meistens dort, am Meer.«

Mir waren Seeschwalben scheißegal, und Möwen auch, und auch alle anderen Vögel. Ich spuckte ins Wasser.

»Seeschwalben sind viel größer als Möwen«, sagte Fox, ohne meine grantige Miene zu beachten.

Hochmut. Hochmut kann man wenigstens noch ertragen. Er ist autonom und richtet sich auf den Eigentümer. Aber Aufdringlichkeit – dafür müsste man die Leute auf Pfähle am Straßenrand setzen, mit einem Schild vor der Brust: »Ich bin aufdringlich.«

Ich bin hierher, an den Rand der Welt gekommen, um allein zu sein. Um mich an das zu erinnern, was mir mein mit Dummheiten vollgestopftes Gedächtnis erlaubt, das du, George, in Gang gesetzt hast. Doch schon jetzt ist mir klar, dass das völlig zwecklos ist. Ich hätte nicht an den Sumpf der Erinnerung rühren sollen. Er gärt und gärt. Mein Verständnis von der Welt, das gering, aber immerhin vorhanden war in meinem Kopf, verliert seine Konturen. Die Welt wird mir vollends fremd. Ich lebe in ihr, und an mir zerren Erinnerungen, die ich weder beherrschen noch einordnen kann. Meine zweifelhafte Persönlichkeit treibt auf ihrer Oberfläche umher wie Abfall nach dem Seesturm, wie schmutziger Schaum, aus dem unaufhaltsam die Monster der Erinnerung aufsteigen und ans Ufer meines Bewusstseins treten. Aber das bin nicht ich. Das ist nicht ich. Das ist er, der in mir lebt mit einer furchtbar klaffenden Wunde im Kopf und noch irgendwo – dort, wo ein Mensch sich nicht hinbegeben sollte …

Ein Beispiel unübertroffener Aufdringlichkeit ist Kynaigairos, der Bruder des Dichters Aischylos. Nach der Schlacht von Marathon, in der die Griechen den Persern das Fell über die Ohren gezogen hatten, setzten sich Letztere eilig in ihre Schiffe und wollten das Weite suchen. Doch der mutige Kynaigairos hängte sich an eines dran und ließ es nicht los. Die Perser waren genervt. Ich denke, da wäre jeder anständige Mensch genervt. Du hast es eilig, und da hängt sich so ein Perverser an dich ran und will reden. Sie hackten ihm für alle Fälle den rechten Arm ab. Da hängte sich der aufdringliche Grieche mit dem linken Arm an ihr Schiff und ließ sie trotzdem nicht ziehen. Manchmal ist für einen Menschen selbst ein Arm zu viel, weil er selbst mit einem Arm Schweinereien vorhat. Und weil Geduld nicht grenzenlos, sondern immer irgendwann erschöpft ist, hackten ihm die Perser auch noch den linken Arm ab. Man möchte meinen, damit sei die Sache zu Ende –

nun reicht es allen, wir haben unseren Spaß gehabt und gehen jetzt wieder jeder seiner Wege. Aber nein, die Aufdringlichkeit von Kynaigairos spottet jeder Phantasie. Er verbeißt sich mit den Zähnen in das Schiff und lässt es nicht fort, bis die Perser ihm den Kopf abschneiden …

»So ist das«, sagte ich zu Fox, »es gibt Sadisten, die die Leute mit ihrer Aufdringlichkeit quälen, die allen die Laune verderben und Helden werden.«

Er nickte und tat so, als würde er nicht verstehen, dass ich ihm die Geschichte nicht einfach so erzählt hatte, sondern nur, damit er sich verpisste. Aber nein, er fing an, von den Spartanern zu reden und von ihrem Heldentum an den Thermopylen. Blödmann.

Feiglinge und Verräter sind unangenehme Menschen. Aber am widerlichsten sind Helden. Sie tragen ihre Heldenhaftigkeit wie einen Ausgehanzug, den viele gern anspucken würden. Doch davor scheuen sie zurück – wegen der Mythologie des Heldentums. Alle glauben an den Mythos vom Heldentum, und wenn man ihn plötzlich zerstört, bleibt auf der Welt nur eine Horde von Dreckskerlen, Feiglingen, Schleimern und Verrätern übrig. Alle brauchen Helden. Ohne Arme, Beine und selbst ohne Kopf. Hauptsache, es ist ein Held. Soja Kosmodemjanskaja, dieses durchgedrehte Weib, das russische Bauernhöfe in Brand steckte, hat, genau genommen, gegen die Russen gekämpft. Aber weil die Deutschen sie dann öffentlich hängten, wurde sie zu einer Heldin. Alexander Matrossow, der in einem Strafbataillon dienen musste, stürzte sich unbewaffnet auf einen deutschen Granatwerfer. Aber er wäre von der NKWD-Truppe, die hinter ihm gleichfalls mit Granatwerfern Stellung bezogen hatte, sowieso umgebracht worden. Das waren unsere Helden, die Götzen, die wir anbeten mussten, ohne zu wissen, wer sie waren.

Es waren Leichen, die uns von den Agitationsplakaten der Pionierorganisation anstarrten. Sie schauten vorwurfsvoll, mit der stumpfsinnigen Unverschämtheit der Toten: Warum bist du immer noch am Leben? Warum onanierst du unter der Bettdecke? Warum trägst du kein Pionierhalstuch? Warum rauchst du im Birkenwäldchen hinter der Schule? Warum trinkst du billigen Wein vor der Diskothek, grapschst den Mädchen im Dunkeln an die schwellenden Brüste, warum …

Helden sind alle gleich. Versager im Leben und Heilige im Tod.

15

Es ist eine Freude, ein Lenkrad zu halten. Es ist eine Freude zu spüren, wie ein paar Dutzend Pferdestärken und ein Eisenteil, das über eine Tonne wiegt, deinen geschmeidigen, bis zur Automatisierung geschliffenen Bewegungen gehorcht: den linken Fuß auf der Kupplung, die rechte Hand an der Gangschaltung, den rechten Fuß am Gaspedal. Mein Automobil, ein fünfzehn Jahre alter Opel, sieht aus wie ein Syphilitiker im letzten Stadium: verfallen, porös und von Rostflecken übersät. Aber der Motor ist noch ganz erträglich – einhundertfünfzig kann man ihm noch abquetschen.

Es ist dagegen keine Freude, wenn jemand in dein Auto eindringt und meint, er bereite dir mit seinem Gelaber Vergnügen. Kaum klirren die Ketten, mit denen die Klappe heruntergelassen wird, kaum stößt die Fähre sanft gegen die Reifen an der Anlegestelle, murmelt Fox wie beiläufig, ob ich ihn nicht mitnehmen könne. Schon plumpst er ins Innere des Fahrzeugs. Ein Auto ist ein intimer Raum, intimer noch als die eigene Wohnung. Trotzdem sind alle Wahlberechtigten davon überzeugt, dass sie das Recht haben, in dein Eigentum einzudringen und dein Leben mit ihren bequem ausgestreckten Körpern zu besudeln.

Das Auto ist unlängst aufgebrochen worden. Autoradio, Feuerlöscher und ein paar Kassetten sind geklaut worden. Die einzige Musik besteht nun im Blöken des undichten Auspuffrohrs. Die Diebe, Propheten, Hellseher und Wahlberechtigten, die sich seit der Revolution drastisch vermehren, haben es alle in erpresserischer Weise auf deine Privatsphäre abgesehen. Sie haben sich auf dem »Baltischen Weg« an den Händen gefasst und beschlossen, dass wir alle Brüder und Schwestern sind und alles allen gehört.

Fox gehört zu den Redseligen. Er sagt, er sei Bioenergetiker. Ich frage ihn, ob er im Atomkraftwerk arbeitet. »Nein«, sagt er und erklärt mir allen Ernstes, dass er mit Energie, die er von oben empfängt, und mit seinen Händen heilt. Er zieht einen gläsernen Schädel natürlicher Größe aus der Tasche und sagt, es sei eine Handarbeit von Außerirdischen, eine Botschaft an uns Erdenbewohner.

»Tod Kopf«, sage ich, »auf Russisch ein toter Kopf. Die SS hat auch solche Totenköpfe hergestellt, aber ob die SS außerirdisch war, weiß ich nicht«, sage ich zu Fox, weil er mir langsam auf den Geist geht. Nicht mehr lang, und er fängt auch noch an, mich zu heilen.

»Nein, nein«, widerspricht Fox, »das ist kein Symbol des Todes, sondern des Lebens.«

Ich erwidere gar nichts mehr. Ich glaube nicht an Zauberer, Wahrsager, Hellseher und Magier, und schon gar nicht, wenn sie das alles für Geld tun. Ich glaube an die Freude, die mir das Autofahren bereitet und die mir Fox mit seiner schweinischen Bitte um eine Mitfahrgelegenheit verdirbt.

Im Rückspiegel sehe ich einen schwarzen BMW herankommen. Die Straße ist eng, kurvenreich und hügelig. Ich trete aufs Gaspedal. Leute in teuren Autos überholen gerne Hosenscheißer wie mich, die in verrotteten Schüsseln herumkrauchen. Ich tue so, als würde ich nichts sehen und halte mich in der Straßenmitte. Der BMW blitzt mit den Scheinwerfern. Ich sehe nichts. Ich schaue ganz konzentriert auf die Serpentine der grauen Straße. Ich interessiere mich für das, was vorn geschieht, nicht hinten. Es macht Spaß, die Besitzer von teuren Autos zu nerven, auch wenn es schweinisch ist. Wir haben es verdient, uns schweinisch zu benehmen. Wenigstens manchmal, wenn sich gerade nichts Besseres bietet. Die Verkehrszeichen schreiben eine Höchstgeschwindigkeit von siebzig Stundenkilometern vor und du schraubst deine Karre hoch auf einhundertzwanzig. Das kann nur befriedigend sein. Die Regeln ungestraft zu verletzen ist beim Autofahren ein Muss.

Die ideale Art, einen Verfolger abzuhängen, ist die »Schere«: Man überholt das vor einem fahrende Fahrzeug so kurz wie möglich vor einem Auto auf der Gegenspur. Dein Verfolger muss plötzlich bremsen, und du hast einige Sekunden gewonnen, in denen du deinen Sarg auf vier Rädern auf Hochtouren laufen lassen kannst. Fox hält den Mund. Angst hat er, der Parasit. Ich habe auch Angst. Der Opel dröhnt und heult. Er klingt nicht wie ein Personenkraftwagen, sondern wie ein Transportflugzeug. Ein Fallschirm wäre jetzt gut, denke ich und fühle mich gar nicht schlecht. Das Adrenalin schießt mir in den Kopf wie hundertfünzig Gramm Schnaps. Ich komme mir vor wie die Drei Kameraden. Im selben Augenblick pfeift der BMW an mir vorbei. In seiner Heckscheibe leuchtet ein rotes Signal auf.

Immer wenn Erfreuliches plötzlich in Unerfreuliches umschlägt, spürt man einen scharfen, kalten Dolch in den Eingeweiden. Die Kälte breitet sich im ganzen Unterkörper aus, bis in die Zehenspitzen, um dir dann unvermittelt ins Gehirn zu schießen. Die Todesangst, die dir eben noch Genuss bereitet hat, wird unvermittelt zur Lebensangst. Deshalb willst du, wenn du rast wie ein Wahnsinniger, niemals damit aufhören. Wenn du anhältst, erwarten dich meistens Enttäuschung, Erniedrigung und vielleicht sogar eine Strafe. Keiner kann einem das Fahrvergnügen so verderben wie die Bullen.

Langsam kommt ein mittelgroßer Mann ohne Eigenschaften auf uns zu: in Trainingsanzug und Sportschuhen, einer dieser typischen Stiernacken, die es vor der Revolution irgendwie nicht gegeben hat. Heutzutage gibt es sie überall und massenweise. Sie sind die reale Staatsmacht. In ihren Händen sind die Waffen, die Drogen und das Geld. Die Politiker sind nur komische Marionetten. Doch diese Stiernacken sind nicht komisch, sie sind furchtbar. Da wäre ja selbst ein Bulle besser, denke ich. Ich hänge am Lenkrad, das sich nun nicht mehr ganz so angenehm anfasst.

Fox sagt plötzlich: »Ich geh mir mal die Füße vertreten.« Er steigt aus. Er wird sich wohl seitwärts in die Büsche schlagen. Was denn sonst? Er hat Angst, eins auf die Fresse zu kriegen. Er hätte sich wenigstens bei mir bedanken können. Jetzt werde ich für zwei verprügelt. Doch nein, Fox geht auf den Mann ohne Eigenschaften zu, gestikuliert mit den Armen und redet leise auf ihn ein. Letzterer nickt, kommt aber trotzdem zu mir her und schaut mich an wie einen überfahrenen Fuchs, so als würde er überlegen, ob er diesen Kadaver mitnehmen oder auf der Straße liegen lassen soll. Dann wendet er sich ab und geht zurück zu seinem Auto .

Obwohl ich eine gewisse Dankbarkeit für Fox empfinde, bringe ich keinen Dank über die Lippen. Schon möglich, dass er selbst ein Außerirdischer ist und meinen Schädel durchschaut, als wäre er aus Glas. In diesem Fall ist es eh überflüssig, den Mund aufzumachen.

16

Eines guten Gedächtnisses kann ich mich nicht gerade rühmen. Besonders die Reihenfolge von Ereignissen kann ich mir nicht merken. Geschah es nun davor oder danach? Meine Erinnerungen lassen sich einfach nicht nummerieren, klassifizieren oder in Gedächtnisschablonen einordnen. Auch verschwimmen bestimmte Ereignisse zu einem einzigen. Hauptsächlich, wenn ich sie unter Einfluss großer Mengen Alkohol absondere. Dann können bisweilen selbst Erlebnisse, die mehrere Jahre auseinanderliegen, in meiner Erinnerung als ein einheitlicher Block aus Sinnlosigkeiten erscheinen. Auch jetzt bin ich mir nicht sicher, ob es davor geschehen ist. (Aber wovor denn? Bin ich jetzt tatsächlich dort, wo ich annehme zu sein? Ich versuche ja, mit meiner gesamten noch vorhandenen Willenskraft zu denken, dass ich ganz woanders bin. Nur nicht hier.)

Sagen wir, ich saß am Haff, auf einem Bruchstück aus Beton, das ganz blass war von getrockneter Vogelscheiße, als er plötzlich wie aus dem Boden gewachsen vor mir stand. Wahrscheinlich war er von hinten gekommen, aus diesem Wäldchen, das weiß der Kuckuck worauf lauerte. (Die Natur wartet immer auf einen Anlass, dem gutwillig gestimmten Menschen einen schamlosen Streich zu spielen.) Er riss mir meine halb ausgetrunkene Flasche mit dem Fusel aus der Hand und schlürfte sie gierig mit einigen Schlucken fast bis zur Neige aus. Noch etwas außer Atem, stammelte er, er habe es nötiger als ich. Und ehe ich auch nur dazu kam, böse zu werden, verkündete er mit plötzlich gefasstem Selbstvertrauen und berauschtem, befriedigtem Bewusstsein: »Ich bin Dichter.«

Sollte ich eines schönen Tages dem allmächtigen Schöpfer begegnen, dann wird er bestimmt im gleichen furchtbaren Tonfall verkünden: »Ich bin Gott.«

Sein Bart war voller undefinierbarer Bröckchen. Es war klar erkennbar, dass er sich erbrochen hatte und in den Bart hineinsabberte. Ich erinnerte mich daran, ihn früher schon manchmal in der Stadt gesehen zu haben. Er lief immer mit etwas eingeknickten Beinen und einem starr vor sich hin gerichteten Blick herum, der nichts mehr fixierte. Sein Bart aber, dieser Bart war stets voll von allerlei Erbrochenem. Ein Dichter.

Später fand sich mehr Fusel. (Man muss nur anfangen und in Fahrt kommen, dann findet sich der Alkohol wie von selbst. Fast ohne jede Anstrengung vermehrt er sich, nicht durch finanziell-kommerzielle Beziehungen, sondern durch das von hedonistischen Ausschweifungen getrübte Unterbewusste.) Mit der Zahl der leeren Flaschen wuchs die Zahl der großen, hartnäckigen Fliegen, deren Flügel in der Sonne glänzten. Ob man für das, was danach geschah, den Fliegen oder, genauer, ihren verfluchten Flügeln die Schuld geben sollte, kann ich nicht mit Sicherheit sagen. Wir tranken kein Bier, und wir hatten auch kein Dichlorphos. Da bin ich mir fast vollkommen sicher. Wir kamen ins Gespräch. Natürlich über Gott. Wir wollten beide sehr gern wie Jesus Christus sein. Aber ich fing an zu streiten und sagte, er gleiche viel mehr Gott dem Vater: der üppige Bart, die kurzsichtigen, hervorstehenden Augen und die hutzlige, eingefallene Figur. Schon allein wegen seiner Hose sähe er Jesus Christus nicht im Entferntesten ähnlich.

»Wenn du nicht Gottvater sein willst, könntest du Anspruch auf die Rolle von Moses erheben.«

Doch der schien ihm im Rang zu niedrig. Schließlich musste er aber doch zugeben, dass meine langen, schwarzen Haare, mein feuchter Ziegenbart, meine jüdische Nase und mein vernebelter Blick tatsächlich viel besser zum Status des Gekreuzigten in seinen letzten irdischen Stunden passten.

Ja, vermutlich waren doch die Fliegen an allem schuld. Genauer, das Leuchten ihrer Flügel, das sich mit dem Glänzen der leeren, in den Sand geworfenen Flaschen vermischte. Ich hatte ihn schon fast davon überzeugt, dass es nun Zeit für mich sei, übers Wasser zu gehen. Das hat in meiner Familie nämlich Tradition. Zumindest ein Onkel von mir ist wirklich übers Wasser gegangen. Er ging immer übers Wasser zum anderen Ufer des Sees. Doch eines Tages erfuhr seine Frau davon und hob am Ufer ein solches Gejammer an, dass sich auf dem Wasser riesige Wellen bildeten und mein Onkel ertrank. Später kam er des Öfteren nachts zu meiner Großmutter, also zu seiner Mutter. Er war völlig durchnässt, sein Gesicht mit Lehm verschmiert. Er sagte, er läge sehr nass. Genauso drückte er sich aus: »Ich bin ganz nass.« Dabei rannen ihm lehmige Tränen übers Gesicht. Und mit trauriger Stimme sagte er:

»Mama, ich liege ganz nass und kalt …« Großmutter versuchte, den Priester zu überreden, er möge die Erlaubnis erteilen, das Grab ihre Sohnes zu öffnen. Der Priester war sehr abweisend. Er drohte, Großmutter aus der Kirche zu werfen wegen ihres dummen Glaubens an Träume und Geister. Aber nach Erhalt einer gewissen Summe zum Ruhm des Allmächtigen ließ er sich erweichen. Und wirklich: Der Sarg war von Wasser umspült. Er schaukelte geradezu in einem Wasser von unklarer Färbung, ganz so wie das von Poseidon umhergetriebene Schiff des Odysseus.

Doch auch nachdem Großmutter den Wunsch ihres Sohnes erfüllt hatte, beruhigte sie sich nicht. Fast einen ganzen Monat lang fiel sie den örtlichen Behörden und Gottes Statthalter in dem Provinznest auf die Nerven, bis sie endlich die Genehmigung erhielt, eine große Birke zu fällen, die ihrer Ansicht nach die ewige Ruhe ihres Mannes störte. Der Baum wurzelte direkt am Kopfende seines Grabes. Großmutter berief sich auf eine Vielzahl mystischer Zeichen und geheimnisvoller Erscheinungen: Wenn Wurzeln in den Kopf eindringen, von welcher Ruhe kann denn da die Rede sein! So lautete Großmutters unabweisbares Argument. Zum ersten (und vermutlich auch zum letzten) Mal sah ich, wie ein Baum auf einem Friedhof gefällt wurde. Ich schaute mit verdrehtem Kopf in die Höhe, wo der Holzfäller, bewaffnet mit Säge und elektrischem Gerät, Stück für Stück den Baum zerkleinerte. Ob vom langen Schauen nach oben oder aus anderen Gründen, weiß ich nicht, aber ich fiel in Ohnmacht. Großmutters Schlussfolgerung war finster: Ich konnte nicht ertragen zuzusehen, wie einem Toten der letzte Himmel genommen wird.

Und schon regten sich Schuldgefühle in ihr wegen dieser verfluchten Birke und der Wurzeln im Kopf ihres toten Mannes. Was wollte sie damit sagen? Dass sie ihr Verhalten bedauerte? Oder ganz allgemein, dass die Lebenden sich nicht in die Angelegenheiten der Toten einmischen dürfen? Das hat sie mir nie erklärt. Aber ich bin sicher, dass ich von ihr gelernt habe, mir dauernd selbst zu widersprechen.

Vielleicht wäre auch ich übers Wasser gegangen, weiß der Teufel, wohin. Doch aus dem trägen, stinkenden Bett des Wassers tauchten plötzlich zwei Typen auf, die halb Vogel-, halb Menschengestalt hatten und Polizeiuniformen trugen. Ich erschrak und stürzte mich sofort in die gefiederten Wellen der brodelnden Tiefen.

17

Tapfer schreite ich ins Leere, hinein in das schwarze Loch und halte mit meiner rechten Hand den Ring fest gedrückt. Ich zähle *fünfhunderteinsfünfhundertzweifünfhundert* … Plötzlich durchfährt höllische Kälte meinen Rücken: An meinen Schultern hängt kein Fallschirm vom Typ D-5, sondern ein vertrockneter Brotlaib …

18

Ich lief den Strand am Meer entlang, bis die schwarze Flagge auf dem Betonhäuschen der Rettungsschwimmer außer Sichtweite war, und ging dann, mit den Armen rudernd, ins Wasser. Die Wellen waren so groß wie Pferde und ließen keine freie Bewegung zu. Kaum war ich zur Hälfte drin, bekam ich Erstickungsgefühle. Das Wasser war zwar bewegt, aber es stank aus unerfindlichen Gründen. Das Meer schien voll von verwestem Pferdefleisch zu sein. Meine Fortpflanzungsorgane zogen sich derart zusammen, dass ich mir vorkam wie ein einsamer Eunuch am leeren Strand. Ich stand bis zur Hüfte in den schäumenden Wassermassen. Sie stiegen rhythmisch an und ergossen sich über meinen Kopf. Trotzdem konnte ich einfach kein Wasser lassen. Wenn man im Meer badet, fällt einem unweigerlich ein, dass man pinkeln muss. Das ist offenbar archetypisch. Der Fluch meiner Generation. Ich konnte spucken, so viel ich wollte, ständig hatte ich einen salzigen Geschmack im Mund. Meine Haut war vor Kälte grün angelaufen. Doch damit nicht genug: Sie schrumpelte und bedeckte sich auch noch mit schrecklichen weißen Warzen. Ich war eine große, aber immer noch denkfähige saure Gurke.

Links tauchte ein dicht am Ufer entlangfliegender grün-weißer Hubschrauber auf. Polizei? Grenzschutz? Touristen? Mein Bedürfnis zu pinkeln wurde größer. Noch größer war meine Verzweiflung, dass ich mir keinen Tropfen abringen konnte. Neben dem Piloten saß ein Mann, der jetzt energisch winkte. Wahrscheinlich wollte er mich wegjagen (wenn er ein Polizist war). Vielleicht war er auch besonders freundlich oder musste ebenfalls pinkeln (wenn er ein Tourist war). Der Seegang lag bei Stärke vier. Auf dem Rettungsschwimmerhäuschen hing die schwarze Fahne. Ich war gekränkt, weil ich mich in letzter Zeit für mein Leben selbst zuständig fühlte. Wenn ich wollte, konnte ich mich ertränken oder auch wie Andrej Rubljows Kirill hier vor den Wölfen Schutz suchen und noch stundenlang so herumstehen. Bis zur Vereisung. Ich zeigte ihm den Stinkefinger. Den längsten, den ich habe. Der Hubschrauber flog einen Kreis, und der Mann neben dem Piloten zeigte mir seine Faust. Ich entschied, dass ich genug gebadet hatte und wandte mich langsam und würdevoll dem Ufer zu. Der Hubschrauber beschrieb noch einen Kreis und flog davon, so tief, dass er fast die brechenden Wellenkämme berührte.

Das Ufer glich eher einer Müllhalde als dem Strand eines Kurorts. Halb unterm Sand verschüttet, lagen da vom Meer angefressene Bretter herum, Plastikverpackungen, Flaschen mit abblätternden Etiketten und getragene Schuhe, die eigentlich noch ganz gut aussahen. Immer nur einzelne, nie Paare, als lebten auf der anderen Seite des Meeres einbeinige Zyklopen. Und Bojen, die sich wahrscheinlich von Fischnetzen losgerissen hatten. Seile, leere Zigarrettenschachteln und -kippen, Möwenfedern, bisweilen sogar ganze Flügel – auch sie aus unerfindlichen Gründen nie paarweise. Die Glasscherben, auf denen die Strahlen der soeben hervorbrechenden Sonne glitzerten, glichen auf schamlose Weise Diamanten aus den Gruben Südafrikas. MacKenna's Gold, und der riesige Schatten eines Felsens, der über den Sand kroch … All dieser Müll schien nicht aus dem Meer zu stammen und auch nicht von den Urlaubern zurückgelassen worden zu sein. Selbst der Wind hatte wohl nichts mit ihm zu tun. Es war, als stiege der Müll wie von selbst aus der Tiefe auf. Man hätte wohl nur entschlossen graben müssen, um auf so etwas wie Pompei zu stoßen. Da fiel mir die Bierflasche ein, die bei meinen Sachen in den Dünen auf mich wartete, und der Durst verdrängte meine archäologischen Gedanken.

Ich breitete mein Handtuch aus, legte mich auf den Rücken und schloss die Augen. Hier im Windschatten war das Rauschen des Meeres etwas schwächer, doch es übertönte trotzdem alle anderen Laute. Mit vielen feinen Nadelstichen kehrte die Wärme in meinen Körper zurück. Mir schwindelte. Das Schwindeln nahm bald solche Ausmaße an, dass mir richtiggehend übel wurde. Ich wollte die Augen öffnen, doch plötzlich spürte ich, wie mir der Boden unter den Füßen wegrutschte.

Ich sitze ganz nah am Rand der Rampe. Die Fallschirmspringer werden nach ihrem Gewicht geordnet, damit nicht einer auf die Kappe eines anderen stürzt. Von den sechzehn, die ins Innere eines Hubschraubers vom Typ MI-8 passen, gehöre ich zur ersten Fünfergruppe. Jetzt ist nur noch der Ausbilder, ein Sergeant, zwischen mir und dem Rand der Rampe. Seine Lippen formen sich zu einem Rohr – wahrscheinlich pfeift er leichten Herzens vor sich hin. Aber durch das ohrenbetäubende Dröhnen der Turbinen dringt kein Laut. Die Himmelsdebütanten, die an den Seitenwänden des Hubschraubers hocken, sehen mit ihren unglaublich weißen, in Flughelme eingeschlossenen Gesichtern eher wie in Zellophan verpackte, formlose Quarkbatzen aus und nicht wie die Avantgarde der bewaffneten Streitkräfte. Ich starre auf ein Wäldchen, das in der Nähe schlummert. Noch nie im Leben waren mir im Erdboden stakende Bäume so schön und sinnvoll vorgekommen.

Die Turbinen heulen noch gewaltiger auf. Die Erde mit allen Bäumen zusammen rückt plötzlich ab. In meiner Brust regt sich das unangenehme Gefühl, die Erde drehe sich nun viel zu schnell. Für einen Augenblick verschwindet sie sogar ganz. Als sie wieder auftaucht, liegt der Hubschrauber parallel zum Boden. Er nähert sich bereits unerbittlich der Flughöhe von einem Kilometer. Der MI-8 ähnelt von der Seite einem Gänseei oder dem als Zeppelin bezeichneten litauischen Kartoffelkloß mit einem Schwanz. Ein fliegender Kaulkopf. Seine gerundete Form ist an einer Stelle gebrochen: Für Absprünge ist der hintere Teil des Hecks abgenommen worden. Das ist das Loch, durch das ich in Kürze fallen werde. Ich werde aus dem Hintern des Hubschraubers herausfallen wie ein Stück Scheiße. Ich werde herausfallen mit angezogenen Beinen, meine Schenkel an den Reserveschirm pressen und mit der rechten Hand ums Verrecken den roten Ring festhalten.

Nun wankt der Feldwebel durch den Innenraum des

Hubschraubers und prüft, ob die Karabiner der Fallschirme bei allen Springern an das über unseren Köpfen entlangführende Stahlseil eingehängt sind. Der Feldwebel kommt zurück und setzt sich auf seinen Platz am Rand der Rampe.

Ich versuche angestrengt, an etwas Angenehmes zu denken. Gleich werde ich ein echter *desantnik*, ein Luftlandesoldat, sein. Gleich werde ich den Rausch des freien Falls erleben können. Gleich werde ich über meinem Kopf das Klatschen der sich entfaltenden Kuppel vernehmen. Doch mein Kopf ist leer, fast so leer wie mein Bauch. Nein, im Bauch ist es viel schlimmer. Im Bauch rumort Schwefelsäure, weil ich mir alle Eingeweide ausgekotzt habe. Die Pritsche ist hart, aber überhaupt nicht stabil. Ich versuche, mich mit den Fingernägeln an ihr festzukrallen. Die Angst, die mich überkommt, verschmilzt mit dem blauen Licht der Lampe über der Tür. Warum ist es blau? Es müsste rot sein! Nur wenn die Sirene ertönt, wird es grün. Und warum ist es so still, als sei ich gerade aus dem Hubschrauber abgesprungen? Dabei liege ich doch immer noch hier. Dabei ist doch gerade der Fähnrich Paramonow an meiner Pritsche vorübergewankt, dieses Stück Scheiße …

19

In der Armee nennt man so einen wie ihn russisch *kusok* – einen Brocken, ein Stück. Wenn vom Brocken die Rede ist, dann im Zusammenhang mit etwas, das man stehlen kann. Fähnriche stehlen ständig irgendetwas vom Eigentum ihrer Truppe, das größtenteils in der sogenannten *kaptjorka*, der Räucherkammer, aufbewahrt wird. (Dort gibt es meist so gut wie alles, auf jeden Fall Paradeuniformen und neue Mäntel. Sie hängen da wie in einer Räucherkammer, weil ständig geraucht und getrunken wird.) Und wenn von einem Stück die Rede ist, dann unbedingt im Zusammenhang mit Scheiße, russisch *kusok derma*. Du bist ein Stück Scheiße, solange du noch keinen einzigen Sprung absolviert hast. Und erst nachdem du aus dem Flugzeug gefallen bist wie ein Stück Scheiße, erst nach einigen Sprüngen, erst nach einem Dienstjahr bei den *desantniki*, den Landetruppen, wirst du ein Engel. Um seine dreiundachtzig Quadratmeter großen Flügel aus weißer Seide beneidet den Engel jeder *tschmyrjuga*, das heißt alle, deren Schulterstücke rot oder schwarz sind: alle beschissenen Infanteristen, Panzersoldaten und restlichen Erdwürmer. Nur er allein hat das Recht, sich als Fallschirmjäger zu bezeichnen. Der Fallschirmjäger ist für drei Minuten ein Engel. Für den Rest der Zeit ist er ein Lastpferd …

Der Fähnrich Paramonow glich einem Gaul: Er lief wie ein Gaul, glotzte wie ein Gaul und soff wie ein Gaul.

Er stahl nicht, er sparte. »Es muss gespart werden«, sagte der Fähnrich Paramonow immer und blies in seinen von Tabak vergilbten Schnauzbart. Sparsamkeit und Diebstahl sind zwei verschiedene Dinge. Seine Räucherkammer war voll von allerlei Reichtümern: neues Schuhwerk, Paradeuniformen, Baretts und *telnjaschkas*. Uns aber drehte er immer getragene Kleidung an. Und den Stoff für die Fußlappen schnitt er in so kleine Streifen, dass man die Füße nicht einwickeln, sondern verbinden musste. Ein Parasit war Paramonow, ein Schweinehund von seltenem Format. Er trank auch nicht aus der eigenen Tasche. Er kontrollierte unsere Briefe aus der Sowjetunion, in denen sich bisweilen ein Zehner mit Leninkopf fand. Die Zehner standen bei den Deutschen besonders hoch im Kurs. Für einen zahlten sie zwanzig Mark. Der offizielle Kurs des Rubel lag allerdings bei drei Mark. Diese Schwindler.

Der Fähnrich Paramonow war eines Tages bei einer Absprungübung als Auslasser eingeteilt, das heißt, er sollte als Letzter abspringen. Das tat er auch. Dann erst muss eine merkwürdige Information sein nicht ganz nüchternes Bewusstsein erreicht haben: Paramonow war abgesprungen, ohne sich einen Fallschirm anzulegen. Der Fähnrich mochte an etwas derart Absurdes nicht glauben. So versuchte er bei einer Fallgeschwindigkeit von circa fünfzig Metern pro Sekunde,

Rettungsmaßnahmen zu ergreifen. Nicht wie Baron Münchhausen, der sich am eigenen Schopf in die Höhe zog, sondern, indem er emsig an jenem Ring zerrte, mit dem der Fallschirm entfaltet wird.

Er war zerschellt, als man ihn fand. Doch mit seiner großartig zur Seite geworfenen Hand umklammerte Paramonow ein Stück Leder. Und in seiner Jacke – so einer, wie sie alle Militärpiloten tragen – klaffte rechts vorn, ungefähr dort, wo das Herz ist, ein scheußliches Loch. Kurz, die schöne Jacke war verdorben, und der Fähnrich Paramonow reiste in einem Zinksarg in die Tiefen des Ural ab. Und in der Hand hielt er ein Stück Leder, das seinen Verwandten nicht im Entferntesten vorgekommen sein wird wie ein Fallschirmring. Vielleicht wollte er sich vor dem Tod das Herz herausreißen. Es herausreißen und der sich ihm nähernden banalen Erde zeigen. Ihr zeigen, dass er den Tod nicht fürchtet. Er ist ein Fallschirmjäger – *wir sind vom Blau des Himmels, wie der Hurrikan …*

20

Ich drücke den Ring mit meiner Rechten noch kräftiger und betaste für alle Fälle schon zum x-ten Mal den Reserveschirm, der sich auf meiner Brust wölbt. Seinen Ring fasse ich erst mal besser nicht an. Es gibt Fälle, in denen unerfahrene Springer vor lauter Freude beide Ringe gezogen haben und die Sache weiß der Teufel, wie geendet hat. Als Hackfleischhaufen im seidenen Totengewand.

Der Hubschrauber beschreibt einen weiten Kreis über den verfallenen Schießständen und hält dann geradewegs auf die Sahara zu. Bald tauchen unten die ersten Sandflecken zwischen lichten Kiefernwäldern auf. Schließlich wird die völlig entblößte, nur hie und da mit Schwarzerde und Torf vermengte Sandmasse sichtbar. Die Fläche von neun Quadratkilometern, die als Sahara bezeichnet wird, nutzt die Armee zu ganz verschiedenen Zwecken. Vom Himmel fallen die Fallschirmspringer auf diesen Sand, während die Panzertruppen moderne, schnelle Panzer vom Typ T-80 durch die Sandwehen scheuchen und die Artilleristen sich hinter den Hügeln verstecken und imaginierte, im Sand eingegrabene Feinde beschießen. Diese Sandkiste ist so groß und unerschöpflich, dass das Kriegsspiel in ihr geradezu notwendig ist.

An der Zwischenwand, die die Pilotenkabine vom Rest des Hubschraubers trennt, fängt eine grüne Lampe scheußlich zu blinken an. Die *slony*, die Elefanten, die nun im Begriff sind, die Unschuld der Erdanziehung zu verlieren, stehen auf. Der Sergeant hebt die aus zwei miteinander verbundenen Rohren gefertigte Absperrung: Und da ist sie – die Erde.

Man muss sich nur zum Himmel erheben, um sich davon zu überzeugen, wie sinnlos das Handeln der Menschen dort unten ist. Das Knäuel aus Wegen, Pfaden und Straßen, die Inseln der Wohnorte, Fabriken, Städte, Stadien, Kirchen – alles wirkt vollkommen flach und überflüssig. Alles liegt so tief unten und ist so langsam. Kein Wunder, dass die Vögel auf uns nicht nur mit Erstaunen, sondern sogar mit Verachtung herabsehen und dass sie uns erbarmungslos die Köpfe vollscheißen.

Als ich am Rand der Rampe stehe, scheint es mir, als würde der Hubschrauber tiefer als auf einem Kilometer Höhe fliegen. Ganz deutlich sieht man im Sand die Spuren von Panzerketten und selbst von Soldatenstiefeln, hie und da Holzteile, kaputte Balken, Geschosskrater und dunkle Flecken – Schmieröl vielleicht oder Fetzen von verbranntem Gummi.

Zuerst denke ich stolz: Wie gut ich sehen kann! Doch gleich darauf, mit ungutem Gefühl: Und in diesen ganzen Mist soll ich als Erster springen? Da klopft der Sergeant auf meinen Helm und brüllt mir direkt ins Ohr: »Los!«

Verfickt, wieso gerade ich als Erster?, wundere ich mich tief im Innern. Doch da ist der Lärm schon verflogen. Wie ein aufgeblähtes, starr auf die Erde gerichtetes Auge falle ich gekrümmt, als würde ich in der Luft hocken, in völliger Stille in die Tiefe. Natürlich würde ich beten, aber ich habe keine Zeit. Ich habe auch keine Angst. Überhaupt habe ich gar nichts. Wie kann man beten, wenn es nichts, überhaupt gar nichts gibt, nicht einmal Gott. Sowieso werden alle Gebete verdrängt von dieser unsinnigen Zählerei, die ich lautlos, in einem aus völliger Starre geschmiedeten Vakuum, wiederhole: *Fünfhunderteins* … Mich befällt die Angst, ich könnte die Zahlen vergessen haben und steckenbleiben. Ich war noch nie gut in Mathe. *Fünfhundertzwei*… Es kommt mir vor, als hinge ich schon seit drei Stunden hier herum und würde nie mehr zur Erde gelangen. Ich bin aus der Gegenwart herausgesprungen und schwebe nun in einem Zwischenraum. Ich würde mich nicht wundern, tauchte jetzt neben mir irgendein gestorbener Bekannter auf und redete Dummheiten wie zum Beispiel: »Lange nicht gesehen.« … *Fünfhundertdrei*… Und …

Es gibt auf der Welt keine Religion, in der man ein dummes, aber aufrichtiges Zahlengebet spricht und daraufhin sofort reiche Segnungen empfängt. Aus meinem Rucksack, dem sogenannten Verpackungssack, gleitet rauschend die Kappe und versetzt mich ein wenig in Drehung. Über dem Kopf ist ein trockenes, kurzes Klatschen zu hören, als würde man mit der Zeitung eine Kakerlake an der Wand erschlagen. Das Fallen ist zu Ende. Gehenkte verspritzen Samen. Ich spüre Genuss, verspritze aber nichts. Das heißt, ich bin noch am Leben. Wie ein Gehenkter baumele ich in der Luft. Ich kann Arme und Beine bewegen. Ich lebe. In diesem Augenblick bin ich lebendiger als alle Lebenden. Ich habe weder Gehör noch Stimme. Aber ich höre ganz deutlich, dass ich irgendetwas singe von einem Festtag heut in meiner Seele. Erschalle, Schwester, fröhlicher. Und danach dasselbe wieder von vorn. Ich entsinne mich nicht, von welchem Fest die Rede ist und was die Schwester erschallen lässt. Aber auf solche Kleinigkeiten scheiße ich jetzt. Ich scheiße auch darauf, dass ich mich nicht daran erinnern kann, wie ich den Ring gezogen habe. Herrgott, der Ring! Wo ist der Ring? Wenn ich den Ring verloren habe, dann blüht mir was … Nein, der Ring ist in meiner Hand. Ich drücke ihn noch immer mit solcher Kraft, als wollte ich etwas Größeres und Sinnvolleres entfalten als eine Fallschirmkappe …

Wenn ich jemandem erzählen würde, dass ich die Initiation zum Mann dank meines Hinterns erlebt habe, man hielte mich für keinen Geringeren als einen Schwulen. Traditionen und Sitten sind stets mehrdeutig. Im Mittelalter, als Leonardo da Vinci den Fallschirm noch nicht erfunden hatte, gab es Verrückte, die tagaus, tagein einen Stein im Mund hielten. Niemand sperrte sie ins Irrenhaus. Im Gegenteil, sie wurden verehrt und geliebt.

Gegen Abend, als wir alle wieder versammelt sind, besprechen wir unseren ersten Sprung. Es sind sehr viele und unterschiedliche Eindrücke, und jeder lügt jeden schamlos an. Obwohl sich bestimmt die Hälfte vor Angst in die Hosen gemacht und nach dem Entfalten der Kappe die widerlichsten, schleimigsten Worte an die Götter aller Religionen gerichtet hat. Nun aber sind sie alle Adler. Nein, sie sind jetzt alle Engel. Alle spreizen die Federn ihrer hocherhobenen Flügel und rühmen sich. Sie sind so von sich eingenommen, als hätten sie Miss World gevögelt …

Der Sergeant tritt hinzu und fragt sarkastisch, was wir so herumstehen. »Setzt euch, ihr Fallschirmspringer!« Und dann fängt er tierisch zu lachen an. Er lacht so schrecklich, dass er das ganze Fest der Engel verdirbt. Leute, die lachen, als hätten sie einen Witz gehört und keinen selbst erzählt, sehen immer etwas blöd aus. Na klar, das ist lustig. Ich muss nicht lachen, obwohl ich weiß, dass ich lachen sollte. Und die anderen wissen das auch. Alle Ritter des ersten Absprungs lachen also den Sergeanten an und verstecken jetzt bescheiden ihre gespreizten Flügel, als hätte es sie nie gegeben. Das ist so Tradition hier. Dann verabreicht dieser Sergeant jedem von uns am Rande der Sahara mit dem Stahlseil des Fallschirmrings drei Schläge auf das eilfertig hingestreckte Gesäß. Jawohl, allein dank meines Hinterns bin ich zum echten Mann geworden. Eine Initiation, wie dem auch sei, nach der man tagelang nicht sitzen kann. Engel sitzen vermutlich niemals. Wozu brauchen die einen Hintern …

Ich höre etwas spritzen. So verspritzt ein angeschossener Mensch im Film sein Blut … Nein, das kommt wohl eher aus dem Benzintank eines angeschossenen Autos … Ich habe aber keinen Schuss gehört. Da ist nur dieses Spritzen … Wahrscheinlich weine ich, und meine Tränen spritzen auf den Boden … Ich habe Angst, die Augen aufzumachen. Wenn ich so viele Tränen vergieße, dann will es ja wahrscheinlich jemand so … Der Bärtige pinkelt wieder in die Ecke …

21

Das würde ich gern jeden Morgen machen: im eisigen Wasser baden und dann herumlaufen. Beim Herumlaufen würde ich laut schreien, lahme Möwen erschrecken und kugelige Seeschwalben, die aussehen wie Spielzeugenten aus Gummi. Ich würde meinen Körper mit dem Handtuch abrubbeln und danach einen Spaziergang am Strand machen. Ich würde alle Sachen in den Rucksack stopfen und nur die Badehose anhaben. Die Wellen wären klein, und der vom Wasser überspülte Sand wäre kalt. Ich würde am trockenen, gleichgültigen Meeresrand entlanggehen. Und ich selbst – auch ich selbst wäre gleichgültig. Doch vielleicht würde eine erscheinen, deren nachdenkliche Augen mich verzauberten. Und meine stoische Gleichgültigkeit würde sie verzaubern. Die Sonne, das Meer, die Dünen und die nachdenklichen Augen einer Frau. Sie würde nur mich anschauen und nur mich begehren. Mann und Meer ergeben immer eine Frau. Idiotenträume sind die allerschönsten.

Die Kirche ist um diese Zeit leer, würde ich denken. Dabei würde ich mit einem Blick, der nichts sieht, in die Ferne starren, dorthin, wo Wasser und Ufer miteinander verschmelzen, dorthin, wo zwei Naturgewalten in einer verschwommenen Linie ineinander übergehen. Keine Menschenseele wäre am Strand. Einen schöneren Anblick kann es nicht geben. Das Laufen ist nicht leicht, die Füße sinken ständig im Sand ein. Etwas weiter vom Wasser weg knirscht der Sand, als ginge ich durch Schnee. Ein Schauer läuft mir über den Rücken, aber die Stimmung, die mich nun erfasst hat, ist großartig. Wie gut es tut, wie sehr es mir gefällt, mich so stark, so abgehärtet und gar nicht dumm zu fühlen an diesem kühlen Septembermorgen.

Doch da bohrt sich etwas in meinen Fuß. Es ist so schmerzhaft, dass ich sofort stehen bleibe. Ich kann keinen Schritt mehr weiter, obwohl ich überhaupt nicht die Absicht hatte, hier herumzustehen. Manche Menschen reißt der Schmerz aus ihrer Lethargie. Sie beginnen zu handeln und werden zu Kämpfern, die allen auf die Nerven gehen. Andere dagegen wenden sich, wenn sie der Schmerz befällt, der Vergangenheit zu. Sie überdenken ihren ganzen bisher zurückgelegten Weg. (Ich aber habe noch gar keine nennenswerte Wegstrecke geschafft.) Sie werden zu Denkern. Sokrates hat anfangs Steine behauen und dachte überhaupt nicht an die Philosophie. Doch als ihn Xanthippe zu schlagen begann, pfiff er auf alles und vergiftete sich. Mich verwandelt der Schmerz in eine Salzsäule mit einem Beigeschmack von Dummheit.

Ich habe mir einen Zeh abgeschnitten. Eine Welle der Angst durchströmt meinen Körper. Ich wage nicht nachzusehen, was da unten geschehen ist. Was soll ich jetzt tun? Was, wenn da unten nur noch neun Zehen sind? Den Zeh ergreifen und zu den Rettungsschwimmern rennen? Sie haben in dieser Jahreszeit nichts zu tun. Sie schwenken nur weiße oder schwarze Fahnen oder eine Flasche Schnaps. Aber Rettungsschwimmer retten Ertrinkende, keine Fußzehen. Wenn der Zeh am Ertrinken wäre, dann wäre es etwas anderes. Doch er ertrinkt nicht. Er liegt, von meinem Körper abgetrennt, am Strand, im Trocknen. Ich kann mich doch nicht so gleichgültig von einem zwar kleinen, aber nur mir allein gehörenden Körperteil trennen. Ich kann das nicht.

Eis muss her. Sofort muss Eis gefunden werden. Erhabenere Gedanken tauchen in meinem salzigen Bewusstsein nicht auf. Vor kurzem fand ein Ereignis im Fernsehen, im Radio und in den Zeitungen breite Beachtung, das alle Probleme in Wirtschaft und Finanzen in den Schatten stellte. Eine Frau hatte, ergriffen von feministischem Zorn, ihrem Ehemann das Glied abgeschnitten. Der Mann war ein gebildeter Mensch. Er legte sein Glied in ein Gefäß mit Eis und fuhr in die Mikrochirurgie. Dort nähte man ihm das Teil in einer langwierigen und komplizierten Operation wieder an. Das war der erste echte Triumph unserer Medien, das wahre Gesicht der Demokratie: Endlich können auch wir die ganze Wahrheit berichten. Endlich erheben sich auch unsere Frauen zum bewussten Kampf. Auf den Titelseiten der Zeitungen prangten Fotos von dem angenähten Penis und seinem glücklichen Besitzer. Interviews und Aphorismen zu diesem Thema waren zu lesen. Der Penis und sein Besitzer wurden zu verschiedenen Festlichkeiten geladen – Eröffnungen von Schulen, Bibliotheken, Ausstellungen und Gefängnissen. Die beiden erhielten die Ehrendoktorwürde einiger Universitäten, und der Präsident verlieh dem nach tragischer Scheidung wiedervereinten Paar irgendeinen Orden. Es ist eine Geschichte, die nach christlicher Ikonographie verlangt. Sie ist dem Wunder der Begegnung von Jungfrau und Taube ganz und gar ebenbürtig.

Ich stehe da, und mein Körper ist ganz und gar beherrscht von Verzweiflung.

Ich will keinen öffentlichen Skandal, keine Journalisten und Fernsehkameras. Ich bin hierhergekommen … Wozu bin ich hergekommen … Ich hatte doch irgendeinen Auftrag, irgendetwas muss ich unbedingt erledigen, irgendetwas von existentieller Bedeutung. Aber ich kann mich nicht vom Fleck bewegen. Meine Füße versinken im Sand, und an einem Fuß fehlt überhaupt ein ganzer Zeh … Ein Zeh, ein Zeh, ein Zeh … Ein Zeh ist kein Penis. Er würde wohl kaum Beachtung finden in der Öffentlichkeit. Und Eis ist auch nicht zur Hand. Nicht einmal ein Taschentuch habe ich, in das ich die abgetrennte Gliedmaße einwickeln könnte, um dann loszurennen und einen Mikrochirurgen zu suchen. Von denen gibt es in diesem Kurort bestimmt nicht sehr viele. Und bis zur nächsten größeren Stadt ist jedes Glied verfault. Kein Eis … Der Zeh ist zum Teufel, aber wenigstens auf die Stirn – ein kleines Eiswürfelchen …

Wie beschämend, denke ich. Ich habe Angst, meinen linken Fuß zu bewegen, in den sich irgendetwas hineingebohrt hat und neben dem vielleicht ein Körperteil liegt, das früher einmal der große Zeh gewesen war. Da taucht ein älteres Paar auf. Sie mit einer weißen Perücke und er mit einer noch weißeren Glatze – vielleicht einer Schädelprothese aus Plastik. Beide mit Fotoapparaten und in Shorts. Sie sind sehr sauber, ihre helle Haut ist durch und durch transparent, selbst ihr Schweigen ist deutsch … Deutsche sind eine häufige Erscheinung an dieser Küste. Viele von ihnen behaupten, hier sei ihr *Vaterland*. Und sie benehmen sich, als stießen sie mit jedem Schritt auf Trümmer ihrer glücklichen Kindheit, die gerade eben der verwirrte Schliemann ausgegraben hat. Ich tue so, als würde ich etwas überaus Interessantes im Meer beobachten, in dem es niemals irgendetwas Interessantes gibt, außer Ertrunkene. Ich kann mich ja nicht bücken und so tun, als suchte ich etwas im Sand, weil ich meine abgetrennten Körperteile nicht anschauen kann, ohne Panik zu kriegen. So gehen die Touristen knirschend an mir vorüber. Verdammt, die könnten mich sogar fotografieren, wie ich hier so ohne großen Zeh herumstehe. Wie beschämend. Und ich könnte verbluten aus dem dümmsten Grund auf der Welt: vor Scham. Ich falle hier um, mit dem Gesicht in den widerlichen Sand, und keiner würde es beachten. Man würde wohl annehmen, dass ich mich sonne oder betrunken bin.

Und in diesem Moment taucht sie auf. Sie kommt aus den Dünen und läuft hinunter zum Strand, direkt auf mich zu. Sie hat rotes Haar, nicht gefärbt, von Natur aus. Sie hat lange Beine, lustige kleine, doch sehr stolz aufragende Brüste und auf ihrer bleichen Stirn einen kindlichen Pony.

»Willst du hier noch lange so herumstehen?«, fragt sie, als hätten wir uns erst vor einer halben Stunde zum letzten Mal gesehen.

»Na und, mir gefällt's«, murmele ich, obwohl ich gleich in Ohnmacht falle vor Scham, und wegen des Blutverlusts, und weil ich weder Eis noch Taschentuch habe und Salz im Kopf und auf den Lippen.

»Du stehst da, als würdest du tief in der Scheiße stecken«, kichert die Rothaarige. »Na ja, wie du willst.« Dann watet sie ins Meer.

»Warte mal.« Ich zögere, weil ich nicht weiß, was ich sagen soll. Natürlich sagt man in solchen Situationen meistens so was wie: Haben wir uns nicht schon mal irgendwo gesehen, dein Gesicht kommt mir bekannt vor. Oder: Heute ist so schönes Wetter, wollen wir nicht zusammen zu Abend essen? Oder sonst irgendwelchen Unsinn. Aber in meinem zu Salz erstarrten Bewusstsein sind selbst diese Klischees zerstört. So stammele ich einfach: »Lass mich nicht allein.«

Sie bleibt stehen und sagt sogar, wie sie heißt. »Maria«, sagt Maria, ohne sich umzudrehen.

Vor Angst, sie könnte gleich wieder verschwinden, sich in Luft auflösen wie ein Gespenst, frage ich sie, ob das ihr Name ist oder ein Alptraum.

»Du Dummer«, lächelt die Rothaarige. Sie hat sich zu mir umgewandt, hält den Kopf ein wenig schräg und schaut dabei wie durch eine Glasscheibe. Nichts nervt einen Mann mehr als dieser Blick, wenn eine Frau dich ansieht, als seist du Vitrinenglas. Dann fragt sie, ob wir uns nicht schon früher einmal begegnet seien, wie ich hieße und ob ich gern mit ihr zu Abend essen würde. (Nein, sie sagt: »Willst du vielleicht Wein in den Dünen trinken?«) Das Wetter sei doch heute so schön und ich so komisch.

Ihr flammender Kopf erstrahlt in der aufgehenden Herbstsonne. Ihre Nase ist etwas länglich, so dass sie jetzt dem Fuchs im Märchen ähnelt, der einen im Sand stecken gebliebenen Hasen beobachtet.

»Hör mal«, sage ich erschrocken, »vielleicht gehst

du schon mal in dieses verfluchte Wasser, sonst kriegst du noch einen Sonnenbrand.«

»Und was ist das da?« Sie hüpft plötzlich mit ein paar Sprüngen auf mich zu. Ich schaffe es nicht mal, vor Schreck aufzuschreien, da hockt sie schon an meinen Füßen. Dann hält sie mir etwas Blitzendes unter die Nase und sagt mit völlig verzweifelter Stimme: »Eine Schere.«

»Eine Schere«, stimme ich zu und erinnere mich sofort: »Und der Zeh?«

»Der Zeh … Dein Zeh hat einen kleinen Schlitz.«

Sie kichert wieder wie ein Kind, bückt sich runter zu meinem Fuß und leckt die kleine Wunde an meinem großen Zeh.

Ich habe einfach kein Recht dazu, mich nicht in diese Frau zu verlieben. In dieses Mädchen namens Maria.

Unsere Haut ist noch nass und ein wenig fröstelig, zusammengezogen vom kalten Meerwasser, da trinken wir schon Wein in einer Mulde zwischen zwei kleinen Dünen. Sie erzählt mir nichts über ihr Leben, und ich erzähle ihr nichts über meins, vielleicht haben wir bis heute überhaupt nicht gelebt. Vielleicht leben wir auch jetzt nicht, wir gleiten nur über den Sand und lösen uns auf zwischen den Fingern eines unbekannten Anderen. Am meisten wünsche ich mir, auch sie möge eine kleine Wunde haben. Wenn nicht am großen Zeh, dann wenigstens an der Hand oder irgendwo sonst. Wir spielen mit der Schere, sie möchte mir die Haare schneiden. Meine Haare sind nass und sandig, und die Schere ist klein und schon angerostet.

»Man kann mit einer rostigen Schere keine Haare schneiden«, bringe ich ihr bei. »Du wirst meine Haare infizieren, ich bekomme sofort eine Glatze und mein Kopf wird glänzen wie der Obolus in der Hand eines Toten.«

Sie lacht und lacht.

»Gut«, sagt sie, »du darfst mir eine kleine Wunde machen.«

Und sie zieht ihr Hemd hoch, sie hebt es an bis zum Hals und enthüllt ihren kleinen, lustigen Weinberg. Zwischen zwei nicht ausgewachsenen Dünen, rund und unaufhörlich geschliffen vom Wind.

Dann lacht sie und sagt: »Du siehst ihn nicht, aber ich sehe ihn, den Wachturm.«

Und ich sage: »Wenn dort ein Soldat steht, dann sieht er uns. Er hat bestimmt ein Fernglas, um nach Wikingern auszuspähen, die übers Meer kommen und uns erobern wollen.«

Sie lacht noch mehr: »Er sieht deinen nackten Hintern und spielt bestimmt mit seinem Schwanz. Die Wikinger sind ihm sicher ganz egal.«

Gut, dass wir Wein getrunken haben, gut, dass ich einen Rausch habe und allmählich wieder zur Salzsäule erstarre. Sonst würde ich gleich meine Manneskraft verlieren. Ich muss mich sehr anstrengen, während sie lacht und sich meinen Hintern als Zielscheibe des Küstenschutzes vorstellt. Gut, dass ich getrunken habe. Ich verstehe nur nicht, warum mich so furchtbarer Durst quält, wenn ich doch getrunken habe. Mein Mund ist eine Pulverkammer. Warum ist es für mich eine Tortur, Speichel zu schlucken? Warum fühle ich, dass jemand auf meinen Hintern schlägt, als sei er das Himmelstor? Warum sehe ich mein Bein, meinen Fuß in einem Strumpf mit einem Loch, aus dem der große Zeh herausschaut …? Aufstehen? Kommen sie, um mich zu holen? Ich will nicht, ich möchte gern jeden Morgen über den Strand gehen, im eisigen Wasser baden, das mein Bewusstsein erstarren lässt, herumrennen und am leeren Ufer blinde Möwen und analphabetische Seeschwalben anschreien. Ich möchte gleichgültig sein gegen Erinnerungen, die meine Hirnwindungen wie Eisberge schrammen …

22

Der Einarmige erwähnt immerzu irgendeinen Turm. »Was für ein Turm?«, frage ich mit angezogenen Beinen. Ich drücke mir die Schenkel so eng wie möglich an den Bauch, damit mir nicht so kalt ist, nicht so übel und vielleicht auch, um bereit zum Absprung zu sein. Bereit zu einem weiteren Absprung, bereit zur Endlosigkeit der Sprünge. Sie lassen mich nicht los, und sie werden mich nicht loslassen. Bis ich bis drei gezählt habe. Bis sich über meinem Kopf mit einem trockenen Klatschen die Kappe entfaltet. Bis sie mir die Wirklichkeit zurückgibt und mich in mich selbst zurückversetzt – so wie ich hier liege, gekrümmt, auf dieser harten, mit Wachstuch bezogenen Pritsche.

Der Einarmige erwähnt immerzu einen Turm. »Welcher Turm?«, frage ich und kann meine Stimme nicht hören. Ich höre nicht meine Stimme, sondern die von Dermak. In unserer Bude liegt er am Rand, hat einen Platz mit Prestige. Früher schlief dort Mischa aus dem Ural, doch der erhielt ein Telegramm mit der Nachricht, seine Frau habe zwei Mädchen geboren, und verschwand in sein verflixtes Dorf. Er hatte kaum mehr als ein Jahr gedient, aber zwei Kinder genügten, um ihn aus den Reihen der blauen Barette zu entfernen. Mischa standen beim Abschied fast die Tränen in den Augen. Obwohl wir ständig von der *graschdanka*, vom zivilen Leben sprachen und träumten, wollte keiner auf diese Weise seine Kalaschnikow, seinen Fallschirm und alle Annehmlichkeiten, die uns im zweiten Dienstjahr erwarteten, aufgeben. Schon gar nicht wegen zwei schreiender kleiner Mädchen. Auch Mischa wollte das nicht, und so deuteten wir seine Tränen als die Trauer eines echten Mannes im Angesicht des schweinischen Schicksals.

Und nun, der Zapfenstreich ist schon gewesen, ertönt aus der Ecke, in der einst Mischa residierte, nicht mehr seine Stimme, sondern die von Dermak. Sie ist eher wütend als fragend: »Von welchem Turm, von welchem? Von dem am Rand des Platzes?«

Dermak hat die Angewohnheit, manche Wörter zweimal zu sagen. Als Malygin einmal vom Politoffizier nach draußen mitgenommen wurde, weil er ihm helfen sollte, einen neuen Schrank aufzubauen, quälte Dermak ihn nach der Rückkehr eine halbe Stunde lang mit der Frage, was er bei dem Schakal gegessen habe.

Malygin, ein langsamer, wortkarger Typ, der in den ganzen zwei Jahren über den Status eines »Fresssacks« nicht hinausgekommen ist, stammelte: »Tee haben wir getrunken.«

Dermak war gleich so genervt, dass er ganz nah an Malygin herantrat und ihm direkt ins Gesicht schrie: »Und Brot, Brot haben wir gegessen.«

Der Dialog »Tee haben wir getrunken« und »Brot, Brot haben wir gegessen« zog sich fast eine halbe Stunde lang hin. Dann riss Dermak der Geduldsfaden: Er gab

Malygin eins auf die Fresse, weil, so Dermak, ein Fresssack kein Recht dazu habe, Weißbrot zu essen, schon gar nicht im Haus eines Schakals. Aber das Schlimmste daran war, dass Malygin die Möglichkeit gehabt hatte, einen halben Tag in der Gesellschaft der Frau des Schakals zu verbringen. So viel Zeit in der Nähe einer Frau war fast dasselbe wie ficken. Das war eine echte Sauerei, da konnte man wohl kaum widersprechen.

Es gibt sehr viele Versionen von der Turm-Geschichte, daher wird sie vor dem Einschlafen hin und wieder hervorgekramt. Dermak ist einer von denen, die die Deutschen nicht mögen. Offen gestanden, hier mögen fast alle die Deutschen nicht, denn die leben jenseits des Zauns. Sie können fressen und saufen, so viel sie wollen, und ficken, wann immer sie Lust haben auf ihre scheußlichen, langnasigen, krummbeinigen und völlig flachbrüstigen Weiber.

Keiner weiß genau, wann es geschehen ist, aber dass es geschehen ist, daran zweifelt keiner. Die Frühlingspartie der *dembel* war auf dem riesigen Platz angetreten, der dem Exerzieren und feierlichen Zeremonien vorbehalten war. Die Brigadeführung, bestehend aus den obersten Schakalen, laberte aus diesem Anlass jedes Mal von der Tribüne herunter irgendwelchen Scheiß von der erfüllten Pflicht fürs Vaterland und von den besten Wünschen für die erfolgreiche Wiedereingliederung in die Reihen der Zivilisten. Der düstere Wasserturm aus der Vorkriegszeit ragte an der Ostecke des Platzes hinter einem üppigen Gebüschstreifen auf. Doch die Sträucher waren so niedrig, dass sie kaum ein Drittel seines massiven, dunkelroten Sockels verdeckten.

An dieser Stelle der Geschichte ist Dermak so aufgeregt, dass er nicht mehr die Wörter wiederholt, sondern die Silben.

»Pupupulemjot«, sagt Dermak, und ich übersetze in Gegegedanken: Mamamaschinengewehr. Das Mamamaschinengewehr, wiederholt Dermak in meinem Kopf, war von schwerem Kaliber und verschoss überdies scharfe Munition. Von den *dembel* müssen nur blutige Fetzen übriggeblieben sein. Obwohl keiner etwas Genaues wusste, war allen klar, dass diese *nedobityje faschisty*, diese nicht restlos geschlagenen Faschisten, auf unbewaffnete und friedliche Soldaten gefeuert hatten. Die größte Blasphemie aber bestand darin, dass es *dembel* waren, also, könnte man sagen, schon fast Zivilisten.

»Und die – diese Huhuhuren, mit einem Mamamamaschinengewehr vom Tututurm.« Dermaks Stimme ist schmerzerfüllt, und die ganze Bubububude pflichtet ihm natürlich bei.

Das Merkwürdigste daran war: Als die bewaffneten Soldaten den Turm erreicht hatten, fanden sie die Tür mit einem verrosteten Schloss versperrt, das seit tausend Jahren nicht geöffnet worden war. Und oben, dort, wo die Schüsse abgefeuert worden waren, fanden sie keine einzige verflixte Patronenhülse.

»Kann sein, dass auch jetzt noch alles voll von ihnen ist, von den Faschisten. Hier, unter uns, denn dieser unterirdische Tunnel führt vom Territorium der Brigade direkt bis zum Bahnhof.« Das ist nicht mehr Dermaks, sondern Ljochas Stimme.

»Red keinen Scheiß«, erwidert Rasskas. Seinen Spitznamen, der so viel bedeutet wie »Geschichte«, trägt er nicht, weil er ein besonders guter Erzähler ist, es ist eine Abkürzung seines Familiennamens.

»Scheiß uns nicht ins Gehirn«, sagt Rasskas, »wer wird denn schon so viele Jahre lang unter der Erde hocken.«

»*Tod Kopf*«, sagt Ljocha. »Der tote Kopf«, übersetzt Ljocha ins Russische. »Hier, in dieser Kaserne, war im Krieg eine SS-Panzerbrigade stationiert. *Tod Kopf*«, sagt Ljocha genüsslich auf Deutsch, mehr deutsche Wörter kann er nicht. »Kann sein, dass dort alles voll von Panzern ist«, sagt Ljocha, »nur sind ihre Benzintanks leer, und deshalb hört man sie auch nicht nachts herumfahren.«

Tod Kopf klingt bedrohlich und überzeugend, also legt sich Rasskas nicht mit ihm an.

»Mein Landsmann aus dem ersten Batallion hat erzählt«, sagt Rasskas, »dass es hier irgendwo, unter der Spree, konservierte Fabriken der Faschisten gibt. Dort ist alles eingeschmiert und zur Arbeit bereit: Werkbänke, Anlagen, Fließbänder, Rohstoffe. Alles ist eingeschmiert, geflutet und wartet nur darauf, dass der Krieg wieder anfängt. Ganze Fabriken – unter dem Fluss und geflutet.«

»Du spinnst«, brummt Midler, »unter so ein Scheißflüsschen passt doch keine Fabrik.«

Die Spree ist ja wirklich nur ein bescheuertes Rinnsal, besonders im Vergleich zur Wolga oder dem Jenissei. Aber ich habe ja weder die Wolga noch den Jenissei je im Leben gesehen, also kann ich dazu gar nichts sagen. An dieses Gerede glaube ich nicht. Dafür habe ich auf dem Soldatenfriedhof in der Stadt die Kindergrabsteine gesehen. Diese Geschichte über die Abschlachtung von Frauen und Kindern der Schakale in der Nachkriegszeit, die kommt mir vollkommen real vor. Da haben diese nichtswürdigen Deutschen irgendwie falschen Alarm ausgelöst. Die Schakale rannten in die Kaserne, und inzwischen wurden ihre Frauen und Kinder abgeschlachtet …

»Nicht abgeschlachtet, sondern angesägt«, ist Midlers Stimme zu hören.

Aber das ist wieder eine andere Geschichte: die Geschichte von dem Schakal und den beiden Soldaten, über denen vor kurzem die Bunkerdecke eingestürzt ist. Sie erstickten alle drei unter der Erde. Am Tage würde man vermutlich annehmen, die Decke sei einfach schlecht abgestützt gewesen oder es seien zu viel Erde und verfaultes Holz aufgeschüttet worden. Aber jetzt, in der Nacht, da nichts als die Schritte des Wachhabenden auf dem Flur zu hören sind, weitet sich die Geschichte aus und nimmt eine andere Wendung. Midler erzählt unglaubliche Dinge, man kann sie glauben oder auch nicht. Wenn dich nicht nur die Nacht umgibt, sondern auch ein fremdes, unverständliches Land, dann glaubst du an weiß der Teufel, was. Angeblich war es das Werk eines Amerikaners von der Auslandsspionage.

Midler erzählt die Geschichte so, als hätte er den zwei Meter großen Amerikaner mit eigenen Augen gesehen, wie er die beiden Soldaten und den Schakal listig in den Bunker gelockt, die Stützbalken angesägt und dann alles mit Erde zugeschüttet hat. Schließlich sei der Amerikaner mit einer Leichtigkeit über die drei Meter hohe Mauer gesprungen, als handelte es sich nicht um eine Mauer, sondern um ein Bett. Und darin liegen wir, und allmählich überkommt uns das Grauen angesichts der Schandtaten der widerwärtigen Kapitalisten.

Da verstummt Midler plötzlich, und im Dunkeln ist

schweres Schnaufen zu hören, so als erstickten wir alle an der Erde, die unsere Münder verstopft, als erschauderten wir vom Atem des nahenden Todes, als strömten die Gedanken der Toten surrend durch unsere Finger, als hörten wir unter der Erde die *Tod Kopf*-Panzer wie Gespenster durch den Tunnel zum Bahnhof rollen – ohne Treibstoff und sogar ohne Besatzungen. Wie die Zombies, von denen Viktor damals in Frankfurt/Oder erzählt hat. Zombies, die ohne Blut herumlaufen können. Wenn du auf sie schießt, vergießen sie kein Blut, sie entblößen nur die Wunden in ihrer Brust, die ein bläuliches, lebloses Licht ausstrahlen – direkt in unsere bleiernen, von Kriegswunden erfüllten Träume. Über ihnen hängt ein riesiger, geneigter Christuskopf. Aus seinen Augenhöhlen kriechen weiße Würmer, und aus seinem Mund, rot wie die Angst und die kindliche Sehnsucht, kriechen schwarze, lange Schlangen und flüstern *tod kopf, caput mortem, tod kopf, tod kopfff …*

23

Je unverschämter du lügst, desto selbstverständlicher ist dein Recht darauf, die Lüge zu verteidigen wie jeden anderen Wert auf der Welt. Einer Welt, in der es keine Hierarchien mehr gibt. Die Menschen mögen nur keine Lügner, die besser lügen können als sie selbst.

Aus der Ecke verbreitet sich Uringestank. Ich aber rieche brennenden Schnee. Heiße Schlacke, die im Schneematsch verzischt.

Im Sommer wird man niemals auf diesen Geruch stoßen. Es sei denn, man drückt eine Zigarette in der Hand aus. Es ist der Geruch von versengter Haut und siedendem Schnee. Der Frost verleiht diesem Geruch eine besondere Note, den bläulichen Geschmack von Eisen in Mund und Nase. Zu diesem Geruch würde auch das Krächzen von Krähen auf vereisten Ahornzweigen sehr gut passen oder der bläulich schimmernde Dampf aus einem frisch aufgeschlitzten Schweinebauch und die Hände eines betrunkenen Bauern, die in den Eingeweiden wühlen …

Es gibt nichts Angenehmeres, als seine aufgerauhten Hände in einem riesigen Kesselhaus zu wärmen, wo vier gigantische Öfen glühen. Sie sind so hoch, dass man sie als Hochöfen bezeichnen könnte, doch das Einzige, was in ihnen zusammenschmilzt, ist die langsam dahinkriechende Dienstzeit. Wenn die Wache im Kesselhaus zu Ende ist, werden Goscha und ich mit einer Nadel wieder einen Tag in unseren Pappkalendern auskratzen. Die Kalenderakkupunktur ist der schönste Augenblick vor dem Einschlafen.

Leicht berauscht vom Tosen der Öfen, wärmen wir uns die Hände, und allmählich überkommt uns das Gefühl, wir würden im untersten Deck der Titanic hocken, umgeben vom Donnern der Gelenkwellen, Zugstangen, Hebel und anderer schöner Stahlteile von unnatürlicher, gigantischer Größe. Unsere Fingerknöchel eitern: Eigentlich sind Liegestütze keine besonders ermüdende Arbeit, aber wenn man mit den Knöcheln auf Schlacke fällt, dann reißen die harten, spitzen Bröckchen die Haut auf, und es bilden sich Wunden, die mit der Zeit zu eitern beginnen. Das Wetter in Deutschland ist verdammt nass und für Liegestütze vollkommen ungeeignet, ganz besonders mit Wunden – sie wollen nicht heilen.

Schon seit Ewigkeiten stapelten sich neben dem Kesselhaus diese Baumstämme, und niemand hat sie je gebraucht. Irgendwann im Leben widerfährt so etwas jedem von uns: Da hängt jahraus, jahrein an irgendeinem Gebäude irgendein Gesims, und eines Tages fällt es herunter und ausgerechnet dir, der du gerade zum ersten Mal hier vorbeikommst, auf den Kopf.

Die Baumstämme sollten auf einen Laster vom Typ Ural mit sechs Rädern befördert werden, und noch dazu schnell. Hier wurde alles immer in letzter Minute erledigt, obwohl der beladene Ural dann noch zwei

Stunden am Kontrollpunkt herumstand. Der *kusok* aus dem zweiten Zug der ersten Division, der die Balken begleiten sollte, war nämlich unauffindbar.

Wir waren zu sechst beim Befrachten, aber selbst sechs Mann zusammen konnten einen Balken nur mit knapper Not auf die hohe Kippfläche des Ural stemmen. Nach der ersten Ladung, die wir aufgeschichtet hatten, wurde die Arbeit fast unerträglich schwer. »Das sind keine Baumstämme, sondern verfluchte Klaviere«, brummte ich zu Goscha hin. »Das ist eine Sisyphusarbeit«, sagte der weise Goscha.

Und da muss mich der Teufel in die Zunge gekniffen haben. Um die Tränen besser zu verbergen, die mir vor Anstrengung kamen, erzählte ich allerlei Unsinn. Ich staunte über mich selbst und redete trotzdem weiter. Obwohl ich ahnte, dass es ein schlimmes Ende nehmen musste, konnte ich einfach nicht aufhören.

Was provoziert uns zu solchem Handeln? Wir wissen, dass es nicht erlaubt ist und dass wir besser schweigen sollten, trotzdem quasseln wir und verspüren sogar Genuss angesichts des drohenden Unheils. Was? Vielleicht der Teufel, vielleicht der Hochmut, vielleicht aber auch einfach Dummheit.

Ächzend erzählte ich von Sisyphus, der einen schweren Baumstamm auf einen Hügel rollen musste: »Der schlimmste Hurensohn ist er gewesen, und du hast Mitleid mit ihm«, sagte ich zu Goscha. »Immerzu hat er üble Gerüchte verbreitet und die widerlichsten Intrigen gesponnen. Zum Beispiel, als Zeus die Tochter des Flussgotts gevögelt hat. Seinen Namen hab ich vergessen – er war, gewissermaßen, der Chef der Flussabteilung da oben im Himmel. Und Sisyphus hat Zeus bei diesem

Flusschef angeschwärzt. Zeus war so was wie der *kombrig*, unser Brigadekommandeur. Aber eigentlich war er noch was Höheres, denn unser Mann ist ja nur Oberst, und Zeus war mindestens ein Generalissimus.« Dieses Wort flüsterte ich Igor ins Ohr, man wusste ja nie. »Also«, sagte ich zu Igor, »da waren die Götter beleidigt und hetzten Sisyphus einen Killer auf den Hals, ein Weib, glaube ich, namens Thanata. Doch er vögelte sie, machte sie betrunken und schloss sie bei sich im Schuppen ein …«

»Hör auf, Scheiße zu labern«, polterte der *kotschegar*, der Oberheizer, wütend. Er stand rum, glotzte und packte nicht mit an, diese Bestie. Er sah, dass uns schon die Därme zum Arsch rausquollen, und grinste, half aber nicht. Dann verschwand er wieder durch die Doppeltür ins Kesselhaus.

»Verfickt«, sagte ich zu Igor, »der sitzt warm und macht trotzdem noch seine verfickte Schnauze auf.« Wir waren ein bisschen neidisch auf solche Positionen wie die des Oberheizers. Das war kein Dienst, sondern ein richtiges Leben. Er machte sich sogar sein Essen an Ort und Stelle, normales ziviles Essen: Bratkartoffeln, Tee und Weißbrot. Mit einem Wort: Er war Abschaum. Igor dachte anders, Igor war ein Idealist. Seiner Meinung nach war nur ein schießender, kriechender, springender und Wache schiebender Soldat etwas wert …

Als wir noch keine *tschereps*, keine Schädel, waren, hatte uns Trofimow überreden wollen, zum Politoffizier zu gehen und um Versetzung nach Afghanistan zu bitten. »Dort gibt es nicht so eine Scheiße wie hier«, agitierte Trofimow. Niemand geriet in Versuchung. Vermutlich aus sehr menschlichen Gründen, obwohl wir bereits begonnen hatten zu vertieren, also schon fast unsere Ausscheidungen essen konnten. Trofimow ging allein hin, dann haben wir ihn nicht mehr gesehen. Er wurde in den Schweinestall der Brigade versetzt. Die Schweinehirten hausten gleich mit dort – bis über die Ohren im Mist. Doch auch dort gab es dieselbe *dedowschtschina*, die sogenannte Herrschaft der Großväter: Die älteren Schweine fickten die jüngeren nicht schlechter als hier bei uns. Trofimow saß dort zwei Jahre ab. Keiner hat ihm mehr die Hand gegeben. Die ganzen zwei Jahre über.

»Was hat das mit Sisyphus zu tun?«, fragte mich Igor.

Ich konnte mich nicht mehr erinnern. »Ach ja, Sisyphus. Sisyphus deswegen: Du hast Mitleid mit ihm, weil er Baumstämme rollen muss. Alle haben Mitleid mit ihm und reden nur davon, wie schwer die Arbeit von Sisyphus ist. Doch es interessiert keinen, wofür er diese Arbeit aufgebrummt bekommen hat.«

»Wofür hat er sie denn bekommen?«, fragte nun nicht mehr Goscha, sondern dieser Verwahrloste mit den verfaulten Zähnen aus der Nachrichtenabteilung.

»Er bekam sie«, sagte ich unter Ächzen, weil wir wieder das eine Ende des Baumstamms nicht auf die Ladefläche kriegen konnten, »er bekam sie«, und endlich hatten wir das Ende oben, »weil er der schlimmste Dreckskerl war. Es starben keine Menschen mehr, weil Thanata, die Killerin, im Schuppen saß und niemanden mehr abmurksen konnte.«

Dann mussten wir erst mal nicht weiter laden, weil der Sergeant, der uns beaufsichtigte, sich zum Aufwärmen in den Kesselraum verdrückt hatte. Das Wetter in Deutschland war nass und widerlich. Also machten wir eine kurze Zigarettenpause, und ich konnte vom nichtswürdigen Sisyphus erzählen, der ein Lügner und Heuchler war: »Thanata wurde schließlich von Ares befreit und legte Sisyphus sofort um. Aber der befahl seiner Frau im Sterben, ihn nicht zu begraben, sondern über den Zaun zu werfen und sein Andenken nicht in Ehren zu halten, sondern darauf zu machen ...«

»Machen – was kann denn ein Weib schon machen?« Der Lulatsch mit den zerfressenen Zähnen verstand es nicht.

Schon immer fand ich Leute widerlich, die meine Erzählungen nicht verstehen. Ich verstand ja auch nicht, warum die Tötung eines Menschen im Krieg als Pflicht bezeichnet wird und unter friedlichen Umständen als Mord. Aber ich würde doch wegen solcher Nichtigkeiten nicht gleich jemandem an die Gurgel gehen. Also beachtete ich ihn gar nicht und erzählte weiter. Und zwar so: »Im unterirdischen Totenreich beschwerte sich Sisyphus bei Persephone, der Frau des Chefs vom Hades. Kann sein, er hat sie sogar gevögelt, aber darüber schweigen die Quellen. Seine Frau sei eine Hure, sie begrabe ihn nicht und belustige sich mit jungen Männern, während er leblos am Zaun liege. Kurz: Er bat um eine Dienstreise zurück in die Welt der Lebenden. Und Persephone ließ ihn ohne Wissen ihres Mannes gehen. Sisyphus kehrte zurück in die Welt der Lebenden und wollte nicht wieder ins Totenreich.«

»Wer würde das schon wollen«, der Nachrichtensoldat zeigte seine wurmstichigen Zahnstümpfe, »da spinnst du ja was zusammen.«

»Nichts hab ich gesponnen, du dämlicher Esel. Die Geschichte geht so. Nicht ich hab sie mir ausgedacht, in den Büchern steht sie so geschrieben. Griechische Mythen heißen sie.«

»Wie ging es weiter?«, fragte Goscha kichernd.

»Weiter? Weiter weiß ich nicht mehr. Hermes, glaube ich, hat Sisyphus endgültig umgebracht und ihm den Stein gegeben. So schuftet er sich nun den Arsch ab wie Papa Carlo im unterirdischen Totenreich. Und alle haben Mitleid mit diesem Hurensohn.«

»Trotzdem ist mir das unklar«, sagte Goscha.

Wenn ihm was nicht klar war, überkam mich totale Verzweiflung. Und die Verzweiflung wurde dadurch noch größer, dass wir wieder ächzend einen riesigen Baumstamm anheben mussten – mit so viel Kraft, dass uns gleich die Trommelfelle platzten.

»Was ist dir unklar«, fragte ich Goscha schon fast heulend. »Was, verfickt noch mal, ist unklar? Du siehst doch, wie schwer das ist. Wie schwer es ist zu sagen, dass es schwer ist. Du denkst wohl, das waren nur Wilde, dass sie in Höhlen gelebt und sich diesen Unsinn ausgedacht haben? Meinst du, die waren dumm? Sie wollten auch etwas erzählen, irgendwas erzählen, dass sie gelebt haben. Sie schufen Märchen, in denen wenigstens ein verfluchter Stein erhalten bleibt. Und zwar der Stein, den wir hier schon seit zwei Stunden auf diesen Laster heben. Dafür wird sich niemand bei uns auch nur bedanken, Igor. Wenigstens du solltest das verstehen. Ich erzähle, damit ich nicht zu schreien anfange, damit ich nicht weglaufe, damit ich nicht alle der Reihe nach erschieße. Ich halte mich fest an Sisyphus, diesem Lügner, und seinem Stein und erzähle. Ich denke mir Lügengeschichten aus, weil ich mir alles hier einprägen will. Diese Baumstämme will ich mir einprägen, ihr unerträgliches Gewicht und das Gedärm, das mir zum Arsch rausquillt und dich, du Parasit, meinen besten Freund. Sogar diesen einfältigen Ernährer der Würmer, den Nachrichtensoldaten, diesen *swjasist*, will ich mir einprägen. Ihn und den Schnee und *kotschegar*, den Heizer – ich möchte mir alles einprägen, weil ich nie geglaubt hätte, dass das Leben so schwer, so unerträglich sein kann, dass es fast unmöglich sein kann, sich vor sich selbst zu verstecken …«

Der Anblick, der sich dann bot, war wohl ziemlich hysterisch: Der Sergeant, der wieder aus dem Kesselraum gekommen war, polierte mir ungehobelt die Fresse. Goscha stieß dann dieselbe Fresse in den Schnee. »Kühl dich ab«, sagte er, und meine vor Scham und Verzweiflung glühende Fresse zischte wie ein Eimer glühender Schlacke mit bläulichen Flämmchen.

Igor lag längst in jenem Schlaf, den die wohlige Ermattung nach der Wache bescherte. Ich dagegen musste dem Politoffizier noch erklären, wer wen gevögelt hat: Zeus den Brigadekommandeur oder umgekehrt. Es endete damit, dass er mich gehen ließ mit der Warnung, keine versauten griechischen Märchen mehr zu erzählen, weil das übel enden könnte. Er stellte dieselbe hoffnungslose Frage: »Wozu machst du sowas, *towarischtsch soldat*?«

»Weiß der Geier, *towarischtsch sampolit*.«

Wenn ich nur wüsste, wozu das alles. Wenn ich nur wüsste, wozu ich mir das alles einprägen will – und zwar so einprägen, dass ich es vergessen kann.

24

Der blendend weisse Sand unter meinen Füßen kann sich leicht in Schnee verwandeln, besonders, wenn ich die Beine kaum anhebe und den Boden mit den Füßen streife. Es ist ein Scharren, so, als liefen nicht Füße über Sand, sondern Kufen über Schnee … Ich gehe, gehe, gehe, und der Sand wird weißer, weißer, weißer. Er blendet immer mehr, er wird unerträglich weiß, wie Schnee im tödlichen Schein der Februarsonne nach Mittag. Wie Schnee, matschiger und matschiger, und meine tränenden Augen sind so verklebt, als seien die Lider scheußliche gelbe Fliegenfänger …

Für drei Tage wurde unser ganzer Zug in den Wald verfrachtet, *na wyschiwanije*, wie es im Russischen heißt – zum Überleben. Sie brachten uns mit Urals in den eingeschneiten Wald und überließen uns dort unserem Schicksal. Wir hatten Trockenproviant für drei Tage, ein Funkgerät, Maschinengewehre mit leeren Magazinen (damit uns nicht etwa einfiel, auf die Jagd zu gehen) und eine Aufgabe: verhindern, dass der »Feind« unseren Gleisabschnitt vermint. Ich weiß nicht, ob sich in den deutschen Wäldern noch faschistische Partisanen versteckt halten, aber von der russischen Armee gab es wahrhaftig Spuren zuhauf. Und zwar sehr große und scheußliche Spuren: rostige Metallteile, Laufgräben, Müll, Bombensplitter, scharfe Munition, vielleicht auch die eine oder andere verscharrte Leiche. Nach nicht allzu langem Suchen fanden wir eine strategisch günstige Stelle auf einer Anhöhe: einen schon etwas älteren BMP-Unterstand zwischen jungen Kiefern. Wir schlugen mit den Spaten einige junge Kiefern und deckten mit ihnen den Unterstand ab. Darüber breiteten wir ein paar Zeltplanen aus und schütteten sie zu mit Schnee. Nur zum Dickicht hin ließen wir einen schmalen Eingang offen. Das Innere der Grube legten wir mit Tannenzweigen aus und entfalteten auf ihnen die restlichen Zeltplanen. Jetzt konnten wir uns hinsetzen. Die wattierten Hosen, die speziell für die Ausbildung verteilt wurden, schränkten zwar die Bewegungsfreiheit ein, waren aber ein guter Schutz für den Hintern. Der Sersch, ein abgebrühter Bergmann, beschloss auf der Stelle, im Innern ein Feuerchen zu machen, so dass wir alle ins Freie stürzten und ihn röchelnd im stickigen Qualm sitzen ließen. Als die im Wald gesammelten Zweige trocken waren, kehrte in unserer improvisierten Erdhöhle sogar so etwas wie Gemütlichkeit ein. Trotzdem war es kalt, stickig und eng – und total beschissen.

In der zweiten Nacht unserer Robinsonade gab das Funkgerät den Geist auf, und wir hatten keine Verbindung mehr. Fuchsteufelswild schickte der Sersch mich, Midler und Babaj auf Erkundung. Wir sollten den dritten Trupp finden, der sich einige Kilometer nördlich von uns niedergelassen hatte, und von dort aus über unsere beschissene Lage berichten. Aber für diese Lage interessierte sich kein Schwein. »Wenn das Funkgerät kaputt ist – eure Sache«, sagte Hauptmann Gut. »Wir agieren unter Kriegsbedingungen, verhaltet euch dementsprechend. Ende der Verbindung«, gurgelte das Funkgerät des dritten Trupps, ehe es verstummte. Der dortige Scharfschütze, genannt Phase, fraß kalten Brei aus der Büchse und grinste: »Verfickte Scheiße, ihr Böcke. Ihr seid abgeschrieben. Ihr seid schon so gut wie tot.«

Auf dem Rückweg – wir waren ja eh Todeskandidaten – beschlossen wir, einen Bogen zu machen und den massiven Erdwall, der gleich hinter der Bahnlinie aufragte, zu erkunden. Midler ging voran. Er wurde wegen seines Nachnamens oft als Deutscher gehänselt und war furchtbar faul. Nach dem ersten Dienstjahr versuchte er, zum Studium an die Offiziershochschule zu gehen, weil es angeblich so Tradition war in seiner Familie. Vater, Großvater und Urgroßvater waren alle Offiziere gewesen. Er hatte zwar keinen General in der Familie, aber verfluchte Soldatenschinder waren sie trotzdem alle. Hinter mir ging Babaj, dessen richtigen Nachnamen keiner auf Anhieb aussprechen konnte, so dass ihn selbst die Schakale nur Babaj nannten. Über solche wie ihn sagte man hier oft, er wäre aus den Bergen gekommen, um Salz zu kaufen, und dabei von der Armee eingefangen worden. Babaj war Kasache und hatte im ganzen Leben nichts als die finstere Steppe und die Hintern von Eseln gesehen. Wenn aber von Bergen und Salz die Rede war, lächelte er trotzdem immer und murmelte irgendwas in sich hinein. Seine Beine waren so krumm, dass er selbst im Gehen immer so aussah, als würde er einen Esel reiten. Für solche wie Babaj war die Armee das einzige Fenster nach Europa – zwar nur durchs Visier des Maschinengewehrs, doch das war unerheblich. Aber der verfluchte Kasache drohte mir für solche Worte immer eins auf die Schnauze an.

Wir krabbelten auf den hohen Erdwall und blieben erst mal stehen, um durchzuatmen. Der Himmel war zugezogen, es schneite, und man sah nicht die Bohne.

»Verfickt noch mal«, sagte Midler und wollte die Eskorte schon umkehren lassen, da streckte er plötzlich den Arm in die Weite der verschneiten Felder aus. Dort flimmerte ein kleines Licht und verlosch gleich wieder. Eilig rannten wir den Wall hinunter und trabten nach allen Regeln der Aufklärung Schritt für Schritt auf den Lichtschein zu. Als wir näher kamen, stellten wir fest, dass das Feld von undefinierbaren schwarzen Flecken übersät war – vielleicht Holzhaufen, vielleicht auch Zelten.

»Das sind ja Panzer«, sagte Midler. Nein, es waren keine Panzer. Wir kamen noch näher und sahen, es waren Panzerhaubitzen, selbstfahrende Artilleriegeschütze. Das ganze Feld war voll von ihnen, zwanzig Stück vielleicht, und keine Wache, keine Menschenseele. Nicht schlecht. Midler war wütend, er sah sich schon als Schakal: »Jetzt sind die *tschmyry* völlig durchgeknallt, lassen nachts die Technik ohne Aufsicht stehen.«

»Was gibt's denn da zu beaufsichtigen«, sagte ich, »so einen Koloss aus Eisen trägt doch keiner weg. Wer braucht denn so was? Hier spielen doch nur wir Krieg, denen ist das doch scheißegal.«

Babaj ging um eines der eisernen Monster mit dem

langen Rohr herum, als wollte er sich etwas davon abreißen, zur Erinnerung. Weil er aber nichts Interessantes fand, stellte er sich davor und pinkelte auf die Fahrerluke. »*Tschmyrjugi*, beschissene«, knurrte Babaj, zufrieden mit seiner Fallschirmjägerüberlegenheit und knöpfte sich die Hose zu.

Eigentlich war das Verrichten der Notdurft mit diesen wattierten Hosen im Winter, noch dazu im Freien, eine wahrhaft unangenehme Angelegenheit. Sie war so unangenehm, dass man glatt vergessen konnte, diese Dinge zu erledigen. Man war imstande, drei Tage lang nicht zu scheißen, solch eine unglaubliche Unannehmlichkeit war das. Ich bin davon überzeugt, dass Babaj das gepanzerte Gerät nicht vollgepinkelt hat, weil er dringend unbrauchbare Flüssigkeit loswerden wollte. Er entleerte sich in jener hoffnungslosen, kalten Nacht aus Verachtung gegen die in der Hierarchie niedriger gestellten Panzerartilleristen. Dabei hatte er den Kopf zum leeren Himmel verrenkt, als erblickte er im Truppenübungsplatz von Lieberose seine dumme kasachische Steppe.

Wir wollten schon zurückgehen, da hörten wir drinnen ein Rascheln. Midler (Soldatenschinder-Tradition, da war nichts zu machen) fing sofort an, mit den Armen zu winken: Er selbst würde nach links gehen, Babaj nach rechts, und ich – egal, wer aus dieser verfluchten gepanzerten Konservendose auftauchte – sollte am Schloss rütteln und auf Russisch schreien: *Ruki wwerch!* - Hände hoch!

Ich schreie nicht gern, und besonders ungern in der Nacht, im Winter und noch dazu unter einem deutschen Himmel. Aber Midler war der Gruppenführer.

Der Riegel plumpste herab, und durch die Öffnung schlüpfte ein Kopf. Er schaffte es gerade noch zu sagen: »Was soll die Scheiße?« Dann lief alles so ab, wie es sein musste unter Extrembedingungen.

Ich schrie: *»Stok šausiu!«* – Halt oder ich schieße! (Warum ausgerechnet auf Litauisch, weiß ich nicht.) Babaj schlug aus unerfindlichen Gründen mit dem Gewehrkolben gegen den selbstfahrenden Panzer. Midler packte den Panzerfahrer am Schopf, zog ihn heraus, warf ihn in den Schnee und verdrehte ihm die Arme hinter dem Rücken. Vor lauter Aufregung über die ungewöhnlichen Umstände (wir verhafteten eine »Zunge«!) rief ich wieder, nur diesmal auf Deutsch: *»Hände hoch!«* Midler befahl mir, die Klappe zu halten.

Nach einem kurzen Verhör – war er allein hier, Nummer der Einheit, hatte er was zu essen dabei – zogen wir in Richtung unseres Lagers ab. Der Panzerfahrer fluchte erst, fing dann an zu lachen und bat uns schließlich fast unter Tränen, ihn laufen zu lassen. Aber wir schritten finster voran, wie es sich gehört für die Avantgarde der Armee, mit verschlossenen Lippen. Drei Paul Newmänner, nichts Geringeres.

Der Sersch schimpfte uns Idioten, entspannte sich aber später und hielt sogar eine kurze Ansprache, die man als verbale Ermutigung und als Dank für gute Diensterfüllung verstehen konnte.

Danach ging ich am Bahndamm auf Patrouille. Ich sollte die eine Seite der Gleise ablaufen und Igor die andere. Aber wir pfiffen auf die Regeln und Weisungen und gingen zusammen. Es schneite, der Morgen nahte, trotzdem war es so dunkel wie in einem Arschloch.

Igor war schon im Halbschlaf und fing an, von einer

großen Torte zu phantasieren, die er im Schaufenster eines Süßwarenladens in Kiew gesehen hatte. Und wir zwei hatten es gar nicht schlecht, wie wir da von oben herab mit Puderzucker bestreut wurden, wie sich da auf unseren Schultern bunte Juden niederließen, mit Fideln und ohne Fideln, und vielleicht auch nur mit Zimtschnecken. Gar nicht schlecht hatten wir es am Rand des Truppenübungsplatzes von Lieberose, am leeren Himmelsgleis, als wir an riesige Torten und Kuchen in weißen Händen von Frauen mit großen Brüsten dachten. Man musste ein paar Schritte gehen, um sich anzuschmiegen an diese großen, warmen Brüste, um mit dem ganzen Kopf in unendlich süßen Daunen zu versinken. Und es kam uns so vor, als seien unsere vom Schlaf verklebten Wimpern in Wirklichkeit verklebt vom süßen, warmen Leben, das irgendwo dort, im Osten, auf uns wartete, irgendwo hier, im sanft knirschenden, weichen Dunkel, in das nur ein einziger Schritt …

Inzwischen hatten diese Päderasten den Bahndamm vermint.

Vermutlich hatten sie den Bahndamm bereits vermint gehabt, als Igor und ich noch Torten halluzinierten. Während unser Trupp vernichtet wurde, rief die Panzereinheit die Fahndung nach einem vermissten Deserteur aus. Als sich herausstellte, dass es das Werk der Fallschirmjäger war, ließ die Brigadeführung unseren Hauptmann antreten. Zurück in unserer Abteilung, wo wir nach drei Tagen Schlaf und Kälte kaum noch die Köpfe aufrecht halten konnten, sagte der Hauptmann Krutow nur: »Schon gut, ihr Kämpfer, gut, gut.« Doch kam er nicht umhin hinzuzufügen: »Bis auf den Bahndamm, natürlich.«

… Und ich weiß nicht mehr, ob der Sand knirscht wie Schnee oder umgekehrt. Oder knirscht das frische Brot aus dem Backofen und die vielen Torten, umrahmt von den großen, weichen Brüsten der schönsten Frauen auf der Welt …

25

Männerfinger sind nicht gemacht für kleine Objekte. Sie nähen und stricken nicht, sie können keine Nadeln halten. Alles, wonach Männerhände greifen, muss mindestens so dick sein wie ihre Finger. Wie angenehm es ist, den Griff eines Bajonetts zu umfassen, den Korpus eines noch nicht erhitzten Maschinengewehrs oder auch das dunkelgrüne Rohr eines Mörsers.

»Und was ist mit Juwelieren oder Uhrmachern?«, fragte ich Max, den Ukrainer. Das Profil seines Gesichts lief oben und unten spitz zu, während es in der Mitte, zusammen mit der ganzen Nase derart nach innen gebogen war, dass es an einen islamischen Halbmond erinnerte. »Sie fummeln doch an teuflisch kleinen Sachen herum, die so winzig sind, dass man sie manchmal selbst unterm Vergrößerungsglas kaum noch sieht. Und was ist mit denen, die trotzdem nähen und stricken?«, fragte ich ungläubig.

»Ich rede nicht von verweiblichten Männern«, sagte Max, »und Juwelier und Uhrmacher sind in gewissem Sinne Abarten des Schmieds, es sind verkleinerte Ausgeburten von Schmieden. Siehst du, was für Hände ein

Schmied hat, was für Hämmer und Eisen sie halten«, erklärte Max, während die von uns dressierten Geisterchen wie üblich ihre Liegestütze machten.

Max, ich und ein paar andere waren von einigen *dembel* dazu abkommandiert, den frisch in der Brigade angekommenen Geisterchen elementare Sachen beizubringen: marschieren, schießen, die ersten Sprünge mit dem Fallschirm. Na, und natürlich mussten wir ihnen auch alle widerlichen Angewohnheiten aus dem zivilen Leben abgewöhnen.

Früher hatten Max und ich uns kaum gekannt. Ich war in der vierten Gruppe, er in der ersten, und außerdem gaben sich *chochly*, Ukrainer, meist nur mit Ukrainern ab. Einmal aber, auf dem Weg zum Sammelpunkt nach einem Absprung über der Sahara, unterhielten wir uns, als seien wir die besten Freunde. Adrenalin und Todesangst führen die Menschen zusammen. »Weißt du«, sagte Max zu mir, »ich hab wieder einen Ständer.« Ich sah, er war glücklich. Er war sehr zufrieden, dass er nach eineinhalb Dienstjahren wieder eine Erektion erlebte, und zwar nicht einfach irgendwo, sondern in der Luft, beim Fallschirmsprung.

Später, in der Kaserne, schon nach dem Abendessen, als die Geisterchen ihre Liegestütze vor dem Einschlafen machten, erklärte mir Max seine Theorie von den Männerhänden und offenbarte mir seinen größten Traum: eine erfolgreiche Masturbation beim Fallschirmsprung. Zunächst zweifelte ich an der Erreichbarkeit dieses Ziels: Beide Oberschenkel sind mit Gurten und Schnallen so fest verzurrt, dass man aussieht wie ein Balletttänzer; wenn man sie öffnen würde, könnte man leicht aus der »Aufhängung« des Fallschirms herausfallen. Aber später, als Max mir von seiner heimlichen Leidenschaft erzählte, zerstreuten sich meine Zweifel.

Er war Kunstliebhaber, er war selbst ein Künstler. Dadurch war er unter den Berufsschulabsolventen eine seltene Ausnahme, er war geradezu einmalig. Zum Beispiel tat es Max im zivilen Leben an riskanten Orten: Er kroch in Telefonzellen herum, vollführte es in Kinos, Autobussen und Zügen und entwickelte sich schließlich zu einem Sammler besonderer Orte. Wie ein Adept der Mnemotechnik in seinem Gedächtnis Orte bereist, beispielsweise eine bestimmte Auswahl von Sternzeichen, und sich auf diese Weise die in sie »eingeschriebene« Information einprägt, so berichtete Max mit großer Erregung davon, welche Orte er markiert oder, einfacher ausgedrückt, bespritzt hatte mit seinem jungen, ruhelosen Samen. Kleinigkeiten wie die Masturbation in Fußgängerunterführungen, öffentlichen Toiletten oder gastronomischen Einrichtungen waren ihm gleichgültig. Von ihnen sprach er wie von Selbstverständlichkeiten, unterstrich aber stets, dass ihm nicht daran lag, »es anderen vorzuführen«. Nein, er war wirklich kein Exhibitionist. Er war ein Onanist, der den Großbuchstaben »O« verdiente. »Oh«, sagte auch ich, als ich seine Geschichte vernahm. Orte, an denen sich meist viele Menschen aufhielten, zogen ihn überhaupt nicht an.

Am besten gefielen ihm solche Stellen auf unserem Planeten, an denen es anscheinend gar keine Menschen gab, man aber doch stets überrascht werden konnte. Die eindrucksvollsten Experimente seiner Kollektion trugen sogar eigene Bezeichnungen. So hieß zum Beispiel das nächtliche Onanieren auf einer Donau-Brücke, einschließlich des unbedingten Abspritzens in den Fluss,

»Linkes Ufer, rechtes Ufer«. Erfolg hatte er auch im Karpatengebirge beim Sonnenaufgang, doch ist schwer zu sagen, was ihn dazu veranlasste, diesen Akt als »Morgenröte des Kommunismus« zu bezeichnen. Er sprach von seiner Leidenschaft wie von einer großartigen und sakralen Angelegenheit, weshalb es kaum möglich war, ihn antisowjetischer Absichten zu verdächtigen, umso weniger, da es in seiner Sammlung auch Heiligtümer gab, in denen er das »Fest der Auferstehung« feierte. Für ihn selbst jedoch bestand die wertvollste Errungenschaft seiner Sammlung in einer Masturbation beim Fahrradfahren, die den Titel »Vorsicht vor dem Auto« trug.

Das Leben ist widerlich, manchmal begegnest du aber interessanten Menschen, denen du zugleich glaubst und nicht glaubst, die scheinbar verrückt sind und zugleich fast heilig. Sie haben geheime Leidenschaften, Vorlieben und Ziele, die dir selbst sinnlos vorkommen und zugleich auch sinnvoll. Du begreifst, wie eine Idee einen Menschen erfasst und verändert, wie sie ihn würdevoller, interessanter und ganz einfach menschlicher macht. Max war kein Tier, weil nur ein Mensch einer solchen scheinbar bedeutungslosen Episode seines Daseins auf Erden Sinn und Form verleihen kann.

Ich liege im Bett und denke über Max nach. Meine Geisterchen machen zwischen den Betten Liegestütze, weil sie nach dem Abendbrot schlecht gesungen und sich beim Marschieren wie eine Hammelherde benommen haben. Dass sie heute schon zehn Kilometer mit Gasmasken gerannt sind, ist keine Entschuldigung. Ein Soldat muss stets auf Extremfälle vorbereitet sein. Sie machen Liegestütze und hören dabei meine gleichgültige

Stimme: »eins-zwei«. »Eins-zwei«, sagt meine Stimme zu ihnen, »eins-zwei«, verbreitet mein Mund die Töne, »eins-zwei«, besudelt mein Verbalapparat ihre Ohren. Ich aber denke dabei an die Worte von Max, dass die Kraft des Mannes in seinen Fingern liegt, dass sie für Nadel und Faden ungeeignet sind, dass sie größere Objekte brauchen. Ich höre, einige Geisterchen winseln schon. Da spüre ich, wie mir von ihrem Winseln, von der Kraftlosigkeit, die ihre halbnackten, geilen, nach einer Mischung aus Fußlappengestank und Schweiß riechenden Körper ausstrahlen, von ihren zitternden Ellenbögen, von ihren im Dunkeln bebenden, glattrasierten Nacken eine Welle des Genusses zuströmt. Sie erhitzt meine Lenden und Zehen, bis mein ganzer Körper allmählich taub wird von der plötzlichen Beschleunigung des Blutkreislaufs, vom Blut, das mir fast bis zur Bewusstseinstrübung ins Gehirn strömt, vom vollen, dichten Dunkel, das mir die Bauchhaut versengt.

»Wo ist mein Arm«, höre ich im Dunkeln ein Winseln und kann mich einfach nicht erinnern, ob es Max nun gelungen war, seinen Traum zu verwirklichen. Seinen Traum, es beim Fallen vom Himmel zu tun und diesen Planeten gleichgültig wie ein Vogel zu besudeln. Diese verfluchte Dunkelheit, in der irgendeiner seinen verlorenen Arm sucht, in der irgendeiner nach Beweisen für seine eigene Existenz sucht, in der meine eigene Hand sucht nach mir …

26

Ich kenne diesen Blick. Ich stehe taumelnd an den Latrinen, und ich weiß, dass ich den Blick, der sich in meinen Rücken bohrt, schon einmal gesehen habe. Ich kenne ihn zur Genüge. Ich kann selbst so schauen. Dieser Blick ist etwas Besonderes, weil er sich stets in den Augen widerspiegelt, in die man schaut. Mit diesem Blick.

Bei dem Befehl »Ab aufs Loch, du Missgeburt!« würde wohl fast jeder stutzen, weil Richtung und Objekt nicht ganz klar sind. Aber ich bin nicht jeder. Ich bin überhaupt niemand, deshalb bekomme ich eins auf die Fresse und stürze zum Abortloch. »Runter, Liegestütze, verfickter Drecksack!« Dieser Befehl ist schon etwas verständlicher, denn Liegestütze sind für Fallschirmjäger so normal wie Schwarze in Afrika.

Es ist schwer, Wasser zu lassen, wenn dir dabei jemand zuschaut. Noch schwieriger ist es, wenn hinter deinem Rücken ein Polizist steht. Am allerschwierigsten ist es, wenn du befürchten musst, das Kommando »Runter, Liegestütze!« zu hören, und nicht sicher bist, ob das dein vom Kater verkrampfter Magen aushält.

In einer Kaserne ist der Abort einer der saubersten

Orte. Morgens, wenn sich die ganze Kompanie auspisst und ausscheißt, ist er für eine halbe Stunde einer der beschissensten Orte der Welt, aber später, wenn alle zum Frühstück und zu den Übungen ausrücken, blitzt er vor unglaublicher Sauberkeit. Vier Löcher für intime Angelegenheiten, vier Nester, vier unregelmäßige Ovale, am breiten Ende hübsch geschwungen, am schmalen stumpf gebogen, über denen jeden Morgen etwa hundert Hintern erstarren. Ab und zu erstarren über ihnen auch Gesichter, die gleichfalls irgendwie Hintern ähneln. Ein Mensch, der über einem Loch für Exkremente Liegestütze macht, kann kein Gesicht haben. Im Gegensatz dazu trägt das Loch eine Vielzahl individueller Züge: Ursprünglich ganz aus weißem Emaille, ist es mittlerweile an vielen Stellen von Korrosion befallen und von scheußlichen dunkelbraunen Flecken übersät, an denen dann meist das hängenbleibt, was man Ausscheidungen nennt. Ein weißer Emailleapfel mit braunen Blutergüssen und einer großen schwarzen Wasserpupille in der Mitte. *Oko*, das Loch, das dritte Auge, der Blick auf das zum Arsch gewordene Gesicht. Das Auge in Gottes Hand, Gott ist wachsam und allwissend, dein ständiger Beschützer. Anfangs scheint es entsetzlich, aus solcher Nähe auf menschliche Exkremente zu blicken, doch wenn man die Augen schließt, dann stinken sie nur noch ekelhafter. Die Nase rächt sich an den Augen und leitet den Gestank in doppelter oder gar dreifacher Potenz an das Gehirn weiter. Deshalb gewöhnt man sich besser daran und hält die Augen offen.

»Sogar bei Kohelet«, sagte Goscha, »steht etwas in der Art: Scheiße bist du gewesen, zu Scheiße wirst du werden.« Oder vielleicht habe ich das zu Goscha gesagt, als ich ihn davon zu überzeugen versuchte, dass es nicht lohnt, die Augen zu schließen.

»Du musst nur genauer hinschauen«, sagte ich ihm nach einer dieser Aufs-Loch-runter-Liegestütze-Séancen. »Der Kot eines Menschen ist ein Teil seiner selbst. Zweifellos ist es für uns etwas angenehmer, den eigenen Kot anzugucken, weil er etwas menschlicher, das heißt uns etwas näher ist als fremder. Doch wenn wir der Ansicht sind, man müsse seinen Nächsten lieben wie sich selbst und vielleicht sogar etwas mehr, dann müsste auch der Kot unseres Nächsten, der am Rand des Abortlochs klebt, nicht mehr ganz so ekelerregend sein. Wenn man ein halbes Hundert Liegestütze macht und dabei die Fingerknochen auf die geriffelten Nachbildungen menschlicher Fußabdrücke neben dem Loch presst, hat man Zeit, sich dem Studium der Scheiße hinzugeben. Man kann sogar zu erraten versuchen, wem sie gehört und was dieser Mensch am Abend zuvor gegessen hat: Kohlsuppe, Hafer- oder Hirsebrei und sogar unverdaute Zwiebelbröckchen, wenn es sich um die Äußerung eines privilegierten Menschen handelt, der garantiert Bratkartoffeln mit Zwiebeln gegessen und dazu stark gesüßten Tee getrunken hat. War es viel Tee, dann ist der Kot heller, und hat er viel Schwarzbrot zu sich genommen, so wird man auf ein ganz dunkles Exemplar stoßen. Es kann sogar vorkommen, dass es sich um ein Fragment deines eigenen Exkrements handelt. In diesem Fall besteht überhaupt kein Grund zur Beunruhigung, selbst dann nicht, wenn du das Loch mit den Händen putzen müsstest. Dieser Kot ist ja ein Teil von dir, fast wie dein Ohr oder deine Zunge, nur ein bisschen entstellt und von deinem Organismus nicht mehr benötigt, so wie abgeschnittene Nägel oder die Härchen, die du dir vom Kinn rasierst. Wenn wir überdies bedenken, wozu unsere Körper irgendwann werden, dort, unter der Erde, dann ist das menschliche Exkrement beinahe ein Verwandter, dem man einen Brief schreiben und den man sogar besuchen kann …«

Igor lächelte. Ich weiß, dass er dieses Lächeln mit mir teilte. Ich weiß, dass seine Nerven viel stärker waren und er meine Ausführungen über die Verwandtschaftsbeziehungen zwischen Scheiße und Mensch gar nicht nötig hatte. Dafür bin ich ihm ein wenig dankbar: Er lächelte nicht für sich, er lächelte für mich.

Nachdem ich mir ein paar klägliche Tropfen abgerungen habe, drehe ich mich um zu dem Polizisten und seinem Blick. Verachtung und Erniedrigung schauen mich an, aber es schmerzt mich nicht. Es ist mir sogar angenehm, dass er sich dank meiner wie ein Mensch fühlt.

Ich möchte nicht von hier weglaufen. Selbst wenn es möglich wäre, hätte ich nicht die Kraft dazu und wüsste auch nicht, wohin ich eigentlich laufen sollte. Ich bin nie ein besonders guter Läufer gewesen. Selbst zehn Kilometer »im Laufschritt, Marsch« sind für mich immer eine Qual gewesen …

Leer ist es in dieser Welt, oh Herr, wie bei Nacht in einer Kirche. Wenn wenigstens irgendetwas rascheln würde, eine Maus oder eine Fledermaus, wenn wenigstens das Summen einer Fliege zu hören wäre in dieser zähflüssigen Stille. Im Zentrum der Stille schlägt immer dumpfer mein Herz, es schlägt mir bald noch das Trommelfell aus den Ohren. Wenn wenigstens irgendjemand ein Schnarchen einschalten würde, ein Husten oder ein Fußscharren.

In jedem Herbst und Frühling gab es welche. Aus jedem Bataillon flohen ein oder zwei Elefanten. Eine Elefantenjagd in Deutschland ist eine amüsante Beschäftigung, wenn du, wie ich zum Beispiel, schon ein alter Hase bist. Du wirst als Posten ins Gebüsch an irgendeiner Straße gebracht, die weiß der Teufel wohin führt. In Deutschland sind alle Straßen gleich anständig und ordentlich, man versteht überhaupt nicht, ob sie nach Osten führen oder nach Westen ... Und so hängst du dann herum im Hinterhalt, bis der Ausreißer auftaucht. Nicht allein lungerst du da herum, sondern mit Igor zum Beispiel. Igor raucht nicht, du rauchst, Igor schweigt, und du lügst ihm irgendwas vor, weil du in deinem kurzen Leben noch nicht so viele interessante Geschichten erlebt hast, schon gar nicht an der Mädchenfront, also muss man lügen.

Die Zigaretten gehen mir aus, und ich, ein Angehöriger der sowjetischen Fallschirmjägerbrigade, laufe zur Straße und halte den erstbesten Deutschen an.

»Geben Sie mir, bitte, eine Zigarette«, sage ich und bin dabei nicht ganz von der Vollkommenheit meiner deutschen Aussprache und Syntax überzeugt. Doch zum Teufel mit solchen Manieren, ich bin Fallschirmjäger und habe das Recht, von einem Zivilisten jede erdenkliche Hilfe zu verlangen. Der Deutsche, ein etwa dreißigjähriger Motorradfahrer mit aufgekrempelten Ärmeln, aus denen sommersprossige, mit hellen Schweineborsten behaarte Arme ragen – es ist schon Ende Mai, vielleicht Anfang Juni –, hält mir mit kurzen, zittrigen Fin-

gern eine fast volle Schachtel Zigaretten hin. Er sagt kein Wort, grinst und fährt davon.

Ungefähr eine Stunde später hält an unserem Posten ein Geländewagen der Brigade mit einer Patrouille.

Die Deutschen sind die größten Petzen auf der Welt, verdammte Denunzianten. Dieser Esel mit den zittrigen Fingern muss entschieden haben, dass ich der Deserteur bin, und hat mich bei der Brigadeführung angezeigt. Der Chef der Patrouille, Limonow, ein Schakal, brummt unzufrieden, wir sollen keine Zivilisten belästigen, noch irgendwas von einer Datsche in dieser Gegend, die geplündert wurde, und fährt zurück zur Brigade.

Denunzianten mag keiner, Denunzianten werfen wir aus dem Fenster des zweiten Stocks. Oder wenn wir sie nicht hinauswerfen, dann wickeln wir sie in eine Decke, schleppen sie ans offene Fenster und reden solche Schweinereien, dass sich jeder Denunziant in die Hosen macht und fortan nicht einmal daran zu denken wagt, unnötig das Maul aufzumachen.

Ich starre auf die Schranke, die sich in regelmäßigen Abständen senkt und hebt. Ein kleiner Zug donnert vorüber, und ich höre nicht, was Igor sagt, der neben mir liegt. Ich höre es auch dann kaum, wenn kein Zug vorbeidonnert. Mir gefällt die Schranke sehr, die aussieht wie ein riesiger Verkehrsstab, wie ein Stab, mit dem man nicht nur den Straßenverkehr, sondern auch den Verkehr von Menschen regeln kann.

Nach vierundzwanzig Stunden verlegt man uns auf einen anderen Posten. Das Fahndungsgebiet ist ausgeweitet, denn der Ausreißer ist noch immer nicht gefunden. Auch hier verstecken wir uns im Gebüsch an einem

Bahnübergang, dessen Schranke eine der sinnvollsten Erfindungen der Menschheit ist. Besonders, wenn eine hübsche Deutsche sie manuell hochzieht. Sie kommt aus ihrem Häuschen, winkt einem Unsichtbaren mit ihren Fähnchen zu, packt danach den Griff und dreht ihn mal in die eine und mal in die andere Richtung.

»Igor«, sage ich, »schau, was für ein Wunder, was für eine intelligente Frau und mit welcher Freude sie ihren beschissenen Griff hin- und herdreht. Hast du je etwas Ähnliches im Leben gesehen?«

Igor hat nichts gesehen. Er ist Mathematiker und hat nur Einstein im Kopf.

Schönheit ist betörend. Eine Frau mit dieser großen, gestreiften Schranke ist von teuflisch betörender Schönheit. Ich bin derart betört, dass ich, als ein mit Bier beladener LKW an der gesenkten Schranke hält, bedenkenlos an den Fahrer herantrete und ihm fünf Mark hinstrecke: *»Fünf Mark – Bier, geben Sie mir bitte«*, sage ich, ein Fallschirmjäger und Herrscher über alle Gebüsche und den unermesslich weiten Himmel. Die Deutschen kichern. Ein neben dem Fahrer sitzender Alter stammelt *»neinnein«*, aber der Fahrer öffnet die Tür, greift in den Laderaum und reicht mir eine Flasche deutsches Bier. Eine echte Halbliterflasche mit buntem Etikett. Dann fährt er davon, weil die Frau im Eisenbahnerinnen-Uniformkostümchen die Schranke geöffnet hat und schon wieder in ihrem Häuschen verschwunden ist. Er fährt weg, ohne die *fünf Mark* genommen zu haben.

»Ein Fallschirmjäger ist kein Hundepimmel«, sagt Igor, obwohl er in der ganzen Brigade am wenigsten flucht. Wenn es einen Wettkampf im schlechtesten Fluchen gäbe, würde Igor den Hauptpreis gewinnen. Doch siehe da, jetzt flucht er, der Parasit. Unsere Macht verblüfft ihn, nichts anderes. Zigaretten und dazu noch Bier, und alles gratis. »Sie wissen, wer hier der Herr im Hause ist«, sagt Igor, während er die letzten Tropfen Bier in die Kehle rinnen lässt. »Wir hätten zwei verlangen sollen«, sagt Igor, »sie hätten sie uns gegeben, wir sind Fallschirmjäger«, schnurrt Igor zufrieden und streckt sich wieder im Gras aus.

Ich betrachte das zerknüllte Stück Papier, auf dem *Fünf Mark* steht. Daneben ist ein mürrischer Onkel mit einem Kuhfladen auf dem Kopf abgebildet. Wahrscheinlich Luther, der mit Tintenfläschchen nach Teufeln geworfen hat … Tinte ist kein Bier, das ist mir völlig klar …

»Klar hätten sie's uns gegeben«, sage ich. Doch da befällt mich eine Unruhe, als hätte ich gerade ein Tintenfass an den Kopf bekommen …

»Igor«, frage ich den zufrieden schnalzenden *chochol*, »du weißt alles, sag mal, was heißt *schurnal* auf Deutsch?«

»Zeitschrift«, sagt Igor, »aber es wird wohl kaum ausgerechnet ein Auto mit Zeitschriften am Bahnübergang halten.« Igor zieht eine Grimasse.

Ich klopfe an die Tür des Häuschens, und sie geht sofort auf. Alles läuft so gut – Fallschirmjäger sind eine Wucht. Ich weiß nicht, was ich zu ihr sagen soll, aber ich möchte mich unterhalten.

»Zeigen Sie mir, bitte«… bibibi … Verfickt, sage ich in Gedanken. Diese deutsche Sprache, irgendwie ärgert sie mich bis heute.

»Zeitschrift«, wende ich mich stammelnd an die Deutsche in Eisenbahnerinnenuniform. Uniformierte deut-

sche Männer sehen abscheulich aus, doch, siehe da, die Frauen – ganz das Gegenteil: Ihre Uniformjacke ist im Bereich der Brüste so trefflich aufgebläht, die Schöße weiten sich so festlich an ihren Hüften, dass es scheint, Frau und Uniform seien Synonyme.

Sie verliert die Fassung. Sie schaut mich an, als wäre ich jene Schranke, die sie die ganze Zeit hochzieht und die jetzt plötzlich zu ihr auf eine Unterhaltung hereinschaut. Da meine Deutschkenntnisse erschöpft sind, nehme ich mir nun selbst einige Zeitschriften. Ich stehe herum und blättere in ihnen. Es ist mir egal, was sie über mich denkt. Phase hat einmal gesagt, die hätten sich unserer Armee beim Einmarsch in Deutschland freiwillig zu Füßen gelegt. Da soll sie jetzt nicht die Stirn runzeln.

Sie sagt: »*Entschuldigen Sie mich, bitte* …« Und geht hinaus, um an ihrem Griffchen zu kurbeln. Als sie zurückkommt, erfahre ich, dass sie Martha heißt, dass sie in Cottbus die Eisenbahnerschule abgeschlossen hat und bald Ingenieurin ist, aber noch die Arbeit ihrer Untergebenen kennenlernen muss, dass sie die Schranke bedient, zwei Kinder hat, einen Sohn und eine Tochter, dass der Sohn aus irgendeinem Grund Schornsteinfeger werden will und von klein auf gern auf Dächern herumklettert … Weil sie keinen Deut Russisch versteht und ich Deutsch auch nicht besser kann, malen wir unsere Leben füreinander auf ein Stück Papier und zeigen uns wie Stumme unsere Biographien. Alles ist so klar und alles so verworren. Sie weiß nicht einmal, dass es an der Ostsee ein Litauen gibt. Ich kritzele so etwas wie eine Landkarte, ich versuche, eine kniende Frau zu zeichnen, an deren Brüste ich »Litauen« schreibe.

Aber die Deutsche sagt immer nur ehrerbietig: »*Soviet Union, Sowjetunion*.«

Ich ärgere mich: Wie soll ich Litauen zeichnen? Was ist ein gezeichnetes Litauen? Ich zeichne einen Baum, aber der hat keine Ähnlichkeit mit dem Land, aus dem es mich hierher verschlagen hat. Dann zeige ich auf die gemalte Frau, die die Ostsee symbolisieren soll, und sage schon etwas entnervt: »*Mutter*.« »*Mutter*«, sage ich, »Eine *Mutter* kann keine *Union* sein. Eine *Mutter* gehört nicht allen.« Und ich sage: »Mama.«

Und sie nickt mit ihrem korrekten Haarschnitt und stammelt wieder ihr »*Union, jajaja, Mutter*.« Und die Knöpfe an ihrer Uniformjacke sind so hübsch, ihr Glanz ist so gleißend, dass ich sie nicht mehr länger anschauen kann. Sie blenden mich, und meine Augen beginnen zu brennen.

»*Entschuldigen Sie mich bitte*«, sage ich zu ihr und schere mich zum Teufel …

Das Zettelchen mit dem Wort *Fallschirm* habe ich noch einige Monate in der Hosentasche mit mir herumgetragen, bis es schließlich zerfiel. *Fallschirm* - immer wieder zeigte ich Igor das Zettelchen mit dem Wort *Fallschirm*, das die Frau mit der schönsten Uniform der Welt geschrieben hatte. Ich hielt es ihm immer wieder unter die Nase und spürte dabei in meinen Augen das Brennen ihrer gleißenden Jackenknöpfe. *Fallschirm* bedeutete Martha, die im hintersten Winkel von Deutschland mit einem Griff den größten Verkehrsstab des Planeten hob und keine verfickte Ahnung hatte von der Ostsee …

Am dritten Tag wurde entschieden, noch einmal die Umgebung der Brigade abzusuchen. Noch ein Tag, und der Ausreißer sollte zum Deserteur erklärt werden. Er war schon vereidigt, schon Soldat, und also erwartete ihn das *disbat*, das Strafbataillon.

Ich fand ihn unweit vom Wasserturm, im dichten Unterholz. Ich wäre fast vorbeigegangen, da sah ich aus dem Dickicht Qualm aufsteigen. Als ich auf allen vieren das kleine, im undurchdringlichen Gestrüpp eingerichtete Versteck erreichte, kämpften in mir Zorn und Freude. Heureka! Ich habe ihn gefunden. Ich. Kann sein, dass ich ausgezeichnet oder vielleicht sogar für zehn Tage auf Urlaub in die Sowjetunion gelassen werde.

»Was soll das, du verfickte Missgeburt, die ganze Brigade sucht dich jetzt schon den dritten Tag.« Wie angenehm es war, einen zitternden Elefanten anzuschreien. Nur in seine Augen konnte ich nicht lang schauen – von Angst und Schrecken geweitet, waren es nicht mehr die Augen eines Menschen. Sie konnten nichts mehr sehen, sie konnten nur noch mich und meinen Blick widerspiegeln, voller Verachtung, Abscheu und Überlegenheit.

»Und keiner hat mir Urlaub gegeben«, sage ich zu dem Armlosen, der nicht länger nach seinem beklagenswerten Arm sucht. »Und Igor hat mich ein Arschloch genannt. Vielleicht für alle Fälle, damit ich die Nase nicht zu hoch trage. Nicht jedem gelingt es, einen Ausreißer zu fangen und ihn vorm Strafbataillon zu bewahren.« Nicht jedem, Maria, nicht wahr, nicht jedem …?

27

Die Kirche ist um diese Zeit leer. Es donnert in meinem Kopf, aber nicht nur in meinem Kopf. Es donnert beim Öffnen die Eisentür. Das angenehme Klappern ihrer Riegel erinnert an das Klirren eines Maschinengewehrs beim Auseinandernehmen und Zusammensetzen. Doch jetzt finde ich dieses Geräusch nicht besonders liebenswert, jetzt löst es Beunruhigung aus. Ich weiß, es wird sich etwas ändern, denn diese Tür wird niemals grundlos geöffnet. Sowohl der Armlose als auch der Bärtige schlafen, also kommen sie, um mich zu holen. Es kann sogar sein, dass sie mich schlagen werden. Und ich habe überhaupt keine Kraft für Schmerzen …

Er empfängt mich zusammen mit dem diensthabenden Polizisten, wahrscheinlich einem Wachtmeister. Aber die Schulterstücke der Bullen sind derart unklar, dass ich nicht imstande bin, ihre verfluchte Hierarchie zu begreifen. Sie sind alle gleich, alles Bullen.

Ich habe nicht genug Geld, um für die Übernachtung zu zahlen. Vielleicht doch, aber ich habe Angst, in meinen Taschen zu wühlen, weil sie zugenäht sein könnten. Ich würde es als Geistchen niemals wagen, meine Hände in die Taschen zu stecken. Und selbst wenn ich mich erdreisten würde, die Nähte zu zerreißen, dann könnten meine Hosentaschen mit Sand gefüllt sein, der mich stets die Last meiner Schuld spüren lässt. Es könnten in sie aber auch knochenharte Schwarzbrotkrumen eingenäht sein, die meine Oberschenkeln blutig schürfen, damit ich weiß, dass man nur im Speisesaal essen darf, nur am Tisch und nur so viel, wie erlaubt ist. »Ich kann nicht in meinen Taschen wühlen«, sage ich zu Fox. Er ist gar nicht erstaunt, er hat bereits bezahlt. Als wir gerade zur Tür hinausgehen, ruft uns der Wachtmeister noch hinterher, dass man solche Bettler wie mich erschießen sollte.

Wer weiß, ob der überhaupt schießen kann, denke ich und laufe neben Fox, diesem großen, ruhigen Menschen her. Ich verstehe nicht, warum er sich derart um mich kümmert und warum seine Fürsorglichkeit mich so sehr aufregt.

Ich sage zu ihm: »Ich habe keine Zigaretten.« Obwohl ich eigentlich gar nicht rauchen will. Ich will gar nichts, ich will mich nur im Gras oder im Sand zusammenrollen und ein bisschen winseln, um den Brechreiz loszuwerden. Aber Fox bietet mir auch keine Zigarette an. Er bietet mir nicht einmal ein Bier an, obwohl er sieht, wie ich ins Schaufenster eines Kiosks mit einem großen Coca-Cola-Schirm starre, wo viele Bierflaschen der verschiedensten Marken stehen. Und in meinen Taschen kann ich ja nicht wühlen, weil sie zugenäht sein könnten. Er kauft mir ein deutsches Mineralwasser, ein kleines Glasfläschchen Fuldataler. Ich kann den Aluminiumdeckel nicht aufschrauben, er rutscht mir durch die zittrigen Finger.

»Ich möchte kein Mineralwasser«, sage ich, »ich möchte Bier.«

Doch Fox nimmt das Fläschchen und macht es auf. Und meine ausgebrannte Schleimhaut wird von unzähligen Kohlendioxidstichen versengt, obwohl ich sehr vorsichtig schlucke, ich schlucke ganz, ganz sacht. Aber mir ist, als würde ich Schwerter schlucken …

»Ich würde gern ans Meer«, sage ich zu Fox.

Doch er schleppt mich auf einen Berg. Es fällt mir sehr schwer, auf einen Berg zu steigen, aber meinem Ovid ist das schnuppe. Er läuft voran, ohne sich umzudrehen. Sein Gang erinnert an den Bataillonskommandeur, den Oberstleutnant Hölzern, der diesen Spitznamen wegen seines hageren, wie aus Holz geschnitzten Gesichts trug und wegen seiner lästigen Eigenschaft, niemals müde zu werden. Er ging immer an der Spitze des Bataillons durch das nächtliche Cottbus und durch die mit Vollmondquark bekleckerten Felder Deutschlands. Nicht einmal während der kurzen Ruhepausen setzte er sich, sondern ging ununterbrochen auf und ab und schaute auf die Uhr, als sei er ein Marathonläufer, der unbedingt diese verdammten vierzig Kilometer von Cottbus nach Staakow zurücklegen muss, ohne Halt, ohne den Boden auch nur ein einziges Mal mit seinem Arsch zu berühren. Ein degradierter Antaios, der seine Mutter Gaia hasst. Hager, großgewachsen und mit den Armen gestikulierend, lief er vor dem Batallion her wie der Tod selbst – ein ausgezehrter, ausgehungerter Schakal.

»Die Kirche ist um diese Zeit leer«, sagt Fox, und seine Stimme ist schleimig süß wie warmes Bier von gestern und dunkelrot wie die Mauern der pseudogotischen

Kirche. Und die sind so dunkelrot und schamlos, dass es keinen Zweifel gibt: Die Hölle steht auf solchen Ziegelsteinen. Du kannst sie ablecken, mit Pisse bespritzen oder mit Blut, sie werden alles aufsaugen, und es wird nur Durst bleiben, ein Durst, den kein Mineralwasser, nicht einmal deutsches, stillen kann.

Während ich noch versuche, einen Schluck Mineralwasser hinunterzuwürgen, verschwindet Fox. Was hatte er im Sinn, als er sagte, die Kirche sei um diese Zeit leer? Dass früher Morgen ist und es kein Abendmahl geben wird, keinen Wein und kein Brot? Brot könnte ich ja nicht einmal schlucken, aber Wein könnten sie mir geben. Wein würde ich trinken, nicht ganz so gern wie Bier, aber trotzdem … Brot habe ich auch selbst, meine Hosentaschen sind voller Brotkrumen. Das Brot ist so hart, dass sich alle Propheten, diese Parasiten, die Zähne daran ausbeißen würden … Wein aber werden sie mir ganz bestimmt nicht geben, es ist noch sehr früh am Morgen. Um diese Zeit haben nur Pfarrer und Schakale das Recht, Wein zu trinken …

Polternd fällt die Tür ins Schloss, und ich falle mechanisch, aus Gewohnheit, auf dem abgewetzten Teppich auf die Knie, der sich bis zum Altar hinzieht. Doch statt mich zu bekreuzigen, muss ich keuchen, weil mich dieser Pfad an die *wzljotka* erinnert, die sogenannte Startbahn: den langen, mit scheußlichen geriffelten Fliesen gekachelten Korridor in der Kaserne, diesen von Soldatenstiefeln schwarz getretenen Korridor, der stets bis zum Morgen wieder hellgrau blitzen musste, in seiner ganzen bestialischen Unschuld.

Wellen erstarrten Marmors. Sie sind so kalt, ich möchte nicht in sie eintauchen. Ich berühre sie mit der

Handfläche, aber ich möchte nicht, dass sie mich berühren, nicht meine fiebrige Stirn und nicht meine abgestorbene Seele. Und die römischen Legionäre, diese Parasiten auf den Reliefs an den Säulen, begleiten jede meiner Regungen mit einem Stoß ihrer stumpfen Lanzen aus Gips … Am Bildnis der Gottesmutter liegt ein verwelkter Blumenstrauß, wahrscheinlich noch vom Sonntag. Was ist heute für ein Tag? Ich setze mich auf eine Kirchenbank und lege den Kopf auf ein Gebetbuch. Was ist heute für ein Tag? Gibt es in Kirchen überhaupt Tage? Welcher Kalender könnte das Schnauben der düsteren Orgeln ertragen? Die Kalenderblätter flögen hoch über den Köpfen umher, und die Last ihrer Jahre drückte die Gläubigen auf die Gebetbücher. Und über ihre schwarzen Einbände, die verschlissen sind von den Berührungen der Frauen und Männer mehrerer Generationen, zöge sich ein Faden süßen, gottesfürchtigen Speichels …

28

Wenn ein Mensch scheisst, dann sieht das unanständig aus, und wir bezeichnen seinen Anblick als vulgär. Wenn wir drei Personen gleichzeitig beim Scheißen sehen, handelt es sich um einen Witz. Aber wie soll man mindestens hundert gleichzeitig an einer Grube hockende Männer nennen, deren vom Durchfall geschüttelte Hintern kein Gelächter, sondern Furcht und Unruhe auslösen?

In der Kindheit bekam ich ständig Kriegsgeschichten zu hören. Ich habe keine Ahnung, woher die vielen Gerüchte stammten, doch das militaristische System war ein idealer Nährboden, auf dem solche Geschichten wie von selbst gediehen. Es war einmal an der sowjetisch-chinesischen Grenze, Tausende Chinesen griffen an. Die Russen verloren allmählich den Verstand, als sie sahen, dass ihre Kugeln völlig machtlos waren: Die anstürmenden Körpermassen ließen sich nicht einmal lichten. Also wurden Katjuschas eingesetzt. Ich kann mich noch gut daran erinnern, dass es hieß, danach habe sich die Erde gehoben. Seitdem geisterten durch meine kindliche Phantasie marschierende blutige Erdklumpen, die sich erhoben und fielen wie Menschen.

Beim Anblick der hundert Hintern mit Durchfall erinnerte ich mich an die vom Blut der Chinesen getränkte Erde. Genauer, an die magischen Worte, die damals beim Erzählen immer gebraucht wurden: psychologische Attacke.

»Ein nackter Hintern und das Gesicht eines Chinesen haben eine kaum fassbare, aber tiefe innere Ähnlichkeit. Sie haben beide etwas Schamloses und Rohes. Ich könnte vermuten, dass der Hintern in der Geographie des Körpers Asien entspricht, aber ich würde mich nicht dazu hinreißen lassen, den restlichen Erdteilen andere Körperteile zuzuordnen. Wenn Europa den Kopf verdiente, was bliebe dann für Australien – die Zehen? Und wenn Amerika der Bauch wäre, erschaudere ich bei dem Gedanken, was denn dann Afrika zukäme …«

Mit solchem Gerede fiel ich Igor immer auf die Nerven. Er war von Natur aus Humanist. Im Angesicht von Unterdrückern verhielt er sich stets wie der erste Christ auf Erden, als er mit Löwen konfrontiert wurde: Er wurde gefressen, und er lächelte. Obwohl Igor sagte, er glaube nicht an Gott, bereitete ihm das Leiden geradezu Befriedigung. Leiden härtete ihn ab und kräftigte seinen Geist. (Genauso drückte er sich aus: »Ich kräftige am Geist.«) Mit mir aber war es genau umgekehrt: Wenn ich litt, verlor ich alle Lust am Leben. Ich fühlte eine nicht nachlassende Scham und eine aus der Erniedrigung erwachsende Schande. Und immer, wenn ich, zur Undankbarkeit berufen, anfing, schlecht über den Menschen und seine Natur zu reden, predigte Igor Geduld wie ein verfluchter orthodoxer Heiliger.

Das einzige Gebiet, auf dem ein russischer Soldat

ganz und gar die Geduld verweigert, ist das Essen. Er kann im Winter auf Schnee schlafen, kann hunderte Kubikmeter Erde ausheben, nachts von biblischen Platzregen durchnässt werden, zwei Stunden reglos auf Wachtposten neben der Regimentsfahne stehen – stets weiß er, was er anstellen muss mit seinem untergebenen oder schwächeren Nächsten. Essen aber ist für ihn das feierlichste aller Rituale, und wenn sich Frühstück, Mittag oder Abendessen nur um eine halbe Stunde verspäten, verlieren die Soldaten jedes Interesse an ihrer Kampfbereitschaft sowie alle anderen Pflichtgefühle. Eineinhalb Jahre mit ständigem Hungergefühl. Das letzte halbe Jahr ist natürlich etwas ganz anderes – ein *dembel* ist eigentlich kein Soldat mehr. Er ist ein Patrizier, ein Vertreter der gehobenen Schichten. Und gehobene Schichten essen immer, so viel sie nur wollen. Zu allen Zeiten und in allen Gesellschaftssystemen.

»Christus war auch Soldat«, sagte ich zu Igor. »Vielleicht sogar der größte Kämpfer aller Zeiten. Und wenn es für ihn Zeit war zu essen, dann verhielt er sich ganz genauso wie wir. Es soll so viel Essen geben, wie es sich gehört, rechtzeitig und ohne jede Ausnahme.«

»Willst du damit sagen«, spottete Igor, »dass Jesus jeden Morgen fünfunddreißig Gramm Butter bekommen hat, so wie wir?«

»Solche Informationen liefern die Evangelien nicht, außerdem gab es in jenen Zeiten wohl kaum Fallschirmjäger. Aber es wird klar gesagt, dass er, wenn er essen und trinken wollte, sogleich Brot und Wein vervielfacht hat. Es gab so viel, wie du wolltest.«

»Das heißt«, sagte Igor, »die *chleboresai*, unsere Brotschneider, sind wie Christus: Sie können einen kleinen

Laib Weißbrot in so viele Stücke schneiden, dass es so scheint, als sei der Laib unendlich.«

Die theologischen Diskussionen mit Igor liefen immer auf einen Triumph seiner Geduld hinaus, der mich wütend machte. Doch diesmal wollte ich nicht nachgeben.

»Gut«, sagte ich, »und was ist mit der Geschichte vom Feigenbaum? Christus stand der Sinn nach Essen, doch der Feigenbaum trug keine Früchte. Er erzürnte, und der Feigenbaum vertrocknete. Er bekam nicht rechtzeitig zu essen und wurde wütend. Ein Soldat! Einer von uns!«

Ich war sehr stolz, doch Igor winkte nur ab.

Christus ist niemals den Weg vom Truppenübungsplatz in Lieberose nach Cottbus gegangen. Niemals hat er die am Wegrand wachsenden Weichseln und Schlehen gesehen. Wäre er hier wenigstens einmal vorbei gekommen, hätte unser Bataillon nicht dieses beschämende Schicksal ereilt.

»Schlehdorn, Schlehdorn», riefen die Soldaten und steckten sich die wilden Dornenpflaumen in Münder und Taschen. Dagegen konnten selbst die Schakale nichts machen: so viele Pflaumen und Männer – fast ein ganzes Bataillon. Den Teufel würde man tun und versuchen, dem Hunger und der Gier nach Früchten Einhalt zu gebieten. Die reifen Früchte spritzten zwischen ihren Fingern, und der Saft rann durch ihre hungrigen Kehlen. Die staubigen Soldatenstiefel zerstampften die Schlehenschicht am Boden, die sich augenblicklich in einen dunkelgelben Brei verwandelte. Und auf einem Hügel stand der Basileus, eine Weinrebe in der Hand, und lächelte schief beim Anblick dieses irrsinnigen, chaotischen dionysischen Rituals …

Alles endete damit, dass ein Großteil der Soldaten des Bataillons immerzu auf die Toilette rannte. Einige von ihnen richteten sich dort praktisch auf Dauer ein. Selbst beim Abendappell erschallte immer öfter statt eines vortrefflichen »Hier!« das ebenso gleichgültige wie ironische »Durchfall«. *Ponos*, das russische Wort für Durchfall, häufte sich derart, dass man sich weniger in einer Kaserne der bewaffneten Avantgarde wähnte als vielmehr bei einer Bürgerversammlung auf der Agora von Athen. Nur noch das griechisch klingende *ponos-ponos* …

Und so wurde unser gesamtes Bataillon auf dem Truppenübungsplatz abgeladen. Dort lebten wir einen Monat lang wie im Feld: in Zelten voller Sand und Kiefernnadeln, mit Blick auf Dutzende nackter Hintern. Wir mussten uns selbst einen langen Graben ausheben. Es war verboten, im Wald, wo es gerade passte, zu scheißen, damit sich keine Dysenterie ausbreitete. Während meines Gesprächs mit Igor über den Platz des Hinterns in der Geographie des Körpers zweifelte ich nicht daran, dass Christus' Dornenkrone aus Schlehdornzweigen geflochten worden war. Oder anders ausgedrückt: »Da habt ihr eure Dornenkrone.« Doch Igor hörte mir nicht mehr zu, er schnarchte mit dem Gesicht zur Wand.

Während ich zusammengekrümmt vor Kälte mit den Zähnen klappere. Ich habe Angst, mich zu bewegen, weil ich dann vom Durchfall übermannt werden könnte. Das ist im verkaterten Zustand keine seltene Erscheinung, und ich möchte nicht noch einmal um einen Toilettenbesuch bitten müssen …

29

Wahrscheinlich haben uns nur die Kirchen gerettet. Vor allem, auf dem Weg zur Gorkistraße, die Fassade der plattfüßigen Sankt Johannis im Hof der Universität. Sie war so monumental, dagegen wirkten die Geschichte der Kommunistischen Partei und ihre Dozentin allzu provisorisch und die künstliche Leichenröte auf ihren dick gepuderten Gesichtern geradezu komisch. Und wenn man dann noch vom Altarraum aus nach oben schaute und dort die beiden Engel sitzen und mit den Beinen baumeln sah, dann hatte der bolschewistische Marasmus rein gar nichts mehr mit dieser Welt gemein. Ganz im Gegenteil: Er war transzendental, irreal und unerreichbar, während die Engel in unmittelbarer Nähe, gleich hier waren. Selbst Gott schien nicht ganz so fern wie Lenin, der in einem gläsernen Sarg irgendwo im mythischen Moskau schlief und mit seinen leblosen, geballten Fäusten fünfzehn Zwerge umklammerte – fünfzehn sozialistische Republiken in Erwartung einer Prinzessin auf dem weißen Pferd und voller Sehnsucht nach einem letzten süßen Todeskuss …

Wahrscheinlich haben uns die Kirchen gerettet. Als

ich am ersten Studientag nach der letzten Vorlesung die Treppe hinunterfiel, verliebte ich mich in Maria. Sie war die Einzige aus meinem Studienjahr, die nicht lachte. Das hielt ich für einen Wink des Schicksals. Später gestand sie mir, dass sie bestimmt auch gelacht hätte, aber von heftigen Zahnschmerzen geplagt war, woraufhin ich mich zum zweiten Mal in sie verliebte. Am allerersten Tag streiften wir durch die Stadt. Anfangs tranken wir Kaffee in dunklen, verrauchten Cafés, später stießen wir, beschwipst von süßem Ebereschenwein, ständig an ehrwürdige, aber meist bröckelnde Fassaden von heruntergekommenen Gotteshäusern an. Sie lenkten unseren Streifzug durch die Stadt in immer neue, unerwartete Richtungen. Ein Streifzug, der sich immer mehr in die Nacht hinein verlagerte und kein Ziel hatte …

Wahrscheinlich haben uns die Kirchen gerettet, denn Maria kannte alle ihre Namen, selbst jene, die in Lagerhallen verwandelt oder von neuen Gebäuden so verstellt worden waren, dass man von ihrer Existenz nicht einmal etwas ahnen konnte. Zwei- und dreiseitige Pilaster, Volutengiebel, Kreuze im Ajourstil, Muschelwerk, Kapitelle, Karniese – Maria sprach eine mir völlig unverständliche Sprache, und ich konnte nur mit einem verwirrten, bewundernden »Aha« antworten. Dann blickte sie mich mit unterdrücktem Misstrauen an und sagte, ich sei kompliziert wie die Fassade der Johanniskirche. Ich versuchte, sie davon zu überzeugen, dass sich hinter einer Fassade stets ein größerer und sinnerfüllter Raum verbergen würde. Ich versuchte, sie davon zu überzeugen, dass das Gewölbe meiner Seele sehr hoch sei und nicht nur Bilder des Jüngsten Gerichts bergen würde, aber Maria ließ sich nicht umstimmen. Sie sagte, dass sich im Innern vermutlich Säulen befänden, die den Raum in drei Schiffe unterteilten.

»Und«, hänselte Maria, »diese Säulen sind viel wichtiger als dein Gewölbe.« Und in mir stieg der Gedanke auf, dass ich wohl wirklich nicht am rechten Ende angefangen hatte, nicht mit den Säulen, sondern gleich mit dem Gewölbe …

Die Wohnheime, in denen wir untergebracht waren, glichen den Kirchen nicht im Entferntesten. Aus der Nähe war ihr Anblick noch düsterer. Diese Wohnheime, in denen wir kaum wohnten, sondern uns nur die Zeit vom Abend bis zum Morgen vertrieben, waren Kasernen. Nur hatten sie kleinere Zimmer, mit vier oder mit acht Betten und mit gemeinsamen Scheißhäusern, die ständig verstopft waren, so dass man in die nächste Etage rennen musste, bis auch dort alles verstopft war. Es waren Kasernen mit vier Duschen für zwölf Zimmer auf jeder Etage, von denen meist nur eine funktionierte, die auch noch ein Loch in der Tür hatte, denn hier lebten im Gegensatz zu den Kasernen Männer und Frauen zusammen.

Es waren Kasernen mit einer gemeinsamen Küche für die ganze Etage, in der die zukünftigen Eheweibchen mit der Praxis der Essenszubereitung beschäftigt waren und in die sich die zukünftigen Genießer dieses Essens, die Ehemännchen, schlichen, um unbewachte halbgare Bratkartoffeln zu stehlen. Es waren Kasernen, deren Betten genau dieselben waren wie in den echten Kasernen, mit Sprungfedern, Kopf- und Fußteilen aus Eisen. Nur waren hier die Matratzen nicht mit Schaumstoff, sondern mit Watte gefüllt und so scheußlich zerdrückt, dass man in diesen Betten nicht zu zweit liegen konnte.

Selbst wenn man alle Zimmergenossen überredete, wenigstens für eine Stunde zu verschwinden, selbst wenn der alte blökende Apparat das Geräusch einer zerkratzten und bisweilen springenden Schallplatte von sich gab, selbst wenn dieses Geräusch so mystisch klang wie Donner und Regen und eine melancholische, gedehnte Stimme ständig *Riders on the Storm* wiederholte. Welcher Reiter konnte sich denn in dieser Kaserne aufhalten, die als Wohnheim bezeichnet wurde, in einem bis auf den Boden durchhängenden Bett, in dem ich Maria etwas über Säulen, Karniese und Pilaster ins Ohr flüsterte? Meine Fassade war auch hier kompliziert, ich hatte keine Ahnung vom Kirchenbau, von Architektur und davon, womit man beginnen musste. Ich konnte nur niederknien, flüstern, beichten und auf Erlösung warten. Maria überkam allmählich hysterisches Gelächter. Sie kicherte so blöd vor sich hin, dass ich aus Verzweiflung eine Warze ihrer Karniese anbiss und wir uns zum ersten Mal stritten …

Ich habe Maria nicht wieder in die Wohnheimkaserne eingeladen. Ich lud sie nicht mehr dahin ein, weil sie auch nicht mehr gekommen wäre. Vor allem nicht, nachdem mein Mitbewohner den Verstand verloren hatte. Maria besaß einen scharfen Verstand, sie war intellektuell, etwas zynisch und begegnete mystischen Dingen mit spöttischer Zurückhaltung. Ich jedoch verdammte meinen Zimmergenossen nicht: Na ja, er vermutete, der Teufel sei in das Tonband gefahren, und wollte ihn mit Zange und Schraubenzieher herausklauben. Als dies misslang, befiel ihn tiefe Enttäuschung, und er versuchte, das ganze Band, jedenfalls so viel er davon zu fassen kriegte, in winzige Stückchen zu zerkauen.

So verlöre der Teufel angeblich die Macht, sich zu verbergen, und würde ihm erscheinen. Was er mit dem erschienenen Teufel angestellt hätte, erfuhren wir nicht. Zwei kräftige Krankenpfleger kamen, allerdings nicht in klassischen weißen Kitteln, sondern in blaugrauen, und steckten ihn in eine Zwangsjacke. Dies war eigentlich gar nicht nötig, weil er in das Tonband eingewickelt war wie in einen Kokon … Warum? Die Frage, warum ein Mensch den Verstand verliert, ist die unsinnigste, die ich je gehört habe. In diesem Kasernenwohnheim hatten wir alle ausreichend Gründe, vom Balkon des siebzehnten Stocks zu springen, uns die Venen aufzuschneiden in der kaputten, oft nach jungem Urin stinkenden Dusche neben den verstopften Klosetts oder einfach wahnsinnig zu werden. Es wäre dumm, nach Gründen zu suchen, den Katholizismus oder die sowjetische Ideologie verantwortlich zu machen. Das Leben ist ein allzu beschissener Ort, als dass man ihn nicht wenigstens einmal mit den Augen eines Irren oder eines Selbstmörders betrachten wollte.

Niemals mehr besuchte Maria mich im Wohnheim. Wir liebten uns nur in ihrem Zimmer, dessen Vermieter, einem Alkoholiker, wir immer eine Flasche mit Fusel zusteckten, damit wir uns gemeinsam auf Kolloquien und ähnlich wichtige Dinge vorbereiten durften. Die Ansicht, alle Alkoholiker seien debil, ist nicht ganz richtig, genauer: Es gibt zahlreiche Ausnahmen. Eine Ausnahme war auch unser Alter, der auf den ersten Blick finster wirkte, aber fröhlich und redselig wurde, wenn er getrunken hatte. »Was, wieder ein Wolokium?«, fragte er mit listigem Grinsen, wenn er mich in der Tür stehen sah. Doch wenn er einen heftigen Kater hatte und in meiner Hand nichts sah, was sein Herz und Gedärm erweichen konnte, dann log er einfach unverschämt und behauptete, Maria sei nicht zu Hause. Eigentlich sind alle Alkoholiker Dreckskerle …

Wahrscheinlich haben uns die Kirchen gerettet. Uns, mich jedoch nicht. Denn dieses furchtbare Klopfen kann selbst den heiligsten Menschen umbringen, und zu dieser Loge gehöre ich nicht.

An der linken Wand der Kirche, neben dem Beichtstuhl, steht ein Gerüst, das es hier früher nicht gab. Die Kirche ist nicht groß, ein scheußlicher Fremdkörper wie dieses hölzerne, ungelenke Gerüst wäre mir sofort ins Auge gefallen. Auf dem Gerüst steht ein Mann mittleren Alters und haut mit Hammer und Meißel eine Figur in den Stein.

Als er sieht, dass ich erwacht bin, steigt der Mann eilig herab und kommt fast rennend zu mir, Hammer und Meißel noch immer in seinen großen, kräftigen Händen haltend.

»Seltsam«, sage ich zu dem Bildhauer, »warum grinst denn Ihr Christus und noch dazu mit solchen Zähnen, die aussehen wie eine neue Prothese?«

»Schon gut«, sagt der Bildhauer, »gleich wird alles berichtigt. In seinem Mund wird völlige Leere sein, wie es sich gehört für einen Alten von zweitausend Jahren.«

Er hat das letzte Wort noch nicht ganz ausgesprochen, da setzt er mit einer gekonnten Bewegung den Meißel an meinem vor Erstaunen offenen Mund an und blitzt mir mit dem Hammer aus Leibeskräften …

30

Ein Schlag, und ich erwache. Das Gebetbuch, auf dem mein Kopf beim Schlafen lag, ist abgerutscht, polternd zu Boden gefallen und hat mich geweckt. Ich bücke mich, um es aufzuheben, und sehe das Foto, das aus ihm hervorlugt. Maria, meine Maria ... Die lange Nase, ihre vollen Lippen, die das längliche Oval ihres Gesichts keineswegs entstellen ... Diese Lippen, immer ein wenig ironisch und ein wenig verletzt, lassen vor allem an einen Kuss denken.

Das gelobte Land, aus dem ich verbannt wurde. Verbannt aus dem Reich von Marias Kuss, streifte ich durch die Stadt und trank keinen Kaffee mehr, sondern nur noch Wein. Viel Wein, so viel, dass ich anstoßen musste. Und nicht unbedingt an Kirchen, nicht unbedingt an Menschen mit reiner Seele, an Menschen, denen meine Seele etwas bedeutet hätte. Meine Seele kümmerte keinen, vor allem nicht mich selbst.

Maria kümmerten die Kirchen, mich kümmerte Maria, und ich kümmerte mich nicht um mich. Mit dieser Formel könnte man Versagertum diagnostizieren.

Die Fassaden der sowjetischen Kirchen waren gewissermaßen ein Widerspruch in sich: Statt Gottesfurcht zu erregen, statt Gottes Ruhm und Größe zu preisen, nahmen sie zusehends ein sehr menschliches Antlitz an – mit einem vom Sozialismus vernachlässigten, verwahrlosten, geplünderten Ausdruck.

Wahrscheinlich haben die Kirchen jemanden gerettet, aber mich ganz bestimmt nicht. Der Alkohol trieb die Zersetzung ihres grauen, bröckelnden Anblicks noch weiter voran. Ich lief herum mit blutendem Herzen, und die Stärke der Blutung hing von der Menge getrunkenen Alkohols ab. Ich lief an den mit Stacheldraht verstärkten Mauern der Herz-Jesu-Kirche entlang, die in ein Gefängnis umgewandelt worden war. Wie gut ich das Herz von Jesus verstand, denn mein Herz war in ein Gefängnis gesperrt. Wie gut ich den Schmerz der Gottesmutter verstand, denn mein Herz war von Dornen eingeschnürt und durchbohrt, nicht etwa nur von einem Dornenkranz, sondern von einer ganzen Rolle Stacheldraht – wie die, die sich über die Gefängnismauer zog. Wie gut verstand ich die ganze heilige Familie mit allen Apologeten, mit allen Märtyrern, mit den Antoniussen, Georgs, Kleopatras und Cäsars, mit allen Legionären und Leóns, mit Aquinaten und Augustinern. Und manchmal verspürte ich sogar eine Segnung für mein besonderes Verständnis: Wenn ich mich genau zwischen den beiden Türmen der Missionarskirche niederließ, dann schien mir, als ließe ich mich nicht nieder, sondern als stiege ich auf. Dann strömte in die Kuppel meiner Seele die sinnreichste und lauterste Luft, die es je unter dieser Sonne gegeben hatte. Dann betete und sang ein jeder Stein im krummen, löchrigen Gehsteig, kaum berührt von meinem nahezu schwerelos gewordenen Körper …

Doch stets graute ein Morgen mit Katzenjammer, großer Reue, Qual und Selbstmitleid. Und niemand gab mir ein Bier, nicht einmal ein Glas Wasser konnte man mir reichen. Einer schnarchte antiphonisch wie ein orthodoxer Kirchenchor, ein anderer, der sich unbelauscht wähnte, suchte mit den Fingern seine morgendliche Erektion zu zerquetschen. Darf man solche Menschen stören wegen eines Glases Wasser? Ganz gleich, ob im Wohnheim, in der Kaserne, wo immer man will …

Da rettete mich keine Kirche mehr, jedenfalls keine Kirche mit verzerrtem Gesicht. Ich ging ins Museum des Atheismus, das man unter dem Gewölbe von St. Kasimir eingerichtet hatte. Ich ging hinein, wagte aber nicht, mir die Krone aufzusetzen, die hoch oben, unterm Himmel, hing, die die Schande im Innern krönte. Die Krone, die ich Maria aufzusetzen, mit der ich sie zu krönen gedachte. Ich versprach, sie auf die Throne aller seienden und zukünftigen Königreiche zu heben, ihr genuesische Stoffe und venezianisches Glas zu Füßen zu legen, ägyptische Duftkräuter und die ganze Bibliothek Alexandrias. Immer wieder schlich ich mich ins Museum des Atheismus und schaute mir die Beweise für die Nichtexistenz Gottes an. Es gab dort viel mehr Beweise für den menschlichen Glauben als irgendwo sonst, und ich war gottloser als das ganze Museum und ein ganzes Parteikomitee. Ich knurrte und verbiss mich in die fetten, selbstzufriedenen Säulen und versprach Maria gar nichts mehr. Was konnte ich denn einer Frau noch versprechen, die mir gesagt hatte, sie liebe mich als Mensch, aber nicht als Mann …

Diese verdammte Lücke! Zwischen Mensch und

Mann. Ich selbst verstand es ja, aber wie sollte ich das Maria erklären? Sie liebte zwar Kirchen, aber Spekulationen konnte sie nicht ausstehen. Und da wollte ich ihr mit irgendeiner Lücke kommen, mit drei Sekunden, was für ein Schwachsinn …

Irgendetwas konnte mich vermutlich noch retten, aber in mir war etwas gerissen, gerissen wie bei Viktor in Frankfurt an der Oder. Es war plötzlich und endgültig gerissen. Und ich begann zu lächeln, wie Tote lächeln. Und Maria liebte mich noch mehr als Menschen und noch weniger als Mann …

31

Kirchenkuppeln, besonders, wenn man sie von innen betrachtet, mit verrenktem Kopf, bis es ein wenig flimmert vor den Augen und ein unangenehmes Schwindeln in den Schläfen pocht, Kirchenkuppeln gleichen Fallschirmen, auch wenn ihre Bestimmung sich unterscheidet. Kirchenkuppeln ziehen uns hinauf zum Himmel, auf den wir alle Gedanken und Gefühle richten sollen. Auch die Kappe des Fallschirms, seine Kuppel, ist ein Himmel, ein Himmel aus dreiundachtzig Quadratmetern weißer Seide. Aber er lässt sich immer auf die Erde nieder, weil er eine Schöpfung der Erdanziehung und nicht der Anziehung des Himmels ist. Selbst wenn Kirchen aus dem Himmel herabgestiegen sind, ist ein Fallschirm keine Kirche.

Wir haben keine Wahl, wir können unseren Nächsten nicht lieben, weil wir ihm eins auf die Schnauze hauen müssen – erst schlägt er dir die Schnauze ein, dann du ihm und so weiter. Wir können unsere Mütter nicht lieben, denn sie sind höllisch weit weg. Selbst auf Briefumschlägen lautet unsere Adresse *poljewaja potschta* – Feldpost. Das ist beinahe überall und nirgendwo, in dieser bescheuerten Lage ist die Liebe zur Mutter hoffnungslos. Die Liebe verlangt nach einer Antwort, und die Antwort verspätet sich immer um eine Woche oder zwei. Wir können keine Frauen lieben, weil es ganz einfach keine gibt. Und wenn es welche gäbe, dann würden wir keinen hochkriegen, weil man uns Brom in den Tee gibt und unsere Träume sterilisiert sind, von kindlicher Erotik gesäubert. Wir lieben unsere Fallschirme, D-5, wir streicheln sie leidenschaftlich, wenn sie entfaltet daliegen, einen Meter breit und fünfundzwanzig Meter lang. Sie bedeuten uns mehr als eine Geliebte, denn wenn eine Geliebte dich verrät, kannst du weiterleben. Auch wenn du dich beschissen fühlst, es ist auszuhalten. Aber wenn der Fallschirm dich im Stich lässt, dann bleibt dir gar nichts mehr, nicht einmal die Möglichkeit, dich volllaufen zu lassen.

Unsere Hände sind hart. In der Freizeit zerschlagen wir leere Flaschen mit den Fingerknöcheln. An unseren Fingerknöcheln sind Schwielen, unsere Gelenkknorpel sind zertrümmert und wieder verwachsen. Sie sind vergilbt wie bei alten Leuten, die im Sterben liegen. Unsere Knöchel sind unbezwingbare Puffer, wie harte Schalen. Und mit den Unterarmen – unsere Unterarme sind wie Vorschlaghämmer – zertrümmern wir Ziegelsteine. Viel lieber würden wir mal jemandem die Wirbelsäule brechen. Doch überflüssige Wirbelsäulen liegen nicht einfach so herum, Ziegelsteine dagegen haufenweise. Mit unseren Fallschirmen gehen wir nicht so grob um, wir respektieren sogar das Recht eines jeden von uns, seine Geliebte zu streicheln. Wir sind auch schamlos eifersüchtig auf unsere Geliebten – auf den Wind, der ihre weichen, lockeren Kuppeln erfüllt, und den Geruch des freien Falls. Wir legen mit unseren Fingern alle achtundzwanzig Fangleinen so behutsam zurecht, als seien es Mädchenhaare auf einem Keuschheitskissen. *Der Fallschirmspringer hält sich mit 28 Leinen am Leben fest.* Diesen Satz kennen wir auswendig. Immer sieben Stück zusammen sind mit einem Gurt am steifen Boden des Verpackungssacks angebracht. Mit diesen Gurten können wir unser Schicksal beherrschen, wenigstens für einige Minuten – solange wir in die Zukunft, auf die Erde, fallen.

Der Mensch ist ein Tier, das selbst unter den widrigsten Umständen auf der Suche nach verfluchter Intimität ist. Das Verpacken des Fallschirms ist ein langes Petting auf der Erde, das mit dem Orgasmus am Himmel endet. Wir werden aus sehr geringer Höhe abgeworfen, wir sind Stürmer. Wir werden aus verdammten sechshundert Metern abgeworfen und haben nicht das Recht, uns auf den Reserveschirm zu verlassen. Deshalb beginnt für uns das Vergnügen des Flugs durch die Lüfte bereits am Boden. Selbst im Winter, wenn unsere nackten Finger blau anlaufen bis zur Unerträglichkeit, verstauen wir geduldig die sanft in kleine Schlaufen gelegten Fangleinen in kleinen, am Verzögerungssack befestigten Hülsen – den sogenannten *gasyry*. Bis die Kappe schließlich nahe genug am Verpackungssack ist, um sie in seinem Inneren zu verstauen. Und zwar behutsam, so wie man nachts ein Kleinkind zudeckt. Unsere Finger sind verfroren, doch sie zittern nicht. Mit zittrigen Fingern könnten wir niemals das Aufzugskabel einschlaufen, das zum Öffnungsautomaten führt, dessen Sicherungssplint sich besonders gut für die »Rasur« von Elefantenschnauzen eignet. Eigentlich entfernen wir ja den Flaum auf ihren Gesichtern meist mit Handtüchern. Sie schreien und wir wiehern. Aber der wie eine Spiralfeder elastische Splint ist besser: Wenn man ihn verbiegt, bilden sich winzige Lücken, in die man die Härchen ganz bequem einklemmen und dann mit der Haut herausziehen kann.

Das Doppelkegelschloss, in das schließlich die Ösen des manuellen Öffnungskabels und des Öffnungsautomaten eingehängt werden, erinnert uns an zwei steife Brustwarzen. Dagegen erinnert uns die anderthalb Quadratmeter große Kappe des Hilfsschirms, die sich auf dem Rucksack mit dem verpackten Fallschirm bläht, an gar nichts. Schwänze von solcher Größe gibt es nicht. Wir gehen zweimal in der Woche in die sogenannte Sauna, die eigentlich überhaupt keine Sauna ist. Es sind einfach ein paar Rohre mit dämlichen Löchern, aus denen lauwarmes Wasser rieselt. So viele Schwänze an einem Ort kann man sonst nur in Dokumentarfilmen über die Nazis sehen, wenn die zur Verbrennung vorbereiteten Häftlinge in Scharen zusammengetrieben werden.

Wir wissen nicht, dass der erste Mensch, der einen Fallschirm erfand, Leonardo da Vinci gewesen ist. Wir wissen nicht, was er sonst noch geschaffen hat – die Mona Lisa oder die Gioconda, vielleicht auch »Das letzte Abendmahl« oder den Eiffelturm. Uns ist das schnuppe. Wir wissen ja nicht einmal, dass er homosexuell gewesen ist. Nicht mal das Wort kennen wir wirklich. Wenn wir »Päderast« sagen, dann nur, weil wir keinen blassen Schimmer haben, was es bedeutet. Theoretisch wissen wir es, aber in der Praxis haben wir noch nie einen echten Päderasten gesehen. Nehmen wir zum Beispiel unseren *sampolit*, den Politoffizier. Der ist ein Päderast, das lässt sich einfach nicht von der Hand weisen. Aber nur, weil er uns während des Politunterrichts im Leninzimmer nicht schlafen lässt. Midler kann mit offenen Augen schlafen, aber so ist eben nur Midler – ein Abkömmling von Schakalen. Die anderen müssen leiden, weil der *sampolit*, dieser Päderast, mit seinem Zeigestock uns immerzu auf die herabgesunkenen Köpfe und auf die Speichelflecken an unseren Uniformen schlägt. Päderast!

Leonardo Da Vinci, wenn er wirklich den Fallschirm erfunden hat, wusste, was er tat. Ein Fallschirm verdient wirklich die Liebe und Zärtlichkeit des Mannes. Nicht von ungefähr heißt es im Evangelium der Fallschirmjäger: *Wenn du zum Himmel ziehst, erinnere dich derer, die auf der Erde auf dich warten.*

Unsere Geliebten, die sich am Himmel entfalten, vergelten uns unsere zärtliche Hingabe nicht immer mit Gleichem. Wie alle Frauen sind sie unberechenbar und geben sich leicht den starken Winden hin. Dann sind sie kaum noch zu beherrschen. Da kannst du an den Gurten mit den Leinen zerren, so viel du willst, es weht dich trotzdem geradewegs auf den verfluchten Wald zu. Wenn du auf einer Tanne aufkommst, kriegst du Nadeln in die Fresse und darfst davon ausgehen, dass du Glück gehabt hast. Die Landung auf einer Kiefer ist schon etwas schlimmer. Da kannst du dir nicht nur das Ohr abreißen, wie Babaj aus unserem Zug, sondern auch die Eier. Genau das sagte auch Hauptmann Krutow dem Unglücksraben mit dem baumelnden Ohr: »Ein Ohr ist immerhin kein Schwanz.« Und dann hing auch mal der Leutnant unserer Gruppe in einer Kiefer. Er war noch ganz grün, frisch von der Grundausbildung, und hatte keinen blassen Schimmer, was man in der Luft mit einem Fallschirm machen musste. Wir hatten unsere helle Freude. Wir versammelten uns unter ihm, wie er da so hing in fünf Metern Höhe, und riefen ihm alle möglichen demütigenden Ratschläge zu: »Ein bisschen nach links ziehen! ... Achtung, Sie fallen gleich ins Wasser! ... Sie treffen mit dem Hintern auf! ... Schneiden Sie die Leinen durch! ... Springen Sie – wir legen Zweige für Sie aus! ... Wir kommen nach dem Mittag wieder!« usw. Und keiner rührte auch nur einen Finger. Wir standen herum, rauchten und unterhielten uns über die blitzenden Beschläge an den Absätzen des Leutnants. Anfangs versuchte er noch, uns mit seiner Kommandostimme zu überzeugen, bald aber musste er einsehen, dass das zwecklos war. Schließlich winselte er geradezu, wir mögen ihn herunterholen. Wie schön es ist, Schakale zu quälen, wenn sie machtlos sind! Schakale hänseln und erniedrigen ist ein wichtiges Gebot für Fallschirmjäger.

Eine »Segelregatta« dagegen lässt sich kaum als Gebot bezeichnen. Besonders dann nicht, wenn du selbst der Segler bist. Bei starkem Wind bilden sich in der Sahara Sandwirbel. Aus diesen Wirbeln taucht manchmal plötzlich irgendein Esel auf, der seine geblähte Fallschirmkuppel nicht »löschen« konnte. Nun wird er von ihr durch die ganze Sahara geschleift, mal auf dem Rücken und mal auf dem Bauch. Und er schluckt schmutzigen Sand und schreit: »Haltet die Kappe!« Diesem schönen Schauspiel wird keiner so bald ein Ende bereiten, schon gar nicht, wenn der Segler ein Schakal ist. Das wäre eine echte Sünde. Und wer es wagt, dem fröhlichen Fallschirm entgegenzulaufen und ihn zu stoppen, der ist ein nichtswürdiger Bock, ein Dreckskerl und Arschkriecher.

Wir wissen, *ein Fallschirmjäger stirbt nicht, er zieht fort in den Himmel und kehrt nicht zurück*. Aber wir kennen auch den Trick, mit dem man prüft, ob der Fallschirm aufgegangen ist: Man muss nur spucken, also einfach eine bestimmte Menge Speichel im Mund sammeln und pfff. Wenn die Spucke nach unten fällt, ist deine Kappe in Ordnung. Wenn dir die Spucke zurück ins Maul spritzt, kannst du versuchen, den Reserveschirm rauszuholen, der sich auf deiner Brust bläht. Sein Durchmesser ist kleiner und der Aufprall am Boden viel stärker als mit dem Hauptschirm, der dich mit fünf Metern pro Sekunde auf der Oberfläche unseres Planeten auftreffen lässt. Aber die Zeit ist knapp, denn wir werden ja aus nur sechshundert Metern Höhe abgeworfen. Solltest du es nicht schaffen, den Reserveschirm aufzuspannen, dann schlägst du mit fünfunddreißig Metern pro Sekunde auf. Das ist das Höllentempo, das dir der winzige Hilfsschirm beschert. Dann kannst du niemandem mehr deine Ehrenabzeichen zeigen oder das kühn aufs Ohr oder in den Nacken geschobene blaue Barett. Leichen sehen niemals kühn aus, schon gar nicht, wenn sie mit fünfunddreißig Metern pro Sekunde am Boden aufgekracht sind.

Ich habe noch nie eine attraktive Leiche gesehen.

Der einzige Leichnam, der mir je Genuss bereitet hat, war der *Gensek* Leonid Breschnew. Aber das war ein politischer Toter, vielleicht war es sogar die Leiche der kommunistischen Mythologie. Das war nicht der Zusammenbruch eines Körpers, sondern der kommunistischen Ewigkeit. Die sterben auch! Als wir in der Schule, während des Unterrichts davon erfuhren, erfasste uns alle eine angenehme, beinahe schon erotische Erregung – die Mädchen kreischten auch etwas lauter und lustvoller, als wir sie an den Brüsten grapschten.

Bei Sprüngen im Winter musste Mutrowitsch, ein *chochol* aus der Ukraine, nicht spucken, weil er immer einen Filzstiefel verlor. Daher tönte es oft vom Himmel: »Fangt den Filzstiiiiiefel!« Er hatte sich in der *kaptjorka* breitgemacht und fuhr im Winter stets mit *walenki*, also mit Filzstiefeln, zum Springen, wo er immer einen verlor. Noch lustiger muss Mutrowitsch geschrien haben, als der Wind ihn genau zwischen zwei Hochspannungsleitungen trug und die Fallschirmseide bei der gleichzeitigen Berührung beider Leitungen prasselte wie die Segel eines explodierenden Piratenschiffs. Was der *chochol*, wahnsinnig vor Angst, da geschrien hat, weiß keiner, aber Glück hatte er, der Parasit: Er fiel zwischen den Leitungen hindurch und blieb am Leben, obwohl sein Fallschirm fast völlig verbrannte. Mutrowitsch hat nicht mal eine Schramme abbekommen. Er war ja auch der *kaptjorschtschik*, der Chef der Räucherkammer, und weil er nicht verbrannte, lautete sein Spitzname fortan *protiwoposcharnyj* – Feuerwehrmann.

Lächeln sollte man in der Luft besser nicht, selbst wenn man auf dem Weg zur Erde Mutrowitschs Filzstiefel trifft. Der Griff der hinter dem Reserveschirm steckenden Kalaschnikow ragt nämlich so weit in die Höhe, dass man nur den Mund aufmachen muss, um bei unglücklicher Landung die Vorderzähne zu verlieren. Die Begegnung mit der Erde ist eben keine lustige Angelegenheit und manchmal sogar erniedrigend.

Im Sommer, wenn wir unsere Juchtenlederstiefel ausziehen und uns zur Hälfte entkleiden können, im Sommer schmiegen sich die Fallschirme an unsere jungen, auf Liebkosungen gierigen Körper. Aber nur im Sommer. Bei Regen und im grässlichen deutschen Schneematsch ziehen wir auf die Dachböden um. Die Brigade *Tod Kopf*, in deren Kaserne wir jetzt das Sagen haben, hat mit Platz nicht gespart. Die Dachböden sind so geräumig, dass in ihnen fast ein ganzes Bataillon unterkommt: alle drei Züge, fast vollständig, mit ihren kleineren Satelliten, also den Verbindungs- und Versorgungstrupps, das heißt insgesamt fast dreihundert Mann. Natürlich ist es eng, wir stoßen aneinander mit Hintern und Ellenbögen, und es gibt auch keine Ziegelsteine, die wir zwischendurch mal zertrümmern könnten. Doch die Arbeit ist allen klar, und wir fühlen uns auf dem Dachboden sicher. Dem Himmel näher als der Erde, näher an seinem Gewölbe als am flachen Land, hören wir den Regen an die Schindeln klopfen und atmen den trockenen Geruch von Staub ein. Wir legen langsam unsere Geliebten, die D-5, zurecht und verstauen sie in den Verpackungssäcken. Und dann spüren wir einen verschwommenen, aber doch angenehmen Sinn, der uns das Herz erwärmt im düsteren Unsinn der Kaserne.

»Fünfhunderteins, fünfhundertzwei …«, höre ich jemanden flüstern. Kann sein, es sind meine eigenen Lippen, die mich, mein Bewusstsein, täuschen wollen. Sie wollen bis drei zählen, aber sie schaffen es nicht. Ich höre es schon, ich weiß schon, dass ich nicht bis drei zählen kann. Und Wissen zerstört nicht nur arme Schlucker wie mich – Wissen haut selbst die klügsten Männer mit Bärten, Brillen und würdevoll polierten Glatzen um.

32

Damit du es nur weisst: Schöne Männer sind furchtbar. Selbstverständlich enthält diese Behauptung auch ihr Gegenteil: Ich bin kein schöner Mann. Jedoch sind Männer nur auf der Leinwand schön, neben erträglich aussehenden Frauen. Im wahren Leben ist ihre Schönheit abstoßend, und ihre vollkommene Gesichtsform erinnert an ein geladenes Maschinengewehr. Besonders wenn sie die Uniform eines Hauptmanns tragen und an einem Tisch sitzen, der in der Sonderabteilung steht.

»Willst du Feuerwehrmann werden?«, fragt mich der schöne Hauptmann. »Will ich«, antworte ich und schaue zu, wie seine schöne Hand sanft das *Nunchaku* streichelt, das auf dem Tisch liegt. Ein schönes Gerät: zwei mit Blei gefüllte Holzstöckchen, die durch einen Fallschirmgurt miteinander verbunden sind.

»Das lässt sich einrichten«, sagt der schöne Hauptmann, und sein Lächeln ist schön wie das Gitter vorm Fenster. »Das würde ich sehr gern«, sage ich, denn ich fürchte mich ein wenig. Eigentlich nicht nur ein wenig.

Als ich gehört hatte, dass ich in die Sonderabteilung kommen sollte, wurde ich so blass, dass selbst Phase Mitleid mit mir bekam. In diese Abteilung wurde man nie ohne Grund geholt. »Irgendein Bastard hat gepetzt«, sagte Phase, aber er sagte es sehr vorsichtig. Wenn es sein muss, wird er mich fallenlassen, dachte ich. Alle werden mich fallenlassen, auch wenn noch keiner weiß, was ich getan habe. Die Nachricht hatte sich wie ein Lauffeuer verbreitet, und nun behandeln mich alle wie einen Todeskandidaten. »Phase«, sagte ich, als ich mich wieder gefasst hatte, »was ist mit dir, bist du völlig durchgedreht?« Mir spritzte sogar Spucke aus dem Mund. »Phase, meinst du etwa auch, ich bin ein Diversant oder noch schlimmer – ein Spitzel?« Nein, Phase dachte das nicht, aber er sicherte sich für alle Fälle ab. »Sieh zu«, sagte Phase, »dass du nicht zu viel quatschst. Du redest irgendwas, und schon haben sie dich im Sack.«

Niemand hatte auch nur die leiseste Ahnung davon, was die Sonderabteilung eigentlich war. Aber jeder machte sich in die Hosen, wenn sie auch nur erwähnt wurde. Und ich war auch nicht besser: Mit weichen Knien ging ich die Treppe hinauf, die wie im Gefängnis auf allen Seiten von Maschendraht umgeben war. Das Herz rutschte mir in den Darm.

Der Hauptmann schlägt mir also vor, Feuerwehrmann zu werden. Ich will überhaupt nicht Feuerwehrmann werden, aber ich wage nicht, ihm zu widersprechen. Und als er mich fragt, ob meine Kameraden mich einen Faschisten nennen, sage ich, früher hätten sie mich so genannt, aber jetzt nicht mehr. »Wer hat dich denn früher so genannt?«, fragt der Hauptmann und spielt mit dem *Nunchaku*. »Ach«, sage ich, »das waren *dembel*, sie sind längst weg, an ihre Namen erinnere ich mich nicht.«

Ich kann mich sehr gut erinnern, ich erinnere mich

an alles, doch Phase ist ein Mann aus dem Volk, und auf die Stimme des Volkes sollte man bisweilen hören.

»Siehst du«, sagt der Hauptmann, »du willst Feuerwehrmann werden, aber aufrichtig bist du nicht.«

»Nein, nein«, sage ich, »ich bin ganz aufrichtig, doch zuerst möchte ich zurück an die Universität und mein Studium beenden. Danach kann ich Feuerwehrmann werden oder was mir gefällt.« Ich spüre, wie sich allmählich mein Bewusstsein trübt, wie mir allmählich vor Angst der Verstand versagt. Gleich werde ich mich verquatschen.

Der Hauptmann lächelt: »Was willst du denn werden, wenn du deine Universität beendet hast?«

»Ehrlich gesagt, das weiß ich noch nicht. Wenn man erst zwei Semester hinter sich hat, denkt man noch nicht darüber nach, was man werden will. Man geht an die Universität, um Student zu sein und um sich an ihrer alten Architektur zu erfreuen, und nicht, um irgendetwas zu werden.«

»Na siehst du«, lächelt der Hauptmann, »du weißt nicht mal, was du werden willst, aber du willst dorthin zurück.«

Ich bekomme noch mehr Angst, ich bin schon beinahe bereit, »spurlos vermisst« zu werden. Zum ersten Mal im Leben sehe ich einen lebendigen, echten Geheimdienstler, und der, dieser Dreckskerl, lächelt und stellt mir provozierende Fragen. Was ich werden will. Für die meisten Menschen ist ein Leben nicht genug – sie sterben, ohne begriffen zu haben, was oder wer sie sind. Ich aber habe nicht mal so viel Zeit: Ich soll mir sofort einfallen lassen, was ich werden will. Und Feuerwehrmann mag ich ganz und gar nicht werden.

Der Hauptmann nimmt ein Notizbuch aus der Schublade mit genau dem gleichen blauen Einband wie mein eigenes, das mir vor einer Woche zusammen mit vierzig Mark geklaut wurde. Plötzlich spricht der Hauptmann Litauisch, mit reinstem suwalkischem Akzent: »Kaunas ist eine schöne Stadt.« Ich erschaudere. Dieser Schönling hat in Kaunas gedient und Litauisch gelernt. Ich habe in meinem verdammten Notizbuch nichts Besonderes aufgeschrieben, nur dies und das habe ich eingetragen, damit ich es nicht vergesse. Eigentlich kommt es mir jetzt selbst vollkommen verrückt vor, dass ich eine Liste der körperlichen Züchtigungen angelegt habe: aufs Maul (soundso viele Striche), auf die Brust (soundso viele Striche) und so weiter. Wozu, zum Teufel, soll das gut gewesen sein? Kann man denn solche einfachen Sachen vergessen? Ich bin ein Esel. Ein Kretin. Doch jetzt ist es zu spät, das hätte ich früher bedenken sollen. Der Hauptmann reißt vorsichtig eine Seite heraus. Die werde ich jetzt aufessen müssen. Mir wird etwas flau, doch das ist bestimmt immer noch besser als Unannehmlichkeiten mit den »Organen«. Er faltet die Seite und legt sie zurück in dieselbe unterste Schublade, aus der er vorhin das unglückselige Notizbuch genommen hat. Das Buch hält er mir hin. »Zerreiße es besser selbst«, sagt er, ohne mich anzusehen, und winkt nachlässig mit der Hand. Ich kann gehen.

Das Büchlein habe ich zerrissen, noch ehe ich in der Kaserne zurück war. Jede einzelne Seite, in viele kleine Fetzen. Ich habe es nicht noch einmal geöffnet, um nicht erfahren zu müssen, welche Seite der Hauptmann behalten hatte. Wahrscheinlich war er einer von denen, die gern Andenken aufbewahren. Oder hatte ich dort vielleicht etwas über Feuerwehrmänner geschrieben?

»Unter uns ist ein Spitzel«, sagte Phase, nachdem er sich meine Erzählung angehört hatte. »Vielleicht sogar mehr als einer. Jeder von uns kann es sein, jeder«, sagte Phase und starrte mich dabei an.

»Was starrst du mich so an«, sagt der Bärtige, »was starrst du mich stundenlang an?« Und ich verstehe nicht, ob ich ihn träume oder er mich.

33

Ein Schlag, und ich bin erwacht. Das Gebetbuch, auf dem mein Kopf beim Schlafen gelegen hat, ist abgerutscht und zu Boden gefallen. Sein Poltern hat ein dumpfes Echo ausgelöst, das durch die dunklen Gewölbe hallt. Die ersten Augenblicke nach dem Erwachen, ganz gleich, wo es geschieht, sind immer ähnlich: Du bist von Erstaunen befallen, und durch deinen Kopf huscht für einen Moment sogar der Schatten eines Schrecks – wo bin ich?

Ich habe keine Zeit, mich den nebulösen Ahnungen meines Erwachens hinzugeben. Neben mir höre ich menschliche Schritte, die sich mir rasch nähern. Laute Schritte, begleitet vom Hallen beschlagener Stiefel. Schließlich erscheint Fox. Ich hatte schon geglaubt, es gibt ihn in Wirklichkeit gar nicht. Also habe ich ihn doch nicht nur geträumt. Fox ist nicht allein gekommen, sondern mit einem Priester im roten Ornat mit einer golddurchwirkten Stola, deren Enden auf seiner Brust hängen.

»Willst wohl frech werden, Soldat?«, schreit der Priester zornig auf Russisch, und Fox nickt zustimmend, die Hände auf der Brust gefaltet. »Bist du vollkommen durchgeknallt, du Missgeburt? Was fällt dir ein, du Hurensohn? Der Soldat pennt im Dienst, ja?« Und plötzlich schlägt er mich in die Brust. Ich stürze nach hinten und stoße gegen etwas Weiches … Meine Brust schmerzt so fürchterlich, dass für Erstaunen gar kein Platz in meinem Kopf ist. Nur gut, dass ich gegen eine Matratze geflogen bin, die an der Wand hängt, so habe ich mir wenigstens nicht den Hinterkopf aufgeschlagen.

»Zu mir!«, kreischt der Priester wieder auf Russisch, und ich laufe schnell zu ihm hin. Lächelnd streicht er über die Schnalle aus Metall an meiner bis vor kurzem noch etwas aufgeblähten, durch den Schlag aber geplätteten Baumwolljacke.

»Gute Arbeit«, sagt der Priester zu Fox. Als er aber sieht, dass sich auf meinem Gesicht wohl so etwas wie ein Lächeln abzeichnet, kreischt er wieder los: »Was grinst du so, du beschissene Fratze! Bücken, Arme vor!«

Ich stehe da, vornübergebeugt, mit ausgestreckten Armen, und halte ihm eilfertig meinen Hintern hin. Der Priester nimmt den Hocker, der neben dem Bett steht. Er holt aus, brüllt: »Hau rein!« und schlägt mir mit solcher Kraft aufs Gesäß, dass ich kopfüber gegen die Matratzenwand fliege.

Während ich mich wieder aufrappele, geht mir durch den Kopf, dass ich jetzt sogar Zahnschmerzen vergessen würde, so furchtbar ist das Stechen in der Brust und das Reißen am Hintern.

»Eine Kampfzigarette!«, kommandiert der Priester und wirft sich, wie Fox es ihm gerade vorgemacht hat, auf eines der Kasernenbetten, mit eisernen Sprungfedern und Schaumstoffmatratzen. Ich stürze Hals über Kopf zum Nachtschränkchen, in dem ein Päckchen

Zigaretten liegt – die eiserne Ration. Wenn keins vorhanden wäre, müsste ich den ganzen Zug absuchen. Um diese Zeit ist es nicht so einfach, jemanden um eine Zigarette anzupumpen. Nach dem Zapfenstreich bist du nirgends mehr willkommen. Wenn du einen irgendwo abgestaubten Stummel anschleppst, kriegst du eins auf die Fresse. Natürlich kann dir das auch mit einer normalen Zigarette passieren, besonders, wenn du – Gott behüte! – beim Anzünden das Ende befeuchtest. Ich reiche dem Priester die brennende Zigarette und höre den Befehl: »Mach das Krokodil!«

Bereitwillig stütze ich mich mit den Händen am Kopfteil und mit den Füßen am Fußende des Betts ab und bilde über dem Priester eine Art kleiner Brücke oder gar ein Dach. Ich habe trotz allem noch immer Zweifel: Ich weiß zwar, dass man die Leute beim Entspannen nicht stören sollte, dennoch frage ich den unter mir liegenden und Zigarettenqualm in mein Gesicht blasenden Priester: »Hochwürden, Sie sind doch ein Geistlicher …« Ich zittere, vielleicht weil meinen Muskeln die Kräfte schwinden, vielleicht auch wegen der Gottesfurcht, die mich durchfährt. »Zu Ihnen passen doch eigentlich keine Umgangsformen von Soldatenschindern und Körperstrafen gegen Gemeindeglieder.«

»Wir sind alle Krieger Jesu«, sagt der Priester ganz ruhig, »wir müssen stark sein. Wir müssen alle Erniedrigungen und Qualen ertragen, wir müssen gebrannt, geschlagen, vergewaltigt und gefoltert werden. Doch für unseren Herrn Jesus Christus müssen wir nicht nur entschlossen sein, alles zu erdulden, wir müssen ihm auch unser Leben opfern, denn der Glaube übertrifft deine nichtswürdige sterbliche Hülle. Wage es nur nicht, auf mich herunterzufallen, du Hurensohn, sonst bringe ich dich um«, sagt der Priester zu mir. Und ich werfe mich in die Lücke zwischen den Betten.

»Genug gequatscht«, murmelt Fox, »marsch, zur Rallye.«

Wir stellen uns an einem Ende der Bude auf. Mir und Goscha wird die Ehre zuteil, sowjetische Schigulis zu verkörpern. Malygin ist nur einen deutschen Trabant wert. »Fertig, los!« Fox winkt mit dem Arm, wir fallen auf den Bauch, unsere inneren Verbrennungsmotoren heulen in allen Tonlagen auf, und dann kriechen wir laut brummend unter den Betten, die auf unserer Rennstrecke liegen, durch den Raum. Schon bald liege ich in Führung, weil es mir nichts ausmacht, ganz flach über den Boden zu robben. Malygin dagegen hat ein Problem: Er hebt ständig den Hintern an, und als er unter dem Bett des Priesters ist, schaukelt der Dreckskerl absichtlich und knallt Malygin mit den Stahlfedern auf den Arsch.

Nach der Rallye sind wir erschöpft und verschwitzt, und Fox wird traurig. Deshalb überredet er den Priester, uns ein wenig ausruhen zu lassen. »Sollen sie singen«, sagt Fox. Er hat von Natur aus ein gutes Herz, er ist geruhsam und gefühlvoll, ihm gefällt die Kunst.

Igor kann ein paar Akkorde auf der Gitarre klimpern, deshalb muss er nicht auf die eiserne Säule in der Mitte der Bude klettern. Auf die Säule steigen nur Malygin und ich. Igor spielt, wir singen:

Ach Gott, wie weh tut scheiden,
In fremdes Land ziehst du!!!
Dort musst du Arschloch leiden:
Germanija ohne Ruh!!!

Malygin und ich können uns nicht lange auf der verflucht glatten Säule halten. Wir sind keine Säulenheiligen, die jahrzehntelang auf ihren Säulen stehen und Gott verehren. Wir rutschen auf den Boden, und die Erholungspause ist zu Ende. Nun machen wir fünfzig Liegestütze auf unseren Fingerknöcheln, vielleicht dürfen wir danach schon ein wenig schlafen. Eigentlich haben wir es ja auch überhaupt nicht eilig. Vor uns liegt der Dienst, wir sind Soldaten Jesu Christi, wir werden dem Ruhm und der Ehre des Allmächtigen alles opfern.

»Züchtige dich«, sagt der Priester und streckt mir seine fest geballte Faust hin. Ich schlage mit meiner Stirn gegen die Faust, doch der Priester hat den Eindruck, ich würde den gebotenen Ernst vermissen lassen. Immer wieder schreit er: »Kommando zurück! Zu schwach!« Und ich haue meine Stirn derart heftig gegen seine Knöchel, dass er selbst vor Schmerz quieken muss und in meinem Kopf die Osterglocken läuten.

Der Priester schüttelt seine Hand aus und lässt sich den Schmerz nicht anmerken. »In einem Jahr«, sagt er, »wenn du nur kein Fresssack wirst, in einem Jahr, wirst auch du von allen Bruder, *bratan*, genannt werden und ein Engel sein. Ein Engel des Herrgotts wie wir, Brüder in Christus, Brüder in der Landung. Und alle müssen wir in die Hölle hinabsteigen, wie unser Lehrer und Leitstern es getan hat. Wir müssen Hohn und Schmerz und Leid erdulden, um schließlich begreifen zu können, welcher Segen uns zuteil wird, dass wir die Erwählten sind, die Elite der göttlichen Streitmacht, *bratan*, Bruder in Christi Landung …«

Der Priester hält mir seine andere Wange hin, und ich haue ihm aus Leibeskräften eine aufs Maul. »Siehst du«, sagt er und wischt sich das Blut von den Lippen. »Siehst du, wie einfach das ist und manchmal sogar angenehm. Ich weiß, es ist nicht leicht zu verstehen, doch wenn du es begriffen hast, dann ist es so natürlich für dich wie das Atmen. Wenn du nicht zuschlägst, dann wirst du geschlagen.«

»Und ein Dummer wird sogar in der Kirche geschlagen«, wiehert Fox.

»Die andere Wange hinzuhalten«, sagt der Priester, »bedeutet nicht, dass man sich prügeln lässt wie der letzte Esel. Die andere Wange hinzuhalten ist ein Akt der Vergeltung. Die Angst ist das Grundgesetz in der Armee und in der Kirche. Angst vor Tod, Erniedrigung und Schande. Wenn du siehst, wie die Strenge deiner Predigt die Gemeinde zusammenzucken lässt, wie nicht nur die Frauen losheulen, sondern auch die weißhaarigen Männer, wenn sie hören, welche Qualen sie nach dem Tod erwarten – sie, die verfluchten Sünder, die Verderbten und die Undankbaren, die vergessen haben, dass der Allmächtige nicht nur Gnade gewährt, sondern dass der Allmächtige nichts vergisst und immer Vergeltung, selbst für geringste Vergehen, fordert –, dann wird dich stets eine Welle des Entzückens erfassen, wenn du deinen Untergebenen bei Liegestützen zuschaust, wenn du jeden von ihnen in die Weichteile treten kannst, wenn du jemanden auf die Schnauze hauen darfst, nur weil er dir nicht sympathisch ist, nur weil du weißt, dass er Angst vor dir hat und dass seine Angst größer als seine Kraft ist. Selbst dann, wenn du weißt, dass er wirklich stärker ist als du, kannst du ihn ungehindert und ungestraft in die Brust schlagen, alle Schnallen seiner Baumwolljacke verbiegen und ihm befehlen, dir die Stiefel zu küssen. Er wird dir nichts antun, weil er Angst hat. Und das ist viel wichtiger als der Glaube.«

Mir ist schlecht, wie ungeheuer schlecht mir ist von diesem ganzen Unsinn, von dem Priester, von Fox, vom Nebel, der uns umgibt, und von diesem scheußlichen Schaukeln. Aus unerfindlichen Gründen wankt der Boden der Kirche, als sei sie kein Gotteshaus, sondern ein Schiff. Doch ich habe keine Kraft mehr, der Sache auf den Grund zu gehen. Mir reicht es, ich halte mich am Geländer fest, bis meine Fingerknöchel weiß werden und übergebe mich vom Heck direkt ins grüne, stinkende Wasser. Fox und der Priester schauen mir höhnisch durch die offene Luke zu: »Seekrank ist er!« Sie kichern, aber ich habe keine Wahl, ich muss zu ihnen zurück in die Kajüte.

Dort auf dem Tisch steht ein Imbiss: Räucheraal, Gurken und eine beschlagene Flasche Schnaps. Diese Päderasten, sie trinken und geben mir nichts ab. Ich bin empört, doch sie geben mir trotzdem nichts zu trinken. »Nimm doch Mineralwasser«, sagen sie, aber es ist gar keins da. »Du musst nüchtern sein«, sagt Fox und schenkt dem Armlosen ein, der neben dem Bärtigen sitzt und zustimmend nickt. »Du musst nüchtern sein, damit du dir die vier edlen Wahrheiten einprägen kannst. Du hast sie zwar am eigenen Leib bereits praktisch erfahren, bist aber nicht imstande, sie auf theoretischer Ebene zu formulieren. Und nun betrübt dich, dass die Armee dir deinen Glauben an den Humanismus geraubt hat.«

Um Himmels willen, aus welchem beschissenen Loch kommt denn dieser Kretin gekrochen? Habe ich den wirklich mitfahren lassen? Der Humanismus – mögen dem Hundesohn seine widerlichen Flüche im

Halse stecken bleiben. Verglichen mit ihm bin ich Johannes Goldmund.

»In Wirklichkeit«, sagt Fox, »bist du mit einer Lehre konfrontiert, deren Wesen du nicht ganz begriffen hast. Jeder Dienst, egal welcher – öffentlicher Dienst, medizinischer Dienst, Militärdienst –, ist stets dem wichtigsten existentiellen Ziel, also dem Allmächtigen, geweiht. Du meinst, der Wehrdienst in der Sowjetarmee habe dir zwei Jahre deines Lebens genommen. In Wahrheit hat er dir aber zwei Jahre geschenkt. Du hast sie erhalten als eine gesegnete Gottesgabe.«

»Dankbar bin ich dafür nicht«, murmele ich. Fox übergeht meinen Einwand, er wirkt nicht betrunken, spricht aber wie beseelt. Mir ist das alles vollkommen schleierhaft.

»Gleich wird sich alles aufklären«, sagt Fox wie ein Gedankenleser auf dem Markt. »Die zwei Dienstjahre teilen sich in vier Etappen ein. Die erste Etappe, die ihr als Elefantenzeit bezeichnet, besteht in der Konfrontation mit der Wahrheit, dass die Qual existiert. Also muss man die Qual kennenlernen, denn alles auf Erden ist Qual. In der Freiheit oder im zivilen Leben, in der *graschdanka*, wie du sie nennst, begegnest du ebenfalls dem Phänomen der Qual, doch ist es dort eher zufällig und fragmentarisch, kaum fassbar meist und formlos. In der Armee hingegen nimmt die Qual ihren wahren Gehalt und ihre wahre Form an. Dort erlebst du ganz real den Verlust der Freiheit. Du erfährst, was es heißt, rechtlos zu sein, was es heißt, erniedrigt zu werden, was Hunger bedeutet und Schmerz, viel Schmerz, und was Scham und Verzweiflung. Und obgleich du allmählich abstumpfst, allmählich weder Schmerz noch Scham mehr empfindest, sondern nur noch Angst, wirst du nicht zum Tier. Das verhindern gezwungenermaßen gewisse Äußerlichkeiten des soldatischen Alltags: Du musst ständig dein Bett machen, Stiefel putzen, dir jeden Abend einen sauberen Kragen einnähen, das Maschinengewehr reinigen, marschieren und so weiter. Du wirst mir zustimmen, dass dieses Verhalten für Tiere uncharakteristisch ist.«

Ich stimme zu und auch nicht, schweige aber und sehe nur sehnsüchtig zu, wie sich der Bärtige ein fettes Stück Räucheraal genehmigt und es mit einem Gläschen Schnaps begießt. Gern würde ich auf alles scheißen, aufstehen und fortgehen, doch befällt mich die düstere Ahnung, dass es mir wohl nicht gelänge, übers Wasser zu gehen. Und Fox, der Parasit, hat sein Vergnügen. Er weiß, dass ich nicht verschwinden kann, und genießt es, dieser Schuft.

»Die zweite Wahrheit«, sagt er, »hängt mit dem zweiten Diensthalbjahr zusammen, der als *tscherep* oder *tscherpak* bezeichneten Schädel- oder Schöpfkellenperiode. Es ist jene Zeit, in der der Mensch versteht, dass die Qual eine Ursache hat. Er erhält nun schon gewisse Rechte. Er führt die Elefanten an, er ist ihr direkter Vorgesetzter. Und allmählich beginnen ihn verschiedene Gelüste zu plagen: die Gier nach Besitz, die Lust, sich bei den *dembel* einzukratzen, das Verlangen nach besserem Fraß. Doch zugleich wird er auch gestraft, wenn seine Triebe die Grenzen des Erlaubten überschreiten.«

Selber hat der ja wohl nicht gedient, aber mir hält er Vorträge über Lust und anderen Scheiß, denke ich. Ich schaue mir Fox' massiven Körper an, fühle jedoch keine Wut mehr. Stupide Gleichgültigkeit bemächtigt sich meiner. Der Klang von Fox' Stimme und ihr Tonfall sind so weich und eindringlich, dass ich beinahe einschlafe.

»Die dritte Etappe«, sagt Fox und spült seine Worte mit Schnaps nach, »die dritte«, erklärt er und beißt in ein Stück Gurke, während mir das Wasser im Mund zusammenläuft, »die dritte Etappe nennt ihr Veteranenzeit. Ihr Motto: Die Qual kann überwunden werden. Das Entscheidende dabei ist, alle Spuren der Qual zu tilgen. Jede Weisung der Schakale wird ganz langsam ausgeführt, ohne Eile. Der Gürtel wird etwas weiter geschnallt, die Baumwolljacke wird nur beim Zusammentreffen mit einem Schakal – mindestens vom Rang eines Hauptmanns – bis zum Kragen geschlossen, die Stiefelabsätze dürfen erhöht werden, beim Marschieren müssen die Beine nicht mehr um fünfundzwanzig Zentimeter angehoben werden, man muss nicht einmal mehr mitsingen und sich überhaupt seelisch und moralisch auf die vierte Etappe einstellen, den Eintritt in die Glückseligkeit.«

Ich weiß zwar nicht, wo Fox das alles hernimmt, aber der ganze Marasmus, den er hier so begeistert vorträgt, kommt mir trotzdem wie die Wahrheit vor. Immerhin, die Verhaltensweisen in den einzelnen Etappen stimmen wirklich. Vielleicht hat er ja doch gedient?

»Und schließlich die vierte Dienstetappe, die für den Bewusstwerdungsprozess am allerwichtigsten ist: der *dembel.*« Fox sagt das mit einer Befriedigung, als sei er selbst gerade *dembel* geworden. »Nach eineinhalb Dienstjahren«, sagt Fox, »erkennt der Soldat schließlich die Wahrheit: die Überwindung der Qual. Vor ihm tut sich der Weg nach Hause auf. Auf diesem Weg wirft er die Qual endgültig ab. Er verwandelt sie in eine geistige Substanz von entgegengesetzter Qualität. Diese erzeugt nicht mehr Schmerz, sondern nur noch Seligkeit.«

»*Ballerballerbaltikum, Baltikfickfick, Baltikfickfick, Baltikum, dir liebe ick*«, trällert der Armlose, und Fox hält seine Klappe. Er schaut finster durch die Luke in den dichten, fast schon gelben Nebel. »Der Schweinerücken«, sagt Fox, »wir sind auf den Schweinerücken aufgelaufen. Die Sandbank im Haff.«

Einen Scheiß hat der gedient, denke ich hasserfüllt. Und wo sind die Geisterchen geblieben, die Zeit vor der Vereidigung? Wo ist der Zivilist nach dem Entlassungsbefehl, wenn die Elefanten für die *dembel* singen: *Mögt ihr sehn im Traum die Heimat und mit prallen Fotzen Weiber, Bier – ein Meer, voll Schnaps ein Fass, und auch Ustinows Erlass.* Und wo ist …

Ich spüre, wie mich jemand anfasst. Ich öffne ein Auge: Der bärtige Pisser kniet an meinem Bett. »Keine Angst«, sagt er, »ich will nur nachsehen, ob du noch nicht abgekratzt bist. Du schreist verrücktes Zeug, der Speichel läuft dir aus dem Mund, du hast dich eingepinkelt, vielleicht ist das ja Sperma. Du hast gesagt, du hättest großen Hunger. Deine Haut ist gelb und ganz fahl. Du wirst bestimmt als Tier mit hungriger Seele wiedergeboren.« Er lacht schallend. »Werde ich sterben?«, frage ich mit komisch zittriger Stimme, doch lachen muss ich nicht. »Du wirst schon sterben, jaja«, sagt der Bärtige. »Kannst ganz beruhigt sein. Nur schrei nicht so herum, als würde man dich abschlachten. Die Leute schlafen schon.«

Was für Leute? Wer kann denn schlafen, wenn hier alles kopfsteht!

34

In den verdammten Filmen ist alles anders. In Liebesfilmen ist alles ganz anders als im echten Leben, nicht wie bei mir und Maria. Nicht wie bei mir. Die Dialoge sind dort immer hervorragend: Der Mann sagt einen gelungenen Satz, und die Frau schenkt ihm immer ihre Aufmerksamkeit. Sie verstummt und lässt eine Pause entstehen, die in einen Kuss übergeht. Ich kann Maria so viele wunderbare Sätze sagen, wie ich will, sie beachtet es überhaupt nicht. Und sie lässt auch keine Pausen entstehen – sie ist selbst eine endlose Pause. Sie hört mir nicht zu, sie hört mich überhaupt nicht, weil ich ganz allein bin beim Reden. Dieses Szenario ist endlos, ausgedünnt und ohne jede Form. Und die Akzente – wo zum Teufel sollen da noch Akzente sein? Alles versackt in einem vagen, verworrenen Murmeln. Selbst dann, wenn es mir gelingt, Maria zu treffen, dann klingen alle meine zurechtgelegten Sätze, die Pausen provozieren sollen, hilflos. Sie verhallen im Nichts.

Wir treffen uns, als es schon dunkelt, auf einem kleinen Platz, in dessen Mitte ein großer Rumpf mit einem Menschenkopf steht. Die Arme sind abgesägt. Solche Denkmäler haben mich schon immer verwirrt: Warum schneidet man Komponisten nicht die Ohren, sondern die Arme ab? Ein Dichter mit abgeschnittenen Armen ist verständlich, aber ein Komponist …

Mein Versuch, einen Scherz zu machen, erreicht Maria nicht. Das verwundert mich auch nicht sonderlich. Ich habe mich damit abgefunden und bin auf ihre unverfrorene Gleichgültigkeit eingestellt. Aber jetzt ist sie mit mir zusammen. Sie hat eingewilligt, sich mit mir zu treffen, und sogar gesagt, mich würde eine Überraschung erwarten.

Manchmal hat es den Anschein, als könne Maria den Kirchen auf irgendeine Art ihr teuflisches Geheimnis entlocken, als könne sie ihr Vertrauen und ihre Zuneigung erringen – als sei Maria nicht körperlicher, sondern architektonischer Natur, kein Mensch, sondern eine wandelnde Basilika.

Wir kommen an die Tür der Kirche, an ihr hängt ein Schloss. Maria rüttelt ein paarmal, das Schloss krächzt trocken und öffnet sich. »Nicht übel«, sage ich zu Maria, aber sie schlüpft schon durch den Türspalt. »Willst du mich in den Knast bringen«, flüstere ich in ihren Rücken, den ich in der Dunkelheit kaum sehen kann. Ich habe Angst. Wenn an der Tür ein Schloss hängt, dann heißt das, jemand möchte nicht, dass jeder, dem es gerade einfällt, hineinkommt. Im Dunkeln leuchtet ein dünner Lichtstrahl auf. Maria hat eine Taschenlampe. Ihr rationaler Verstand – wieder steigt in mir wie eine Welle das widerliche Gefühl des Verlusts auf. Wenn man weiß, dass man dazu verdammt ist, die Gleichgültigkeit der geliebten Frau zu ertragen, dann schmerzen ihre Eigenschaften viel mehr als ihre Mängel. Man ist so blind, dass man die Mängel nicht einmal mehr wahrnimmt.

Und das vom Verlust getrübte Bewusstsein vergrößert ihre Eigenschaften noch zusätzlich. Eine Camera obscura. Auf dem Kopf steht auch alles in dieser jetzt als Lagerhalle genutzten Kirche, in die mich Maria geschleppt hat, mit ihrer Manie für Gotteshäuser.

Der Schein ihrer Taschenlampe streift zunächst am Rand des Kirchenschiffs entlang, über von Spinnweben verhangene Mauern, an denen die Wasserflecken und der bröckelnde Putz alten Landkarten ähneln. Dann beleuchtet sie die Mitte der Kirche, in der eine große Zahl gebeugter Betender versammelt ist: vom langen Herumstehen versteinerte Zementsäcke. Am Beichtstuhl auf der linken Seite des Kirchenschiffes stapeln sich von der Feuchtigkeit geschwärzte Holzbalken, und am Hochaltar ragt ein Haufen rostiger Heizkörper auf. Obwohl draußen Mai ist, herrscht hier feuchte Kühle. Die von der Decke hoch oben an langen dünnen Kabeln herabhängenden, lächerlich kleinen Lampenschirme aus Metall erinnern an ein Gefängnis.

»Komm, hauen wir ab von hier, solange sie uns noch nicht geschnappt haben«, flüstere ich Maria zu. Aber sie will sich alles anschauen. Jetzt starrt ihr verfluchter, neugieriger Strahler die Kanzel an. Die Schnitzereien sind so verstaubt, dass sie fast aussehen, als seien sie aus Zement, das mit Akanthusblättern geschmückte Dach gleicht den Hörnern eines missgebildeten Elchs.

»Warte mal«, sagt Maria, »schau mal, da steht jemand.« Mir läuft ein Schauer über den Rücken, bis hinunter zum Steißbein. »Wer steht da? Wo steht wer? Ich hab's dir ja gleich gesagt. Was hab ich dir denn gesagt?«, frage ich Maria mit mühsam unterdrücktem Zittern in der Stimme. Und wirklich, da steht jemand auf der Kanzel. Ich spüre, dass ich mich dringend hinsetzen muss. Irgendein Schwachkopf hat einen Kleiderständer in die Kanzel gestellt und einen Arbeitskittel daran aufgehängt. Nun hält der Kittel, den einen Arm auf die Brüstung gelehnt, der vor Schreck zu Stein erstarrten Gemeinde die Predigt.

Maria kichert, und ich bin froh, dass die Dunkelheit – für einen Augenblick meine Verbündete – meine Wangen verhüllt.

Zwischen den Zementsäcken und gestapelten Ziegeln hindurch bahnen wir uns einen Weg zum Altarraum. Einen Altar gibt es nicht, nur einen riesigen Metallschrank mit einer geöffneten Flügeltür. Auf den Einlegeböden liegt achtlos hingeworfenes Schlosserwerkzeug herum: Hämmer, Schraubenschlüssel, eine leere Schnapsflasche, ein paar Gläser, ein Stück Brot. Ich spüre den unbezwingbaren Wunsch zu trinken. Maria brummt: »Ein etwas großer Tabernakel.« Dann kehrt sie um. Erleichert folge ich ihr, doch am Ausgang biegt sie plötzlich zur Seite ab und verschwindet in irgendeinem dunklen Spalt.

Manchmal, in völliger Dunkelheit , wenn alles Licht dich unerwartet verlassen hat, ergießt sich über deine Augen eine seltsame goldene Farbe. Dann scheint es, als verströme die Finsternis ein Amalgam einer anderen räumlichen Dimension, das in deiner Nähe die ganze Zeit in der Luft gelegen und nur auf den geeigneten Moment gewartet hat. Ich weiß nicht, wie lange diese Augenblicke dauern. Jeder Versuch, von ihnen zu erzählen, gerät weitschweifig und künstlich: Vielleicht war es die Angst, die mir das Bild eines kleinen Jungen eingab, der in der Mitte der Kirche im Wasser stand. Er sah genauso aus wie auf den Gemälden alter Meister: Er glich einem Engel, hatte aber keine Flügel und einen sehr ernsten Gesichtsausdruck. Überdies stand der Junge eigentlich gar nicht im Wasser, sondern auf dem Wasser. Er stand auf Wasser von schimmerndem Blau und pullerte in einem dünnen, halbkreisförmigen Strahl. Es hatte den Anschein, als sei sein Urin aus Gold, denn alles in seinem Umkreis leuchtete und funkelte dunkel und streng wie Gold. Und an den runden Säulen hingen gelbe Weinreben, ganz so, als seien sie nicht einfach aus Stein, sondern richtige Weinstöcke. Und in den Nischen zwischen den Säulen wimmelte es von winzigen Männlein, nackt mit sonderbaren Posen und Grimassen, als litten sie oder seien tief beschämt. Dann erhob sich eine heftige Windböe, und das Wasser bäumte sich zu weißen Wellenbergen auf. Der Junge warf mir einen gleichgültigen Blick zu, und alles verschwand.

»Maria, wo bist du?« Wieder vernehme ich an meiner Stimme einen mir selbst unangenehmen, doch in solchen Momenten kaum zu beherrschenden Klang. »Komm hierher«, höre ich aus dem Spalt und sehe nun den Lichtkegel, der mir den Weg weist.

Als ich die hölzerne, knarrende, ganz und gar nicht vertrauenerweckende Treppe hinaufsteige, denke ich, sie will mich zur Orgel schleppen, von der doch bestimmt längst nichts mehr übrig ist. Aber Maria, sorgfältig ihre Schritte ausleuchtend, steigt höher und höher. Je höher wir klettern, desto feuchter scheint die Treppe, desto stärker knarren ihre immer schmaleren Stufen. Das Geländer ist so schwach, dass es seine Funktion schon lange nicht mehr erfüllen kann – man muss es festhalten, nicht umgekehrt.

Wir stehen im Glockenturm, von dem aus die Altstadt zu sehen ist, wenn man die im Dunkeln schimmernden Dächer und die über ihnen hie und da aufragenden Umrisse der Kirchen als Stadt bezeichnen kann.

Ich sage Maria nichts von dem pullernden Jungen, weil sie annehmen könnte, ich hätte vor Angst den Verstand verloren. Ich würde ihr gern ins Ohr flüstern: »Gebäre mir einen Sohn, Maria.« Aber ich weiß, dass auch dies als ein Anzeichen von Wahnsinn gedeutet würde. Ich sage nichts, denn ich stehe ja auch so jetzt ganz nah neben ihr. Ich kann den Duft ihrer Haare riechen und ihren weichen, kaum wahrnehmbaren Geruch von Schweiß, den ich so gern mit meinen Nasenflügeln einsog, wenn wir nebeneinander lagen, nackt und ermattet, soeben aus dem Paradies verstoßen. Mit dem linken Arm hatte ich ihren klugen und immer über irgendetwas besorgten Kopf gehalten und mit den Fingern der rechten Hand, kaum ihre Haut berührend, mir selbst nicht verständliche Hieroglyphen auf ihren ruhenden Bauch, die Schenkel und ihre Brust gemalt …

»Das ist der Raum der Glocken«, sagt Maria plötzlich. »Dieser Raum ist erfüllt vom Klang der Glocken«, wiederholt Maria, sieht mich dabei aber nicht an. Und endlich verstehe ich, welche Überraschung sie mir bereitet hat. »Ja«, sage ich, »Glocken, von denen nichts mehr da ist, die mir aber trotzdem läuten.«

Wenn das ein Liebesfilm wäre, dann wäre alles anders. Maria würde eine Pause entstehen lassen, die bald in einen Kuss überginge, in die Versöhnung. Die Pause würde mit einem Liebesschwur und ähnlichem Unsinn ausgefüllt, und schließlich würde der Film wie alle Liebesfilme enden.

Aber das ist kein Film, und wenn es hier um Liebe gehen sollte, dann um eine verzweifelte Liebe ohne Happy End.

Kirchen können schön sein wie Frauen. Auf Frauen lässt sich dieser Vergleich nicht anwenden. Nichts Schlimmeres auf Erden ist vorstellbar als eine Frau von der Gestalt einer Kirche.

35

Aus dem »Katalog«

Die Welt ist eine große Geschichte der Rache, eine Fortsetzung der Massenmorde, Vergewaltigungen und Lügen des Alten Testaments, die immerwährende Rache Gottes an seiner Schöpfung, der Schöpfung an ihrem Schöpfer und so weiter. Und immer empfanden die Götter und Menschen Lust, wenn sie Rache übten. Sie manipulierten ihre Opfer mit Qualen und wurden ganz high davon. Ich aber konnte Rache an Maria nehmen, so viel ich wollte, sie pfiff darauf.

Roma und die Gurken

Frauen sind eher Geschöpfe der Dunkelheit als des Lichts. Vielleicht nicht immer, vielleicht nur ab und zu. Es scheint sogar, als hätten sie manchmal eine Seele und manchmal nicht. Ein Mann, wer immer er sein mag, hat entweder eine oder nicht, die Seele ist bei ihm eine konstante Größe. Bei den Frauen ist es eine Variable.

»Roma«, sagt sie zu mir über das Tischchen, an dem ich seit einer halben Stunde sitze und schon zweihundert

Gramm Wodka mit Orangensaft getrunken habe. »Cäsar«, sage ich zu ihr, und wir zeigen uns die Zähne. Ihre Zähne sehen scheußlich aus und meine auch. Wir verspüren gegenseitige Anziehung, obwohl sie so furchtbar aussieht wie ein Panzer, mit ihrer Brille, der langen Nase und den langen, fettigen Haaren, deren Spitzen ausnahmslos gespalten sind. Klar, dass sie keine Seele hat. Nach weiteren zweihundert Gramm verändert sie sich irgendwie, die Nase wird kürzer, die Brille erhält »intellektuelle« Zusatzmerkmale, und als es in der Kneipe anheimelnd dunkel wird, sieht ihr Haar nicht mehr ganz so aus wie eine Gorgonenmähne. Weitere einhundertfünfzig Gramm Stumbrinė später nenne ich sie schon Achmatowa – eine Achmatowa der Blockadezeit zwar, aber trotzdem: Ihr Gesicht kommt mir würdevoll und tragisch vor und ihre Seele großartig.

Es gibt im Leben so seltsame Phasen, da verschwindet alles plötzlich und taucht dann wieder auf: Du entsteigst einer mit Alkohol betriebenen Zeitmaschine, findest dich weiß der Teufel wo wieder und tust weiß der Teufel was. Da siehst du dich zum Beispiel einem Geschöpf hinterherrennen, dessen schmale Hüften und breite Schultern zeigen, dass dies ein Mann ist, während das lange Haar und die kreischende kokette Stimme beweisen, dass es sich um eine Frau handelt. Dann kommt es dir gar nicht besonders seltsam vor, dass du nackt bist und dieser ebenfalls nackten Frau nachläufst. Dann pfeifst du auf alle Phantasien à la Wells, läufst weiter und wirfst die Frau in irgendeiner Orangerie zu Boden, die, wie sich herausstellt, ganz und gar keine Orangerie ist, sondern ein Gemüsegarten hinter einem Einfamilienhaus. Du wirfst die Frau ganz einfach zu Boden, denn du bist jetzt ein Satyr und Faun, der Persephone persönlich zu Boden werfen könnte. Nur ist es gar nicht so leicht, in den Gurken, zwischen ihren widerlich stacheligen Stielen, die schmalhüftige Frau zu finden. Also glaubst du, die Zeitmaschine hat dich nicht ganz hierher befördert, sondern nur einen Teil von dir, und nicht gerade den allerbesten, und auch nicht genau dahin, wo du hinwolltest. Es gibt ja wohl selbst unter den Perversen kaum jemanden, der zu einer Frau nicht ins Bett will, sondern in den Gemüsegarten, wo dich die größeren Gurken beunruhigen und die kleineren trösten. Wenn du dich so im Gurkenbeet wälzt, hältst du dich bald selbst für eine – übergroß, erdig und blutig, mit zitternden Lenden über einem mal mehr, mal weniger deutlichen Geschöpf, das etwas wie »was wird die Tante sagen?« stammelt. Ich habe die Tante noch nie zu Gesicht bekommen und möchte es auch nicht. Mir reichen schon die Gurken, was soll da noch die Tante.

Anna im Kesselraum

Anna ist ganz verrückt nach Oralsex. Sie ist überhaupt verrückt. Im Keller, wo sie die Heizanlage eines genossenschaftlichen Wohnblocks überwacht, ist es warm, doch das ist noch lange kein Grund, nackt herumzulaufen. Immer, wenn ich bei ihr vorbeischaue, schleicht Anna nackt durch die Gegend. Sie ist so hoffnungslos nackt, dass ich ihre Nacktheit allmählich gar nicht mehr bemerke. Das heißt, sie verhält sich nackt so natürlich und sicher, als ob sie angezogen wäre. Wenn sie sich über ihre verdammten Thermometer beugt und an irgendwelchen farbigen Rädchen der Heizung dreht, wippen ihre Brüste ganz und gar nicht mehr im erotischen Raum – sie wirken wie ein seltsames Kleidungsstück und nicht wie ihr Körper. Mich macht das wütend, aber Anna beachtet es nicht. Sie ist verrückt, um Himmels willen.

Ich möchte erzählen, mich mit ihr unterhalten. Ich gehöre zu den Männern, die sich unterhalten müssen. Anna würde sich vielleicht auch gern unterhalten, aber ihr Mund ist besetzt – nur Oralsex macht sie an. Für mich ist das ungewohnt, ich hätte gerne eine elementare Missionarsstellung, danach würde ich neben ihr liegen, rauchen und erzählen. Wenn schon nicht von Maria, dann wenigstens von einem Mörser, von seiner Funktionsweise, davon, wie die ins Rohr eingeführte Granate hinabgleitet, wie die an ihrem Schwanzende angebrachte Kapsel auf den Schlagbolzen auftrifft, wie sich die Treibladung entzündet, wie die Granate, nachdem sie einen trockenen Knall hat verlauten lassen, aus dem Rohr herausschießt und in der Ferne, von der Granate aufgewühlt, eine Erdfontäne emporsteigt. Anna interessiert das nicht, sie kichert, sie ist wirklich völlig verrückt, sie beißt mit ihren scharfen, kleinen Zähnen auf die empfindlichste Stelle der Welt und sagt: »Gleich kommt es rausgeschossen.« Dann saugt sie mir mit ernster Miene mein ganzes menschliches Wesen aus. Sie freut sich darüber, dass sie die Pille nicht nehmen muss, weil das einerseits teuer wäre und sie andererseits gehört hat, dass davon die Haare an den Beinen viel schneller wachsen. Sie läuft gern nackt herum, sie kann keine filzigen Beine brauchen.

Mir kommt allmählich der Verdacht, dass Anna nicht nur verrückt ist. Sie hat nur keine Lust auf normales Vögeln. Sie will, dass auch ich sie mit dem Mund befriedige. Ich kann das nur mit Mühe begreifen: keine Beziehung zwischen Mann und Frau, sondern eine Art Dialog zwischen den Unterleibern! Natürlich habe ich nichts dagegen, mich anzupassen, aber ich muss mich jedes Mal dazu zwingen, mich überwinden. Außerdem kann ich das nicht, ohne vorher ordentlich getrunken zu haben, denn Annas Lustgarten gleicht einer Wunde, und zwar jener Wunde, die ich an Malygins Körper gesehen habe. Er hatte einen Splitter im Bein, und seine Wade fing an zu faulen. Und sie faulte beinahe ein halbes Jahr lang. Wenn jemand Lust auf Horrorbilder verspürte, dann fragte er Malygin, und der entblößte dienstfertig sein Loch. Es war ein Anblick von seltener Scheußlichkeit. Im Fernsehen wurden damals keine solchen Bilder gezeigt.

Malygins Bein, der faulige, leicht süßliche Geruch, den der Dieselofen im Keller verbreitete, das dauernde künstliche Licht der vor Fliegendreck strotzenden Lampe, Annas Perversionen – ihr verdammtes Murren »und jetzt mach es mir!« –, das konnte nicht lange gutgehen.

Gerta und die Stigmata

Maria ist ziemlich indifferent, was die katholische Kirche betrifft. Sie sucht in Büchern, nicht in Riten, nach Sakralität. Deshalb habe ich lange Zeit den Verdacht gehegt, ihre Vorliebe für Kirchen würde mit ihrem Namen zusammenhängen: die Gottesmutter, Pietà, die heilige Familie und ähnliche Dinge. Da sie mich nicht mehr als Mann sehen will und »Mensch« ein schrecklich abstrakter Begriff ist, bereiten mir unsere Begegnungen allmählich Unannehmlichkeiten. Häufig entsteht bei unseren Treffen der Eindruck, ich würde sie verfolgen, sei aufdringlich und sentimental. Aber wer verliebt ist, der ist halt ein Trottel: Begriffe wie »Selbstachtung«, »Würde« und »Geduld« oder auch die Redensart »die Zeit heilt alles« sind dann völlig wertloser Müll.

Beim nächsten Treffen, das ich mir erkämpfe, zeige ich ihr meine Stigmata: kleine Wunden an den Ellbogen und auf der Innenseite der Knie. »Da, sieh nur«, sage ich, »was mit mir geschieht.« Ich zeige ihr die Stigmata, obwohl ich weiß, dass es eine absolute Schweinerei ist, dass ich der letzte Scheißkerl bin und dass ich alles nur noch mehr verderbe. Aber mein getrübter Verstand flüstert mir trotzdem ein, dass man sein Unglücklichsein mit Argumenten begründen muss. Worte reichen nicht aus, alle Worte sind längst gesagt, jetzt sind Indizienbeweise gefragt. Unwichtig, dass es vollkommener Schwachsinn ist, einer Frau, die dich nicht liebt, irgendwelche Schrunden an Ellbogen und Knien zu zeigen, und dass du sie damit nur noch mehr langweilst. Unwichtig auch, wie diese verfluchten Stigmata entstanden sind.

»Du solltest weniger trinken«, sagt Maria. Ich kapiere, das sagt sie zu dem Menschen, nicht zu dem Mann. Einem Mann so was zu sagen ist sinnlos. Man kann nicht mehr oder weniger trinken. Jeder Trinker weiß, dass er nicht weniger und nicht mehr trinkt, als aus dem jeweiligen Anlass geschieht. Es ist ein völlig planloses Phänomen, wie die Erscheinung der Gottesmutter. Wenn du das verdammte Wohnheim verlässt, weißt du nie, wohin dich der Zufall heute Abend trägt. Du kannst nicht wissen, wie viel du diesmal trinken wirst, auch nicht, ob du rechtzeitig eine funktionierende Telefonzelle finden, genügend Kleingeld dabeihaben und Gerta zu Hause erreichen wirst. Du kannst nicht wissen, ob du in einem dieser verworrenen Neubauviertel ihr Hochhaus finden wirst, ob du dich dorthin durchschlagen kannst, ohne eins auf die Fresse zu kriegen von irgendeiner feuchtfröhlichen Gesellschaft, die Spaß will, und ob dich Gerta heute überhaupt reinlassen wird. Gertas Hüften sind so breit, und ihr Bett ist so schmal, dass unser Ringkampf jedes Mal auf dem Boden endet, der mit einem Kunstfaserteppich ausgelegt ist. Ich weiß nicht, woraus diese Scheißteppiche hergestellt sind. Nicht einmal Gertas unglaublich breite Hüften können mich vor den Stigmata an Ellbogen und Knien bewahren.

Und Maria beeindrucken die Beweise meiner Qualen überhaupt nicht, sie ekeln sie nur an. »Halt mir nicht solche Scheußlichkeiten unter die Nase«, sagt Maria. Mit solchen Wundmalen könnte ich um die Welt reisen, die Katholiken aller Länder würden mich auf Händen tragen. Doch für Maria sind es Scheußlichkeiten. Nein, ihr Name hat nichts zu tun mit Barmherzigkeit und Mitgefühl. Ehrlich gesagt, was soll ich auch mit all dem. Nicht Barmherzigkeit brauche ich, Maria.

Drei Moiren – Die Töchter der Nacht

Symbole sind eine scheußliche Sache. Wenn ich zum Beispiel sage »mein Freund, der Taxifahrer«, dann gibt es ihn eigentlich gar nicht. Es gibt eine ganze Menge Taxifahrer, aber die existieren für mich nur nachts und verschmelzen alle zu einer einzigen Stimme, zu einer undeutlichen Silhouette, ohne Nationalität, ohne besondere Gesichtszüge und ohne besondere Eigenschaften, an die man sich später erinnern könnte. Alle zusammen erzählen sie eine einzige lange Geschichte der Nacht – die Geschichte von den Rändern, vermutlich sogar vom Bodensatz unseres dunklen, absurden, tragikomischen Lebens. Und wenn ich mich mit ihnen unterhalte, bin auch ich Bodensatz: dunkel, gesichtslos, ohne Nationalität und ohne jegliche Kennzeichen. Ich bin selbst ein Teil ihrer nächtlichen, unendlichen und hoffnungslosen Geschichte. Und deshalb sage ich, obwohl mich Symbole und Buchstaben anwidern, trotzdem – »mein Freund, der Taxifahrer«.

Ich mietete eine Wohnung in einem dieser Neubauviertel, wo nichts wächst außer Abfall. Ich glaube, das war Teil meines Plans, mich an Maria zu rächen. Vielleicht war es aber auch umgekehrt: Vielleicht war es eine Episode der Rache an mir, denn wenn Gott existiert, dann ist er ein schrecklich rachsüchtiger alter Mann. Wenn man nur daran denkt, was er seinen Landsleuten, den Juden, angetan hat, dann überkommt einen das Schaudern.

Rein zufällig ergab es sich, dass draußen, vor dem Fenster, scheußlicher Schneeregen fiel, dass auf dem Tisch scheußlicher Schnaps stand, dass Maria den Hörer nicht abnahm und dass es in der Zeitung, die ich nur wegen des Fernsehprogramms gekauft hatte, von Fotos atemberaubender Frauen nur so wimmelte, jede mit einer eigenen Telefonnummer: »Wilde Orchidee«, »Emanuelle«, »Keusche Brunhilde«, »Esmeralda«, »Paradies der Lüste«, »Alles, wovon Sie träumen«, »Intime Massage«. Das Fernsehprogramm las ich dann doch nicht, denn das Gerät, ein Schwarzweißfernseher der Marke Šilelis, brannte beim Einschalten durch. Ich zweifle nicht daran, dass auch dies zum Plan gehörte. Das waren schon ziemlich viele Zufälle auf einmal. Meistens denkt man sie sich später aus, um einen Teil der eigenen Schuld loszuwerden oder um wenigstens das eigene schweinische Verhalten zu rechtfertigen. Zufälle, die einfach so existieren, von sich aus, die gibt es gar nicht. Wenn jemand »zufällig« sagt, dann heißt das, er will irgend etwas schamlos verbergen. Er will von seinen Fehlern und seiner Verdorbenheit ablenken.

Gegen die Schönheit der Frauen in den Inseraten war ich nicht immun. Ich konnte den Druck meiner schon fast perversen Phantasie kaum noch aushalten. Ich konnte der Versuchung, mich an Maria zu rächen, nicht widerstehen. Wie einfach würde es sein, diese Tat zu begehen! Der Bauer steckt den Samen in die Erde und muss ein halbes Jahr warten, ehe der Boden Früchte von ungewisser Qualität hervorbringt. Ich konnte eine Telefonnummer wählen, und sogleich würden mir die Früchte in den Schoß fallen. Ein solcher Gedanke berauscht noch schrecklicher als Schnaps. Vor Aufregung war ich plötzlich wieder völlig nüchtern, obwohl ich schon einen halben Liter vom grässlichsten Schnaps der Welt getrunken hatte. Sein Name: Lithuania.

Lachesis hatte kein Gesicht, sie war fast wie mein Freund, der Taxifahrer. Der Zweimeter-Schurke, der sie begleitete, lief in meiner Einzimmerwohnung herum, kroch ins Badezimmer, öffnete die Toilettentür. »Im Schrank ist auch nichts«, rief ich ihm zu, doch er reagierte nicht, er war ein schnelles Eingreiftruppen-Rindvieh. »In einer Stunde hole ich sie wieder ab«, sagte er und verschwand. Und als ich später noch zwei

Firmen anrief, die mit »Paradiesischen Lüsten« warben, kam mit den Mädchen stets genauso ein Schurke und durchsuchte wieder genau so meine ärmliche Besenkammer. Ein Komplott, eine ganz offensichtlich gegen mich gerichtete Verschwörung.

Klotho weinte die ganze Zeit und ließ sich wie Lachesis und Atropos nicht küssen. Wir dürfen das nicht, sagten die Töchter der Nacht. »Aber mir, mir darf man«, fragte ich aus Verzweiflung, »aber mir darf man«, brummte ich und zeigte meine Zerberuszähne, »statt der angepriesenen Schönheit weiß der Teufel was für ein Surrogat unterjubeln?« Es waren völlig andere Töchter der Nacht, es waren ganz und gar nicht jene, die ich angerufen hatte. Nicht sie hatten das Gefäß meiner Phantasie durch den Geist der Entschlusskraft zum Überlaufen gebracht. Lachesis brummte die ganze Zeit unverständliche Flüche auf Ukrainisch, und Klotho weinte und weinte, denn ich verlangte von ihr zu reden: »Könntest du nicht«, sagte ich direkt in ihr tränenüberströmtes Gesicht, »könntest du nicht an der Liebe leiden wie Emma Bovary, statt schamlos mit jedem x-Beliebigen und dann auch noch mit Gummi … Verdammt noch mal, liebe Klotho …« Wieder Tränen. »Hör auf und sprich mit mir. Du bist doch ein Mensch und keine Zwiebel. Hör auf …« Und so weiter.

Ich sprach wie ein Prophet – so oder so, für zweihundert Litas fühlte ich mich wirklich berechtigt zu sprechen. Wenn mich das Propheten-Stadium überkommt, dann habe ich immer etwas zu sagen, so viel zu sagen, dass ich sogar meine eigentliche Pflicht vergesse. Und so erwischte mich die Türklingel beim eiligen Erledigen derselben.

Ich war nicht enttäuscht, im Gegenteil, ich war entschlossen, auch der dritten Tochter der Nacht die ganze Wahrheit über die Qualen der Liebe und den hehren Tod in ihrem Namen darzulegen.

Erst die dritte, erst die hässliche, doch sehr fürsorgliche Atropos tröstete und verstand mich, sowohl, was das unerlaubte Küssen betraf, als auch, was die Gummiheuchelei des Präservativs anging. »Und überhaupt«, sagte sie, »alles wird gut, alles wird sich erfüllen. Fahr gleich zu ihr, erzähl ihr alles«, sagte ich zu meinem Freund, dem Taxifahrer. Ich berichtete ihm alles ganz aufrichtig, ohne zu lügen. Ich verheimlichte ihm den nächtlichen Besuch der Töchter der Dunkelheit nicht. Ich offenbarte ihm auch, dass mir zur Bezahlung der Letzten fünfzig Litas fehlten. Einen Zehner hatte ich beiseitegelegt, damit ich ihn rufen konnte, meinen Freund, den Taxifahrer. Ich erzählte ihm, dass der Zweimeterschurke mich ins Gesicht geschlagen hatte, nicht galant, wie der Byron den Puschkin, sondern schamlos, mit der Faust, und dass es mir nicht leidtat um den Regenschirm, den er statt der fehlenden Summe mitgenommen hatte. Den hatte ich ja sowieso im Trolleybus gefunden, hinter der letzten Sitzreihe.

Und mein Freund, der Taxifahrer, nickte verständnisvoll und sagte auf Russisch: »Verstehe, eine Dauerlatte.« Er hatte so was auch schon mal erlebt. Die ganze Nacht hatte er die Direktorin des Obstspeichers gebumst, und seine erstaunliche Manneskraft wollte einfach nicht enden. »Sie war so dick«, sagte mein Freund, der Taxifahrer, »dass ich kaum zu einem Drittel in sie eindringen konnte. Als sie sich auszog, schepperten ihre Kleider wie eine Rüstung.«

Ich dagegen trug beim Erwachen im Treppenhaus vor Marias Tür weder Rüstung noch Jackett, auch kein Hemd und keine Schuhe, nur Socken und Hose. Und dann lief ich durch die ganze Stadt, bibbernd und winselnd, und verfluchte alle drei Töchter der Nacht, alle Zeitungen und alle Treppenhäuser, die einem nachts nicht die geringste Hoffnung auf Rettung lassen, nur die Hose …

»Fotzen und Bullen geben kein Wechselgeld«, sagte mein Freund, der Taxifahrer, und ich konnte nicht umhin, ihm recht zu geben …

Die zerlegbare Henriette

Manchmal sagt man den Frauen nur allzu gern allerlei unanständige Zärtlichkeiten. Obwohl man beinahe sicher ist, dass sie sich nicht in derselben Weise revanchieren werden. Maria rasiert sich ihre Beine nicht. Ihre Waden sind, wie es sich für intellektuelle Frauen gehört, mit feinen, langen Härchen bewachsen, und wenn sie Feinstrumpfhosen trägt, dann sehen ihre Waden wie ein Schlachtfeld aus, auf dem ein ganzes Regiment von unglückseligen, gefallenen Haarkriegern verstreut liegt.

Henrike möchte gern königlich klingen, also nenne ich sie Henriette. »Hast du nie Eishockey gespielt?«, frage ich sie, während ich ihr die Strümpfe ausziehe.

»Ich vergöttere Tischtennis«, sagt Henriette und macht sich selbst an ihrem Rücken zu schaffen.

Wahrscheinlich gehört sie zu den Frauen, die den Männern alles erlauben, außer ihnen den BH aufzuhaken – das machen sie immer selbst. Sie hätte es auch gern dunkel, aber ich habe keine Vorhänge. Und Sommerabende sind verflucht lang, da kannst du so viele Kerzen anzünden, wie du willst, Dunkelheit erzeugst du damit nicht.

»Tennis gefällt mir nicht«, sage ich zu Henriette. Ich verschweige ihr aber, dass sie keine Beinschoner tragen müsste, wenn sie Eishockey spielen würde: Ihre Waden sind so dicht mit Wolle bewachsen, dass jeder Puck von ihnen abprallen würde. Danach bringe ich überhaupt kein Wort mehr heraus.

Die Härchen an den Beinen kann man abrasieren, doch das kümmert Henriette nicht. Soeben noch mit sympathischen Brüsten, hatte sie im Handumdrehen keine Brust mehr. Sie legte ihre Brüste ganz einfach ab, wie man einen Hut abnimmt. Zwei Hüte. Ich bin nicht schuld daran, dass wir uns nicht lieben konnten. So ein Anblick hätte selbst Casanova aus dem Konzept gebracht. Eine Frau, die sich die Brust abnehmen kann, ist ein Anblick für starke Nerven. Meine Nerven waren schon immer zu nichts zu gebrauchen.

Beata

Sie treibt es gerne auf der halbautomatischen Waschmaschine Wjatka-Automat. Sie deckt ein Plaid über das Gerät, legt sich mit dem Oberkörper drauf und summt eine Melodie. Ich – von hinten, auch mir gefällt das Rauschen der Waschmaschine.

Sie treibt es auch gern auf dem Balkon. Sie stützt sich mit den Händen auf die Brüstung, schaut die Welt aus dem fünften Stock an und ruft den Passanten unten gern unverständliche Worte zu. Ich bin gern das Hinterteil eines Zentauren.

Das Saufen in einer Redaktion – natürlich nur, wenn du selbst ein »Pressearbeiter« bist – ist fast dasselbe wie der Verzehr von Brühwurst im Fleischkombinat.

Auf den Fensterbrettern stapelweise vergilbte Manuskripte, dunkelbraune oder blassgelbe Schränke mit Glastüren, vollgestopft mit irgendwelchen Papieren, Tische von derselben dunkelbraunen oder gelblichen Farbe, die für »Behörden« so typischen Tapeten und Gardinen mit speziellen totalitären Mustern, vollgesogen mit Tabakrauch – dem ganzen Ambiente fehlte nur der Geruch von Schnaps, und die Redaktionsräume verwandelten sich augenblicklich in einen bedrückenden Archipel Gulag. Wenn man einmal hineingeriet, kam man auf keinen Fall wieder als der heraus, der man vorher gewesen war. Wahrscheinlich sind Redaktionen Orte mit einer besonders hohen Konzentration menschlicher Schicksale. Sie sind ein Raum, in dem gleichzeitig Tausende von Illusionen entstehen und zerschellen.

Wenn die Zeit ein Gewissen hätte oder wenigstens eine ephemere, kaum fassbare Form, dann könnte man alle Schuld auf sie abschieben. Auf jene von Irrungen, Unruhe und Ungewissheit erfüllte Zeit. Von Mobiltelefonen hatten damals die wenigsten auch nur etwas gehört. Doch gab es die etwas weniger verlässliche, dafür aber auch recht mobile Übertragung von Gerüchten: Im Tallinn, am Fensterchen im Hinterhof, gibt's Calvados, … in der Gemüseabteilung auf der Komsomolstraße haben sie Souvenir-Kognac (in 100-Gramm-Fläschchen), … auf der Gorki wird Kastytis verkauft, … in der Puschkinowka kriegst du Širvena vom Fass, ist aber bald alle, … in Antakalnis hat jemand dieses aserbaidschanische Kognakgetränk gekauft, das die Leute »Drei Fässer« nennen, und so weiter und so fort. Wenn du dich mit Früchten des Vergessens versorgen wolltest, musstest du durch die Stadt hetzen wie ein Pizzaverkäufer, nur nicht mit einem Motorroller, sondern mit dem Trolleybus. Und dazu kam noch, wie mit böser Absicht, die Sąjūdis, die Bürgerbewegung: Meetings, Lieder, Tänze und Menschen, besonders ältere Frauen, mit Bewusstsein. Du quetschtest dich in einen überfüllten Trolleybus mit einem Zehnliterkanister voll glucksendem Bier, und die sahen dich an wie einen Vaterlandsverräter und Ähnliches. Du konntest diesen Weibern ja nicht erklären, dass auch du manchmal etwas Heiliges brauchtest … Es waren teuflisch bedrückende Zeiten.

Ich wohnte am Stadtrand, noch dazu in einem beschissenen Viertel, deshalb war das Herumhängen in den Redaktionen eine selbstverständliche Sache. Mir gefielen die klugen Gedanken von älteren Kollegen über das literarische Schaffen, die Politik und ganz einfach das Leben. In Gesellschaft von Männern, besonders wenn sie gerade trinken, reduziert sich »das Leben« im thematischen Sinne allerdings meistens verdächtig auf die »Frauenfrage«. Doch das ist ebenfalls interessant, wenigstens solange du nicht verheiratet bist und glaubst, die Versagerkarriere wird einen Bogen um dich machen.

Wir waren nur noch zu zweit – die anderen schienen sich plötzlich in Luft aufgelöst zu haben. Es gibt solche Momente im Leben: Du sitzt herum, hörst zu, redest selbst irgendwas, machst Witze und so, und auf einmal merkst du, du bist mit einem wildfremden Menschen allein. Er ist ganz überwuchert von einem abscheulichen

Bart und quatscht und quatscht, und du kannst ihn nicht mehr so recht verstehen. Offen gestanden, bemühst du dich auch nicht mehr so recht, ihn zu verstehen. Und alles verschwimmt allmählich zu einer einzigen rauhen und zugleich weichen, aber ungeordneten neuen Wirklichkeit, die leider nicht ganz so ist, wie du dir erhofft hattest. Ganz und gar nicht so.

Schließlich rief ich einen seiner Kollegen an und schilderte ihm mehr schlecht als recht die Lage. In solchen Fällen ist es schwierig, verständlich zu sprechen. Der Anblick ist nicht der angenehmste: Der Bart weggesackt, seine Augen geschlossen, doch das Furchtbarste – er hatte geredet und geredet und sagte nun gar nichts mehr. Es ist schon schwer genug, einen solchen Anblick zu ertragen, ihn aber zu beschreiben … Der Mitarbeiter beruhigte mich. »Lass ihn«, sagte er, »lass ihn da, so wie er ist. Er mag es, bis Mitternacht in der Redaktion zu sitzen …«

Später sollte ich noch vielen Männern begegnen, die wie die existentialistischen Philosophen mitten im Satz plötzlich verstummten, düster auf den Tisch kippten oder in sich zusammensanken. Jetzt aber traf es mich zum ersten Mal.

Auf der Straße war es dunkel, vermutlich schon nach Mitternacht, aber ich hatte noch eine Flasche Schnaps in der Tasche – weißrussischen wahrscheinlich, in einer Bierflasche mit einem dieser dünnen gelblichen Blechdeckelchen, deren Lasche beim Öffnen fast immer abriss.

Gäbe es die Kirchen nicht, dann wären nächtliche Spaziergänge in Vilnius sinnlos. Immer, wenn ich nun vom rechten Weg abkam, stieß ich auf eine Kirche.

Dann fühlte ich mich nicht mehr ganz so unbehaust und verloren in dieser Nacht und in dieser Zeit. Und schließlich verstand ich mich selbst auch etwas besser. Wenigstens war ich orientiert, wenn schon nicht darüber, wer ich war, dann auf jeden Fall, wo ich war.

Von weitem sah ich zunächst nur ihre Haare, das heißt, ihre seltsame Frisur, die mitten auf der Straße hing wie ein explodierter Stern, der in alle Richtungen auseinanderflog. Da ich keine Wahl hatte, nur den Wunsch, mich zu unterhalten, lief ich schnurstracks auf den Stern zu. Wie sie hieß, weiß ich nicht mehr. Läuschen, Floh, Peroxidhure? Wahrscheinlich hat sie sich überhaupt nicht vorgestellt, weil ich sie auch nicht gefragt habe. Ich wusste, dass sie sich mit den Punks herumtrieb. Ihr Anführer hieß »Schraubenzieher« oder »Eiszapfen« oder so … Ich war kein Fan des Punk, bewunderte die Punks aber ein bisschen für die radikalen Darstellungen ihrer Weltanschauung. Zum Beispiel ihr Spiel namens *»Wesnuschki«* – »Sommersprossen«. Einer kackte (Verzeihung!) auf einen Baumstumpf oder auf einen Tisch und ein anderer haute mit der Faust auf den Haufen. Dann wurde gezählt, welcher Teilnehmer die meisten Spritzer im Gesicht hatte, und der war der Gewinner. Vielleicht war es auch umgekehrt, aber das ist völlig egal. Das Prinzip war das wichtigste, selbst wenn das alles nur ein Mythos sein sollte. Ein Spiel mit dem Geruch von echter Avantgarde.

Zusammen mit der Punkerin ging ich zu den Mineralwasserautomaten am Rand des Kathedralenplatzes. Ich erblickte ein Glas und freute mich, als sei ich einem alten Bekannten begegnet. Ich sagte: »Aus diesem Anlass – vielleicht einen Schnaps?« Aus welchem Anlass war mir selbst nicht ganz klar, wir hatten ja wohl noch nicht einmal Bekanntschaft geschlossen. Aber ist das etwa wesentlich, wenn zwei Menschen einander kennenlernen? Sie sagte nicht nein, doch größeren Enthusiasmus konnte ich in ihrer Stimme auch nicht vernehmen.

Dieses Mädchen war ein Stern. Das klingt vulgär, aber es lässt sich nicht ändern. Solche Mädchen leben nur nachts, und wahrscheinlich wirken sie auch nur in der Nacht unglaublich anziehend und begehrenswert, originell und beinahe unwirklich. Sie sind imstande, leichtsinnige Männer wie mich, die ohne klare Ziele und soziale Normen durch die Dunkelheit irren, an den Rand der Welt zu führen – in eine richtige, sichere Zukunft. Oder wenigstens unter ein warmes und trockenes Dach.

Sterne leuchten jedoch nicht nur unerwartet auf in der Finsternis, sie verschwinden ebenso unverhofft auch wieder. Ich bat die Punkerin, auf mich zu warten, nahm als Pfand (wie einen Edelstein von ihr) das Glas mit, das von Rechts wegen dem Mineralwasserautomaten gehörte, und entfernte mich in einer dringenden Angelegenheit. Das nächstgelegene öffentliche WC war vernagelt. (Aus unerfindlichen Gründen leiden in Zeiten sozialer Unruhen zuallererst die öffentlichen Toiletten und die Blasen der Bürger.) Es blieb also nur noch die Möglichkeit, die Sache auf kulturlose Weise zu erledigen. Bäume gab es viele im Park, es war gar nicht so leicht, sich für einen zu entscheiden.

Was weiter geschah, ereignete sich im Stil eines sehr schlechten Traums. Ich weiß nicht, ob es talentierte Träume gibt und geniale, die den Nobelpreis verdienen, dieser jedenfalls war schamlos graphoman.

Ich sah, genauer, ich hörte sie ganz in meiner Nähe. Ein Rascheln und Knacken im Dunkeln, kurz darauf eine russische Stimme: »Da – es pischt ein Trinker auf die Bäume.« Ich verstand statt »es pischt« »entwischt« und staunte. Fast war ich sogar belustigt: Wohin, zum Teufel, sollte ich denn entwischen? Ich bin ja nicht mal auf dem Bahnhof! Oder bin ich vielleicht schon am Bahnhof? Außerdem: Wieso Bäume im Plural? Als hätte ich alle Bäume im Park angepisst ... So ist es leider meistens: Bei unvermittelt über uns hereinbrechender Ungerechtigkeit haben wir niemanden, mit dem wir unsere Gefühle teilen können.

Dann strahlten sie mich mit einem Scheinwerfer an. (Sie waren zu zweit, Kursanten der Truppen des Innenministeriums, also angehende Sträflingsaufseher.) Meine Punkerin war verduftet. Da fiel das Glas, das ich mir unter den Arm geklemmt hatte, verräterisch zu Boden. Seltsam, es zerbrach nicht.

Noch im Miliztransporter auf dem Weg zur Kościuszkostraße erfüllte mich einzig, dafür aber sehr tief, ein kaum zu ertragender Unmut darüber, dass das Glas nicht zerbrochen war ...

Ich hatte einen Haufen Gesetze verletzt: Ich hatte die öffentliche Ordnung gestört, dem Staat gehörendes Inventar gestohlen (meine Theorie des »Pfands« erwähnte ich erst gar nicht, weil ich keine aufs Maul haben wollte), bei der Festnahme unflätige Worte an die Staatsgewalt gerichtet und so weiter. Deshalb konnte ich auch, als ich eine halbe Stunde später wieder auf der Straße stand, genauer, in einer Telefonzelle, wo ich genervt in meinen Taschen nach Münzen wühlte, noch nicht recht begreifen, dass ich wieder frei war. Noch schrecklicher: Ich begriff auch nicht, was ich dem strengen Feldwebel nach dem Ausfüllen des Protokolls auf seine Aufforderung »geh mir aus den Augen« erwidert hatte. Vielleicht hatte er mich gebeten, meine Heimat zu verraten? Hatte ich sie verraten? Ich erinnere mich daran, dass ich ihm anbot, eine Strafe zu bezahlen, doch er winkte ab und befahl mir nur noch, das Protokoll zu unterschreiben.

Mir war so schlecht, dass ich nicht einmal mehr die Nummer richtig wählen konnte. Auch der Schnaps, den ich aus meinem Ausschnitt hervorzog, half nicht. Es wurde alles nur noch verworrener. Ich fühlte mich, als hätte ich meine Seele dem Teufel verkauft, ohne Übertreibung. Wie viele Geschichten hatte ich schon gehört über die Machenschaften der Sicherheitsorgane, über unerwartete Anrufe »von dort«, über Einladungen in irgendwelche konspirativen Zimmer, verlockende Angebote von Ruhm und Geld und so weiter. Wenn das nun alles wahr war, wenn der Feldwebel gar kein Milizionär, sondern einer von »ihren« Kadern war … Und ich habe einfach unterschrieben. Ohne das Protokoll überhaupt gelesen zu haben. Eigentlich hatte ich versucht, es zu lesen, aber für mich war es zu dunkel, und die Schrift des Feldwebels sah aus wie die Handschrift eines Arztes auf einem Rezept – alles in Latein und unleserlich.

Marias Stimme klang verärgert. Es ist ja auch kaum vorstellbar, dass nachts um zwei jemand fröhlich und freundlich ans Telefon geht. Außerdem erwartete sie als skeptische Intellektuelle nicht von mir, dass ich mitten in der Nacht anrufen könnte, ohne »im Zustand des Affekts« zu sein, wie sie sich ausdrückte.

Ich stand da und hielt mich am Hörer fest, der nach

Plastik oder Kautschuk stank. Ich sagte: »Maria.« Mehr konnte ich nicht mehr sagen. Ich hörte ihre Stimme, die zuerst kategorisch (»denk bloß nicht, du kannst, wenn du Lust hast …«), dann ironisch (»kämpfst mal wieder gegen die Mühlen des Weltschmerzes an …«) und schließlich sogar besorgt und erschrocken war, und ich konnte nichts, aber auch gar nichts sagen. Selbst, als ich die merkwürdige, fast schon hysterische Frage »lebst du noch?!« hörte, selbst da konnte ich überhaupt nichts sagen, bis die Gesprächszeit abgelaufen war und im Hörer die Leere zu tuten begann. Auf diese Frage habe ich auch jetzt keine Antwort, Bürgerin Vorgesetzte.

36

Wer keine Phantasie hat, geht gern auf Reisen. So ergeht es mir jetzt: In meinem Kopf herrscht endlich vollkommene Leere. Es gibt nichts mehr, woran ich mich festhalten könnte. Wenn du dich in diesem beängstigenden Zustand befindest, dann kann aus unergründlichen Tiefen plötzlich vieles auftauchen in deinem Gehirn. Oft sind es nicht sehr erfreuliche Sujets oder Bilder. Doch ein völliges Vakuum im Kopf ist noch viel schrecklicher. Also begibst du dich, stöhnend wie ein Esel mit Salzsäcken auf dem Buckel, irgendwohin auf Reisen. Wenigstens zu Fuß, nur, um ein wenig zu laufen, damit es ein bisschen leichter wird, damit du dich nur nicht völlig reglos fühlen musst und diesen leichensackähnlichen Zustand loswirst. Damit nur die Augen wieder etwas zu sehen kriegen und dein Blick Halt findet in irgendeiner Landschaft, egal, wie beschissen sie ist … Kleine, vereinzelte Fichten und Tannen, Felder, bekleckert mit Mondscheinsperma, geheimnisvolle, vom Geist der deutschen *Ordnung* durchdrungene Be- und Entwässerungskanäle … Selbst so etwas.

Fußmärsche absolvieren wir immer nur nachts. Manchmal scheint mir: So wie ich damals in jener Viererkolonne nachts durch das Vilniuser Ghetto marschiert bin, so marschiere ich heute immer noch. Immer weiter und weiter, ohne anzuhalten und ohne zu wissen, wohin ich gehe und wieso, und wer mich dazu veranlasst. Mir ist, als ginge ich aus eigenem Antrieb, aus freiem Willen, weil ich Angst habe stehen zu bleiben. Ich laufe immer weiter, obwohl alle Märsche längst zu Ende sind, obwohl dieses Voranschreiten nur noch in meinem Bewusstsein stattfindet. Und in meinem Kopf tönt die Zeit. Sie zieht an mir vorüber, angefüllt mit Erinnerungen, die sich in Dinge verwandeln. Ich bin allein bei diesem Gehen und zugleich auch nicht allein. Meine Weggefährten werden nicht erwachsen: Auf der einen Seite marschiert Rocha, der Fahrer des Geländewagens, und auf der anderen Seite, weit ausschreitend mit seinen krummen Füßen, Hansdampf in allen Gassen, Elektriker im zivilen Leben und hier ganz einfach – Phase. Wir schleppen uns ganz am Ende der Kolonne dahin, hinter uns ist nur noch der Esel mit dem roten Fähnchen. Alle Schakale laufen vor ihren Gruppen her.

Die Schakale sind überhaupt ganz verrückt aufs Marschieren. Auch beim Exerzieren auf dem Paradeplatz jagen sie uns ständig hin und her, ganz besonders vor Feiertagen und Besuchen von irgendwelchen hohen Tieren. In Vierer- und manchmal auch in Achterkolonnen. »Links links links zwo drei vier … Liiinks um! … Abteilung halt! Richt euch!« Sie schreien derart martialisch und feierlich, dass man meinen könnte, rechts befände sich nichts Geringeres als das Mausoleum von Tutanchamun. Eigentlich aber steht dort nur irgendein Schakal, der Oberstleutnant oder der Hauptmann mit dem Politoffizier, die nichtige Bemerkungen brüllen.

Wenn du ausgeschlafen und kein von allen möglichen Gelüsten und Pflichten geplagter Elefant bist, schön. Aber auf die Dauer nervt es, besonders, wenn irgendein Schniedel aus dem Tritt kommt oder die halbe Abteilung zurückbleibt. Für einen müssen alle leiden – »Erziehung durch das Kollektiv« heißt das. Einige hundert, manchmal auch tausend Mann, die in Gruppen auf einem Platz hin und her stampfen, bieten einen mystischen Anblick.

Noch mystischer sieht alles aus, wenn sich die ganze Brigade versammelt, ungefähr dreitausend Mann, und anfängt zu singen. Da läuft dir ein Schauer über den Rücken. Was mögen jetzt wohl die Deutschen denken, die hinter dem Zaun wohnen? Vermutlich denken sie gar nichts – die Besatzer haben ihren Spaß, mehr nicht. Schauderhaft ist dieser Klang, der all die schreienden Menschen scheinbar vereint. Schauderhaft – so viele hoffnungslose Stimmen, dieses Geheul von jungen Männern ohne Bildung und musikalisches Gehör. Eine orale Massenvergewaltigung. *Steh auf, du Land, du riesiges, zum mörderischen Kampf* brüllen wir wie Tiere, weil die Schakale noch immer meinen, es sei nicht laut genug, es sei zu wenig Kraft und Gefühl, es fehle an Zucht und Einheitlichkeit. Wenn dieses *Land, das riesige* unser Brüllen nur hören könnte, es würde sich tatsächlich erheben und das Weite suchen. Es hört uns nicht, es ist weiß der Teufel wo, und Deutschland ist unsere Zersetzung völlig schnuppe. Es stopft sich die Ohren zu mit seinen sauberen, faulen Händen.

Als die singende Revolution begann, sah ich wieder Massen brüllender Menschen. *Steh auf, du Land, du riesiges* sangen sie, wenn auch mit anderen Worten. Und immer gab es Menschen, die etwas weiter weg standen, mit einem Blick, als schauten sie aufs Meer. Es waren Leute aus meiner Generation, die ihre Angst vor der Menge genossen und das Recht, abseits von Zeit und Geschichte zu bleiben, zu rauchen und begierig zu schweigen. Wir haben schon zur Genüge gesungen, *steh auf, du Land, du riesiges, zum mörderischen Kampf.*

Wir laufen durch die ganze Stadt, vorbei am Bahnhof und über den Marktplatz, wo am riesigen gotischen Rathaus das Stadtwappen prangt: ein riesiger Krebs. Er ist so groß, dass er eigentlich gar nicht in das ausgetrocknete Flussbett der Spree passen würde, die durch die Stadt fließt. Wir marschieren übers Kopfsteinpflaster fast völlig leerer Straßen. Wenn uns überhaupt mal irgendein Betrunkener wankend entgegenkommt, dann ist es bestimmt ein Slawe, einer von hier, ein noch nicht ausgestorbener Nachfahre der Lausitzer Sorben. Die anständigen Deutschen hocken alle zu Hause, schlimmstenfalls trotten sie in ihre *Gaststätte* und schreien, sobald sie uns nur sehen, verschiedene deutsche Sauereien – *russische Schweine* und Ähnliches. Sie hängen ihre besoffenen, vom Alkohol krebsroten, aufgesperrten Fressen aus dem Fenster und halten uns winzige Gläschen mit einer undefinierbaren hellen Flüssigkeit hin. Phase hält es nicht aus. Er greift sich ein Gläschen, kippt es sich blitzschnell in den Mund, der aussieht wie die Mündung einer Haubitze, gibt das Gläschen dem vor Freude durchgedrehten Fritz zurück und läuft neben mir weiter, als sei nichts geschehen. Rocha fällt vor Neid fast in Ohnmacht: »Pisse, die haben dir Pisse eingeschenkt«, zwitschert Rocha. Phase aber ist zufrieden, nimmt sich eine siebtklassige Zigarette der Marke Donskije, wirft Rocha lässig »selber Pisse!« hin und geht weiter. Und nichts passiert, er stirbt nicht, er kotzt nicht, er rückt sich nur das Dragunow-Scharfschützengewehr auf der Schulter zurecht und das war's. Phase ist ein Hansdampf in allen Gassen.

So dämlich ist das: 40 Gramm widerlicher deutscher Schnaps sind ein großes Ereignis auf unserem Marsch. Es ist eine Sache, in Cafés deutschen Nusslikör zu trinken oder den deutschen, absolut geschmacksfreien Schnaps. Selbst an den muss man zwar erst mal rankommen: Man bittet jemanden, der auf Patrouille in die Stadt geht, der seinerseits dann den Schakal bittet, der dabei ist und für die Zustimmung selbst eine Flasche verlangt. Doch es ist trotzdem etwas ganz anderes, wenn Phase das Gläschen beinahe wie ein freier Mensch leert, beinahe in einer Kneipe. Recht hatte Einstein, als er sagte, dass Genuss relativ ist, relativ und unerklärlich.

Diese furchtbare Last der Relativität hatten wohl auch einige Soldaten verstanden, als sie versuchten, sich mit Frostschutzmittel zu betrinken. Doch das nahm immer ein böses Ende: Entweder starben sie oder sie erblindeten oder sie verloren ganz einfach den Verstand. Der einzige Trost: Für sie war der Wehrdienst beendet. Auch Fehlschläge haben manchmal ihr Gutes.

Wir haben Zeit, wir marschieren nächtelang ins Sommerlager, behängt mit Fallschirmverpackungssack, Gasmaske, Spaten, Bajonett und Kalaschnikow. Manche müssen auch noch einen Granatwerfer ziehen. Jedem das Seine, obwohl nicht immer jeder das Seine schleppt. Vierzig Kilometer, so schlimm die Symbolik auch sein mag, genau vierzig Kilometer trennen Cottbus von Staakow, wohin wir unterwegs sind. Mit unseren Körpern wühlen wir die deutsche Dunkelheit auf. Unsere beschlagenen Soldatenstiefel klappern über die Landstraße. Sie verursachen das dumpfe Stampfen einer Viehherde, als wir die Chaussee verlassen und auf die Kanäle zusteuern. Die vom Mond beschienene Landschaft wirkt wie Staffage, da fühlst du dich auch selbst etwas unwirklich. Wie ein Narr, der wer weiß, wohin marschiert – in eine Zukunft, die es nicht gibt und in der nichts in Erfüllung geht von all deinen Träumen und Illusionen. Schon gar nicht, wenn du dich an das Ende dieses Soldaten erinnerst, der vom Schlachtfeld in Marathon nach Athen gelaufen ist. Ein beschissenes Ende, mehr ist da nicht zu sagen.

Phase hat auch fast ein schlechtes Ende genommen. Er spricht nicht gern darüber, aber Rocha fängt vor Neid an, ihn damit zu ärgern, und Phases Gelächter gleicht bald einem Knurren. Die beiden sind unzertrennliche Freunde, das sag ich nur so, wegen des Beigeschmacks. Phase läßt nur Rocha und mich in sein Heiligtum ein – seine kleine Dachkammer, die er als Werkstatt bezeichnet. Doch an Arbeit denkt er nicht mal im Entferntesten. Wir braten uns da mittags Kartoffeln und trinken abends unseren Tee. Aus der Kantine werden uns Brot und Zucker gebracht, mehr brauchen wir nicht. Phase hat in seiner Werkstatt eine irgendwo abgestaubte Broschüre, die von Hand zu Hand geht – ein Lehrbuch für Hebammen. Von Zeit zu Zeit blättern wir abends darin herum. Besondere Aufmerksamkeit erheischen die Zeichnungen. Und dann ergeht sich Phase in langen Überlegungen.

Er ist generell einer von denen, die sich überall gut anpassen und dann sehr wichtig und unabkömmlich sind. Ich bin das genaue Gegenteil – ich passe mich nirgendwo an und werde von niemandem gebraucht. Deshalb halte ich Phases Fähigkeit für eine göttliche Gabe. Er kann malern, Elektrik installieren, Regale für den Hausgebrauch herstellen, Tische und auch Möbel von unklarer Bestimmung, die er als Baldachine bezeichnet, also als Objekte nicht von praktischem, sondern von ästhetischem Wert. So zimmerte er einmal statt eines Bügelbretts einen Baldachin, der beim ersten Versuch, auf ihm ein Bügeleisen abzustellen, mit lautem Krachen zusammenbrach. Eigentlich gibt es in unserem Zug kein einziges funktionierendes Bügeleisen, wozu dann auch so ein Baldachin? Aber Phase kann alles. Besonders gut kann er im Schatten stehen. Die Russen nennen das *tenjatsja brosit ten* – »einen Schatten werfen«. Alle haben ihn meist gerade irgendwo gesehen, aber zu finden ist er niemals, bis Phase von selbst auftaucht. Er gähnt und rekelt sich, streckt aber dabei sehr bedeutungsvoll seinen massiven Unterkiefer heraus.

Mit freier Zeit in Hülle und Fülle und einer selbstverständlich recht begrenzten Auswahl an Beschäftigungen wendet man sich früher oder später sich selbst zu. Man denkt darüber nach, was man wohl mit sich anfangen könnte, damit es nicht so langweilig ist. Der Wehrdienst in der Sowjetunion bietet da ganz andere Möglichkeiten – dort gibt es Alkohol, Frauen, was man nur will. In Deutschland ist es ein Elend. Saufen ist bisweilen noch möglich, wenngleich es mit erheblichem

Aufwand verbunden ist, mit Frauen dagegen steht es ganz schlecht. Die Hure Rosa, die sich früher am Zaun der Brigade herumgedrückt hat, zeigt sich nicht mehr. Diese Sache hat ein Mordwiner beim Wachdienst verdorben. »Schwarzärsche« werden eigentlich bei den Fallschirmjägern nicht genommen, aber ein oder zwei Wilde gibt's trotzdem immer. Mit diesem Mordwiner hatten zwei Mann ausgemacht, dass er sie durch ein Loch im Zaun am Fuhrpark rauslässt. Es war Sonntag, der Fuhrpark war verschlossen, aber irgendein Fahrer muss, ohne dem Chef der Wache vorher Bescheid zu sagen, beschlossen haben, in der Garnison eine Spritztour zu unternehmen. Vielleicht hatte er sogar auf Geheiß eines Schakals ein Auto repariert und wollte eine Probefahrt machen … Mordwiner sind rätselhafte Menschen. Niemand kann sagen, was in ihren Köpfen vorgeht. Als dieser das herumfahrende Auto erblickte, verhielt er sich nach Vorschrift: Er rief »halt, wer da?« und dann »stehen bleiben, oder ich schieße!«. Den Fahrer kümmerten die Kommandos einen Scheiß, er hörte sie ganz einfach nicht, weil er nicht zu Fuß unterwegs war, sondern im Auto. Der Mordwiner wurde nervös und begann schließlich, auf den fahrenden PKW zu feuern. Die ganze Wache lief zusammen, Skandal, Lärm, und gleich daneben, hinterm Zaun, schrie Rosa mit nacktem Hintern und zwei Fallschirmjägern ohne Hosen. Die beiden Strolche bekamen zehn Tage Arrest, und Rosa ist seitdem nicht wieder aufgetaucht. Sie hat bestimmt entschieden, dass ihr die Arbeit auf diesem Sektor zu nervenaufreibend und gefährlich ist.

Phase hatte sich über seine Zukunft Gedanken gemacht. Er hatte sie mit Witwen verbunden, das heißt mit Frauen, die gierig auf Männer sind und ausgerechnet auf ihn, auf Phase, den sexuellen Giganten, gewartet haben. So hatte er beschlossen, ein Experiment durchzuführen. Von den Witwen hatte Phase immer gesprochen, als handele es sich um eine besondere weibliche Rasse, die nur eines im Kopf hat: Phase zu vögeln und zu füttern, mit den leckersten Gerichten. »Wir leben in der Taiga«, hatte Phase gesagt, »alle Männer fällen den Wald, und der Wald fällt sie. Ohne zu trinken, kann man nicht lange die Motorsäge schwingen, man muss unbedingt trinken. Die Bäume aber, diese Parasiten, die bleiben nüchtern, wie gehabt.« Die Bäume wären also gefallen, gefallen wären auch die Männer, und ihre Witwen wären Phase zugefallen. Denn Phase hätte keinen Wald gerodet, er war Elektriker. Er hätte in Maßen saufen können und keine Motorsäge schwingen müssen. Phase hatte sich alles ausgerechnet.

Ich habe viele traurige Menschen gesehen. Wenn für einen Menschen die Zeit gekommen ist zu trauern, dann trauert er auf Hochzeiten und Beerdigungen und auch im Geschäft, wo er zwei Stunden nach Brühwurst ansteht. Er trauert, ohne auch nur im Geringsten auf die Umstände zu achten, er trauert wie das letzte Vieh. Doch etwas Traurigeres als einen Mann, dem der Schwanz abfault, habe ich niemals gesehen. Es ist ein Anblick, der sich mit keiner Beerdigung vergleichen lässt.

Eines Abends kam ich zu Phase in die Werkstatt. Phase saß im Halbdunkel und trank nicht einmal Tee. Er rauchte und zerriss methodisch den einzigen Trost unserer langen Winterabende – das Lehrbuch für Hebammen. Er riss immer eine Seite heraus, knickte sie in der Mitte, zerriss sie der Länge nach, knickte sie erneut, wieder längs, bis von der Buchseite nur noch lange Streifen mit ausgefransten Rändern übrig waren. Phase zitterten die Hände. »Weißt du«, sagte mir Phase, »ich würde mich erschießen, doch das Rohr von meinem Dragunow ist sehr lang.«

»Na, wenn das dein einziges Problem ist«, scherzte ich, »dann kann ich dir ja meine MP borgen, die wär mir nicht zu schade.«

Doch nein, Phase war nicht nach Witzen zumute. »Nein«, sagte er und streckte mir den ernsthaftesten Unterkiefer der Welt entgegen, »ich kann mich nicht mit einer fremden Waffe erschießen. Das ist unehrenhaft.«

Ja, für einen Fallschirmjäger war die Ehre eine große Sache. Ich sah, dass Phase sich wirklich erschießen würde, wenn sein Scharfschützengewehr nur nicht so lang wäre. »Versuch es doch wie Hemingway«, sagte ich zu Phase, weil ich nicht mehr wusste, wie ich ihm helfen sollte, weil ihm jetzt keiner mehr helfen konnte. So traurig war Phase.

Zuerst hatte er beschlossen, sich das Vorhautbändchen zu durchstechen. Im Soldatenvolk sind immer eine Menge verschiedenster Weisheiten im Umlauf. Man muss nur seine Faulheit überwinden, um reichlich Informationen über die seltsamsten Geheimnisse und Schicksalsschläge der Menschheit anzuhäufen. Phase sammelte geduldig Informationen über die Befriedigung von Frauen. Da es in Deutschland nicht so einfach war, an Spiritus heranzukommen, desinfizierte Phase die Nadel mit Feuer. Durch das Loch im Vorhautbändchen fädelte er den Seidenfaden eines Fallschirms. Phases Informationen besagten, dass das dasselbe war wie ein Loch im Ohrläppchen, in das man kiloweise Ohrringe hängen konnte. Rocha ließ keine Gelegenheit aus, ihn zu verspotten: »Wozu brauchst du einen Schwanz mit Ohrringen? Häng dir lieber einen Fallschirmring an die Nase, dann bist du ein echter Zuchtbulle.« Rocha lachte, bis ihm die Tränen kamen. Phase lächelte listig und nannte Rocha eine Dumpfbacke. Durch das Loch im Vorhautbändchen wollte Phase keinen Ohrring stecken, sondern einen Zopf aus Pferdehaar. Phase behauptete, jede Witwe, die er mit einem solchen »Schnauzbart« vögeln würde, wäre ihm bis zum Weltuntergang dankbar. Ich beneidete Phase ein bisschen – er wusste ganz klar, was ihn erwartete, während mir meine eigene Zukunft schleierhaft war. Schlimmer noch: Sie existierte fast gar nicht, mit oder ohne Schnauzer.

Wir hatten kein einziges Pferd in der Brigade. Vielleicht konnte sich Phase aus diesem Grund dann doch nicht mit der geplanten Vervollkommnung seines Instruments begnügen. Außerdem erzählte ihm ein Lebenskünstler aus der Artilleriedivision von Schrot. »Schrot«, sagte der zu ihm, »das ist nicht bloß Pferdehaar. Schrot – das ist was Reelles.« Phase probierte Schrot. Wie er das gemacht hat, erzählte er uns allerdings nicht mehr. Klar ist nur, dass Phases Versuch, sich den Schwanz zu beschneiden und verschiedene Metallteile hineinzustecken, fehlgeschlagen war.

Und nun war er so traurig wie ein Heiliger auf dem Scheiterhaufen, und selbst Hemingway konnte ihm nicht helfen, denn er wollte nicht mit der Zehe den Abzug drücken. »Ich bin doch kein Affe.« Phase war böse auf mich. »Ich werde mir doch nicht mit den Füßen das Gehirn besudeln.« Ja, ich stimmte Phases Einwänden zu. Es war sehr leicht für Hemingway, die teuersten Whiskys zu trinken, und als ihm der Schwanz abzufaulen begann – peng, und alles war zu Ende: Gerüchte, Ruhm und Geld. Nach dem Tod bedeutet das alles zwar nichts mehr, aber feierlich und anständig sollte es trotzdem sein. »Was denn, wollte sich Hemingway etwa auch Schrot einsetzen lassen?«, kicherte Rocha. »Wenn man nur Tee, selbst sehr stark gesüßten, getrunken hat, ist es nicht so leicht, sich zu erschießen«, wog Phase philosophisch den Kopf. »Außerdem wird dir jetzt niemand ein Gewehr geben. Die Waffenkammer ist abgeschlossen und bewacht. Du kannst dir bestenfalls noch in der Wache oder auf dem Schießplatz ein Rohr in den Mund stecken. Und das sind völlig ungeeignete Orte, um sich das Gehirn wegzublasen.« Phase wurde etwas fröhlicher, vernichtete aber weiterhin unsere Lektüre. Phase war untröstlich.

Jetzt geht er neben mir her, mit gesenktem Kopf und beachtet Rochas Kichern und unflätige Bemerkungen überhaupt nicht.

Phase und Rocha werden mich bis zum Ende des Wehrdienstes begleiten. Igor ist nicht mehr. In der Armee ist Freundschaft eine starke Sache. Doch wenn ein Freund nicht mehr da ist, spricht niemand mehr von ihm. Wir mögen keine Sentiments, wir mögen Fallschirmspringen, Schießen, Gräben buddeln und Granaten werfen, Erinnerungen aber behalten wir für uns. Und wenn wir schon mal irgendetwas erzählen, dann vom zivilen Leben und meist irgendeine dämliche Lügengeschichte.

Um die Sturmbahn schneller zu bewältigen, ließ Igor sich von dem fünfzehn Meter hohen Turm herab, ohne die Schnalle seines an einem Stahlseil befestigten Gurtzeugs zu schließen. Plötzlich hakte die Rolle, und Igor stürzte aus etwa zehn Metern in die Tiefe, vornüber, so dass die MP auf seiner Brust von der Wucht des Aufpralls verbogen wurde.

Wir sprechen weder vom schönen Tod noch vom falschen, verfrühten Tod. »Der Tod ist kein Weib, den fickst du nicht«, sagt Phase. Das heißt, der Tod hat überhaupt keine Eigenschaften, also gibt es nichts, worüber man reden könnte.

Der Satz ist ein bisschen dumm und anstößig, aber jedes Mal, wenn Phase ihn ausgesprochen hat, erschauderte ich. Meine Nerven sind Schönheit nicht gewohnt.

Vielleicht ist es auch gut, dass es so gekommen ist – Igor musste nicht mehr an dem Irrsinn teilnehmen, der mit den Vorbereitungen auf den *dembel* begann: Wir schnitten unsere Stiefelabsätze auf, um darin aus Fangleinen geknüpfte Achselschnüre zu verstecken. Wir bestachen die Fahrer, die uns zum Militärflughafen brachten: Sie schmuggelten unsere Juchtenlederstiefel heraus, denn es war eine Schande für einen Fallschirmjäger, mit Halbschuhen heimzukehren wie ein *tschmyrjuga*.

Igor musste nicht mit ansehen, wie wir im Fliegerhorst herumliefen und alle Uniformträger mit roten und schwarzen Schulterstücken anschrien: »Kofferkontrolle!«, wie wir dann in ihrem Gepäck wühlten wie in unseren eigenen Hosentaschen und uns nahmen, was uns gefiel: Süßigkeiten, Kleidung, Schmuck. Denn wir sind Fallschirmjäger, *wir sind vom Blau des Himmels, wie der Hurrikan, keine Armee ist stärker als unser Flugverband …*

Wir gehen in einer Reihe auf die Gangway der TU-134 zu, wir gehen vorüber an den gerade aus der Sowjetunion eingeflogenen Geisterchen, die nach neuen Uniformjacken und frischem, knarrendem Stiefelleder riechen. Wir werfen ihnen unsere Hosengürtel zu und rufen: »Hängt euch auf, ihr Geisterchen, wir gehen eure Weiber ficken!« Und sie rufen uns hinterher: »Wir haben eure Weiber schon gefickt!« Sie haben alles noch vor sich, und wir fühlen weder Wut noch Neid.

Wir sind die Alten, wir sind viel stärker gealtert, als ein Mensch in zwei Jahren altern kann. Doch wir sind auch kindischer geworden, wir haben zu lange Krieg gespielt. Wir wissen, wie man tötet, aber wir haben keine rechte Ahnung davon, wie man lebt. Das zivile Leben ist für uns ganz einfach zu groß, schleierhaft und ohne klares Ziel. Und wir fliegen ins zivile Leben, wir kehren zurück und spüren mehr Beunruhigung als Freude.

Igor bleibt für alle Zeiten hier in Deutschland, wenigstens in meiner Erinnerung.

37

Ein Schlag, ich erwache. Vielleicht ist die Kirchentür zugefallen. Vielleicht ist das Gebetbuch, auf dem mein Kopf beim Schlafen gelegen hat, abgerutscht, und sein Fall hat mich geweckt. Vielleicht ist das ein Foto von Maria, das da aus dem Gebetbuch gefallen ist. Meine Maria, ich sehe ihr Gesicht ganz deutlich. Es wird von einer Taschenlampe angestrahlt, doch mir scheint, als seien es OP-Lampen. Ich beuge mich nicht zu ihm hinunter, es entfernt sich von mir. Marias Gesicht rückt ab, dann wird es dunkel. Und ich falle und falle ins Leere, wo Glocken läuten. Ich weiß, die Glocken läuten für mich.

Die Glockenstube jener Kirche, in die mich Maria geführt hatte, damit ich die Stille der Glocken höre. Der morsche, mit Sägemehl, Schimmel und Mäusekot bedeckte Holzboden. Ein Schritt auf Maria zu, der Schritt, in den ich alles hineinlegen wollte, was mein Herz zu erzeugen imstande war – ein Schritt, der dem kleinen Schritt von Aldrin und Armstrong auf dem Mond gleichkam, jenem riesigen Sprung für die Menschheit. Es war der Schritt, der alles in meinem Leben endgültig auf den Kopf stellte.

Ich sah meine Beine und zwischen ihnen Marias Gesicht, das sich schnell entfernte. Es sah eher erstaunt als erschrocken aus, und es verfinsterte sich. Als ich den ersten Schlag spürte, huschte mir das Wort »Überraschung« durch den Kopf. Die Schläge häuften sich, der Schmerz wurde stärker. Ich stürzte über Treppenstufen, von allen Seiten drangen Lanzen römischer Legionäre in mich ein, und Stacheln von Dornenkronen zerkratzten meine grenzenlos erstaunte Schnauze. Ehe mein Bewusstsein der gänzlichen Umnachtung anheimfiel, sah ich noch einmal den kleinen Jungen in der Mitte der Kirche stehen: Sein ganzer Körper war mit Edelsteinen besetzt, die ihn mit einer dunkelrot leuchtenden Aura umgaben, und in seinen Händen hielt der Junge eine Glocke, größer als er selbst, und er lächelte ein schrecklich trauriges Lächeln. Er lächelte mir zu.

Im Krankenhaus verliert die Zeit ihre gewöhnliche Form. Wenn du einen Monat lang die Welt nur durch das Fenster eines Krankenzimmers siehst, wenn vor deinen Augen ständig nur die weißen Kittel von Schwestern und Ärzten herumgeistern und deine Leidensgenossen dich mit ihrer gestreiften Kleidung an ein Konzentrationslager erinnern, wenn du einen Monat lang nur den Geruch von Medikamenten und Urin einatmest, vermischt mit dem Dunst von geschmacklosem Brei, Kompott und Tod, dann kannst du sagen, dass du endgültig hinter dieser Welt zurückgeblieben bist. Ein Monat oder ein Jahr machen da keinen großen Unterschied mehr.

Einen Monat lang lief ich herum wie Schwarzeneggers Cyborg, mit einem idiotisch zur Seite verdrehten

Arm, dessen gesplitterte Ellenbogengelenkknochen gestreckt werden mussten, damit sie nicht zusammenwuchsen. Einen Monat lang lernte ich, mir den Hintern mit der Linken abzuwischen, und das ist gar nicht so einfach, besonders wenn man nicht lachen darf, weil sonst die gebrochenen Rippen schmerzen. Einen Monat lang hörte ich mir die grässlichsten Geschichten »aus dem Leben« an, weil die Menschen, besonders Männer, ganz gleich welchen Intellekts, wie sich herausstellte, fragil sind und sich alles brechen. Besonders wenn sie betrunken sind wie die Schweine. Ich hatte es in meinem Zimmer als Einziger fertiggebracht, mich im nüchternen Zustand zu verstümmeln. Oh, ich war berauscht. Maria hatte mich stärker berauscht als der Spiritus, den ein Typ der Schwester entlockte, der sich mit der Motorsäge den Hintern so aufgeschlitzt hatte, dass man beim Anblick seines Arschs meinte, es mit einer neuen Lebensform zu tun zu haben. Es war eine scheußliche, aus drei Teilen bestehende Vorrichtung, die einem den Appetit verderben konnte.

Einen Monat lang wartete ich auf Marias Besuch, dass sie zu mir käme mit Apfelsinen und Säften, wie es sich gehörte für die verrückten Angehörigen von Kranken. Sie hätte sogar ohne Apfelsinen und Säfte auftauchen können. Ich wartete beim Schlürfen von schleimiger Hühnerbrühe mit weißen, weichen Makkaroni-Würmern. Ich wartete nachts, wenn ich mit dem Kissen meinen schnarchenden Nachbarn ersticken wollte, dessen Bein gen Himmel wies. Schließlich hatte ich so lange auf sie gewartet, dass es mir egal war, ob wir uns auf oder unter der Erde begegneten.

Schwäche und Hilflosigkeit, das Unwohlsein und die

Todesangst, die förmlich in der Luft hängt, machen Krankenschwestern zu den begehrenswertesten Frauen auf der ganzen Welt. Schwester Virginija, die ihr dickes, schwarzes Haar eifrig unter einer weißen Haube verbarg, warf mich auf den Behandlungstisch wie eine Stoffpuppe. Mein Körper war übersät von blauen Flecken und Wunden verschiedenster Art. Durch den Fall vom Glockenturm hatte ich Ähnlichkeit mit einem heiligen Märtyrer angenommen: Ich war gespickt mit Pfeilen, Lanzen und Speeren. So jedenfalls berichtete es mir Virginija, die in jener Nacht Dienst in der Aufnahme gehabt hatte. Anfangs spürte ich eine unaufhörlich bohrende Scham. Die Scham war schrecklicher als der Schmerz, den ich beim Abreißen der an den Wunden klebenden Verbände fühlte. Besonders wenn die Schwestern ältere, gereizte, vom Leben niedergedrückte Weiber waren, die ständig schrien, ein junger Mann wie ich müsse das schon ertragen können, da gäbe es nichts zu wimmern. Ich aber wimmerte immer nur vor Scham, weil die Wunden sich auch an Stellen befanden, die ich mir selbst vor Verlegenheit nicht im Spiegel zeigen würde.

Wenn Virginija mich berührte, verwandelte sich die Scham in große Zuneigung und Dankbarkeit. In allererster Linie für sie als eine Frau mit Brille, die sich durch nichts abhob vom Durchschnitt, die die dreißig schon überschritten und nichts Besonderes vom Leben mehr zu erwarten hatte.

Es gibt Frauen, die für die Fortpflanzung, für die Vermehrung der Menschheit geschaffen sind – Frauenweibchen, für die Männer keine Dialogpartner sind, sondern nur Samenträger, Ernährer ihrer Kinder und Beschützer.

Und dann gibt es Frauen, die fürs Vögeln geschaffen sind: Ihre Bestimmung ist es, das Begehren der Männer zu wecken. Die Männer verlieren den Verstand wegen ihnen, ohne zu wissen, wie ihnen geschieht. Diese Frauen haben einfach ein bestimmtes Wesen: hurenhaft und unendlich liebenswert. Sie sind so anziehend wie die Gravitation der Erde, ohne sie fühlt man sich schwerelos. Und der Zustand der Schwerelosigkeit ist unerträglich.

Virginija war eine Frau des ersten Typs – nicht schön, sie war aus grobem Holz geschnitzt und ohne jede Phantasie. Doch wenn sie den weißen Kittel anhatte, wurde sie zum zweiten Typ. Dann begehrte ich sie wie mein eigenes Leben, wie die Garantie meiner Auferstehung zu einem neuen Leben. In einem gewissen Sinne wurde sie durch den Kittel und die Arbeit als Krankenschwester zu einem Engel, zu jener Verkörperung von Heuchelei und Illusion, die uns die Kirche ständig unter die Nase hielt.

Sie nahm niemals ihre Haube ab, die an die Kopfbedeckung des Papstes erinnerte, und zog auch nie ihren Kittel aus. Sie öffnete nur die unteren Knöpfe und drückte mich auf dem Behandlungstisch mit ihren bebenden Schenkeln tüchtig zusammen. Sie kannte meinen Körper gut. Überhaupt erblickte sie im Körper des Mannes ein Objekt des Wundverbands und kein Objekt des Begehrens. Auch meine Genitalien hob sie ganz einfach an wie Schachfiguren. Zynismus im weißen Kittel – über dieser seltsamen Mischung muss man den Verstand verlieren. Auf jeden Fall zu einer Zeit, da du fühlst, wie die Lebenskraft zurückkehrt in deine verstümmelte Hülle, die so bemitleidenswert ist, dass du ohne Trost und Fürsorge nicht auskommst. Virginija war ein Synonym für Trost und Fürsorge, doch auf die Dauer war das ekelerregend.

Maria ist bis zum Schluss nicht erschienen. Sie ließ mir nur über Bekannte eine Nachricht zukommen: »Es tut mir sehr leid, dass es mir nicht gelungen ist …« Mehr nicht. Was ihr nicht gelungen war, kümmerte mich nicht besonders, obwohl Virginija hartnäckig behauptete, dass Maria mich mit Absicht auf den Glockenturm geschleppt hatte, um mich umzubringen.

Als Virginija schließlich ihren Kittel abwarf, machte ich Schluss mit ihr – und die Uni mit mir. Nach dem Krankenhaus konnte und wollte ich auch gar nicht mehr dorthin zurück, wo Maria verkehrte. Ich wollte nicht dieselbe, nach Büchern und Schimmel stinkende Luft einatmen, die nur dann berauschend war, wenn ich Maria in meiner Nähe wusste. Nun fürchtete ich, an dieser Luft zu ersticken.

Ich hatte einen Freund, der behauptete, sein Geld als Journalist zu verdienen, aber eigentlich furchtbar faul war. Immer öfter steckte er mir seine blöden Aufträge zu: Nachrichten verfassen, Artikel oder auch irgendeine Glosse zu irgendeinem Anlass. Im Laufe eines Monats kam ein gutes Dutzend solcher Schriftstücke zusammen, und ich musste mir immer seltener meine Kippen auf dem Gehsteig suchen, konnte spendiertes Bier immer würdevoller ablehnen und manchmal sogar selbst welches ausgeben.

Romas arbeitete im Haus der Presse, einem siebzehnstöckigen Hochhaus. In seinem Schrank stand immer eine Flasche moldawischen Weinbrands der Marke

Belyj Aist. Romas besorgte mir sogar einen Passierschein, so dass ich jederzeit problemlos in sein verrauchtes, von Papieren überhäuftes Büro kommen, Weinbrand schlürfen und stundenlag Unsinn quatschen konnte. Immer mehr Bekannte von mir arbeiteten im Haus der Presse, und ich fühlte mich dort beinahe wie ein Familienmitglied – zwar kein echtes, weil ich nicht angestellt war, doch man vertraute mir: Wenn ich direkt am Tisch oder auf einem Sofa zusammenbrach, wurde ich nicht geweckt, man ließ mich bis zum Morgen schlafen. Es war die Zeit der Sajūdis, ganz Litauen lief herum und hielt Händchen, das Singen war in Mode gekommen. Singen konnte jeder und auf jede Art und Weise, denn die singende Revolution begnügte sich mit patriotischem, nicht mit ästhetischem Geschmack. Kollektivbewusstsein und Brüderlichkeit hingen in der Luft. Man hätte gut und gern so weiterleben können, doch dann kamen die Fallschirmjäger in die Stadt.

Am 11. Januar kam ich kaum durch zum Haus der Presse. Die Freiwilligen vom Staatsschutz prüften sorgfältig Passierscheine und Ausweise. Sie waren sehr aufgeregt und spielten mit derart ernsten Gesichtern Krieg, dass sie, von der Seite betrachtet, ziemlich komisch aussahen. Im ganzen Foyer lagen Feuerwehrschläuche herum, an den Türen standen Behälter mit Benzin, die Männer hatten kriegerische Mienen. Alles vermittelte unmissverständlich den Eindruck, dass man die Pressefreiheit mit allem Ernst zu verteidigen gewillt war. Sie hatten das Singen satt und wollten handeln. Sie dürsteten nach einem Zusammenstoß mit der russischen Armee. Gandhi reichte ihnen nicht mehr, sie verlangten nach Robespierre. Sie dürsteten, vielleicht nur abstrakt, vielleicht nur in den tiefsten Schichten ihrer Gefühle, dennoch: Sie dürsteten nach Blut. Ohne Blutopfer sah alles allmählich nicht mehr ernst genug aus. Eine Revolution ohne Blut, eine Revolution ohne Leichen, die augenblicklich zu Märtyrern und Helden werden, ist nicht gültig. Sie zählt nicht. Sie ist dekorativ und theatralisch, sie ist nur Staffage, wie eine Oper mit Schwertern aus Pappe, und kein Befreiungskampf. Die Luft ist getränkt mit der Erwartung von Blut. Vorerst aber riecht es nur nach Benzin und Unruhe.

Romas hat Durchfall. Er trinkt Pfefferschnaps und schleicht alle fünfzehn Minuten aufs Scheißhaus. Ich kann ihm nicht helfen. Also trinke auch ich. Da ruft bei Romas jemand an, und er, sonst ein Faulpelz und Säufer, wird plötzlich munter. »Sie kommen schon«, ruft er, »sie sind schon unterwegs, auch zu uns.«

Wir haben eine gute Aussicht von oben – tatsächlich fahren unten ein Panzer und ein paar gepanzerte Fahrzeuge vor. Es sind die Meinigen, Fallschirmjäger. Die Frauen in der Redaktion zücken ihre Kosmetiktäschchen: Ob nun angegriffen wird oder nicht, sie wollen immer und überall gut aussehen.

Irgendwo unten tut es einen solchen Schlag, dass das ganze siebzehnstöckige Gebäude erbebt, aber die Fensterscheiben bleiben heil. Die Kosmetik fällt den Frauen aus den Händen – man hat auf uns geschossen. Gleich danach ist auch das Klappern von Maschinengewehren zu hören. »Sie haben nur ein bisschen gepustet, das war wirklich kein ganzes Magazin«, beruhige ich Romas, der den Pfeffer schon ohne Schnaps trinkt, »fünf oder acht Patronen, mehr nicht .«

Weitere Schüsse sind nicht zu hören, und alle sind

plötzlich erleichtert, denn die Revolution hat ihre Unschuld verloren. Noch wissen wir nichts von Blut und ob es Opfer gibt, aber trotzdem: Man hat schon auf uns geschossen, und das lässt hoffen. In die Flure dringt langsam der Geruch von Rauch und Benzin. Die Frauen halten sich wieder an der Kosmetik fest. Wer weiß, vielleicht hilft das, wenn das Gebäude brennt?

Seit den alten Römern gibt es eine schöne Tradition: Ein Gebiet, auf das noch kein Soldat einen Fuß gesetzt hat, kann nicht als erobert bezeichnet werden. Jetzt ist das Poltern von Soldatenstiefeln zu hören und ein barscher Befehl: »Alle bleiben auf ihren Plätzen. Die Türen nicht zuschließen, sonst werden sie eingeschlagen.« Wir sind besetzt. Die Sache wird zum Hasard, Adrenalin schießt allen in die Lenden.

Romas ist auf dem Klo. Ich sitze allein in seinem Büro und langweile mich. Es tut mir ein bisschen leid, dass ich mein AK-74 nicht dabeihabe. Wenigstens, um sie zu erschrecken. Jetzt muss ich dasitzen und warten, bis sie kommen und mich erniedrigen. Okkupieren werden sie mich. Werden mir befehlen, die Hände zu heben, in meinen Taschen nach Granaten wühlen, mir vielleicht sogar eins auf die Schnauze hauen und mich Liegestütze machen lassen. Schade, dass ich kein MG habe …

Obwohl die Tür nur angelehnt ist, wird sie durch einen Tritt geöffnet. Der etwa zwanzigjährige Soldat, der dann mit vorgehaltenem Rohr hereinkommt, lässt seinen Blick unruhig durchs Zimmer streifen, auf der Suche nach einem versteckten MG. »Grüß dich, Bruder – *bratan*«, sage ich zu ihm auf Russisch, »in welchem Regiment dienst du?« Und schon baumelt das Maschinengewehr friedlich an seiner Brust.

Wir setzen uns und trinken. Zwei Fallschirmjäger finden immer eine gemeinsame Sprache, selbst wenn sie unterschiedlichen Befehlshabern unterstehen, selbst wenn die Umstände für eine Verbrüderung ganz und gar ungünstig sind. Die Luftlandetruppen sind eine Wucht, wir sind Waffenbrüder, unsere Freundschaftsbande sind wie der Tod.

»Bratan«, Bruder, sagt er mit der Stimme eines gekränkten kleinen Jungen, »warum hassen uns eure Menschen so sehr?«

»Weiß ich nicht, *bratan*«, sage ich, »ich hab selbst in Deutschland gedient, dort haben mich die Leute auch gehasst.«

»Na, *bratan*«, sagt er, »du redest Unsinn. Das dort waren Deutsche, aber hier sind doch unsere Leute.«

»Sieh mal, *bratan*«, sage ich, »Panzer in den Straßen einer Stadt sehen sehr unnatürlich aus, sogar unästhetisch. Die Litauer sind ein Volk von Ästheten, und nun diese Panzer auf den Straßen. Früher, als es auf den Straßen nur Pferdefuhrwerke gab, da sahen die ersten Autos auch sehr misslungen aus. Die Menschen sind Gewohnheitstiere, *bratan*. Wärt ihr mit Pferden gekommen, gäbe es überhaupt keine Unzufriedenheit. Auch den Ungarn haben die Panzer nicht gefallen und den Tschechen. Und die Afghanen sind vollkommen ausgerastet, obwohl es ja fast noch Wilde sind. Und dann kommst du auch noch an mit einem MG …«

»Ein gutes Maschinengewehr«, sagt mir der von fehlender Gastlichkeit bedrückte Soldat, »ein AK-74.«

»Klar ist das gut. Meins war auch gut, aber jetzt hab ich keins. Und Ungleichheit, *bratan*, ist ein schlimmes Gefühl.«

»Da hast du recht«, sagt mein Bruder und murmelt: »Zeit zu gehen.«

»Weißt du, *bratan*«, sage ich, »lass mich dich anfassen, nein, lass mich lieber mal das MG halten. Verstehst du«, sage ich, weil ich seine Verwirrung bemerke, »kann sein, dass du gar nicht hier bist. Es kann ja zu einem Menschen nicht aus heiterem Himmel seine Vergangenheit kommen, so wie du eben zu mir gekommen bist – einfach so zur Tür herein. Kann sein, es ist nur ein Traum, ein Alptraum, eine Bewusstseinstrübung.«

»Genug gequatscht, vorwärts«, sagt der Soldat.

Und so trennen wir uns: er mit dem MG und ich mit der halb ausgetrunkenen Flasche, beide bedrückt von der Last der Unklarheit. Es gibt unter den Menschen mehr Verständigungsschwierigkeiten, als wir manchmal glauben. Manche Dinge lassen sich nicht mit Sprache, Beruf oder den gleichen Vorlieben klären. Die totale Entfremdung, würde Romas sagen. Das sind meine Überlegungen während des langen Treppenabstiegs.

Unten wartet eine große, dicht an dicht stehende Menschenmenge. Sie ist gerade Augenzeuge der ersten Bluttat geworden, sie hat soeben die Hostie direkter Gewalt geschluckt. Die Revolution nimmt allmählich eine echte historische Form an – eine abgeprallte Kugel hat das Gesicht eines Freiwilligen gestreift und ihm schön und ungefährlich die Wange aufgeritzt.

Die Menschenmenge empfängt uns mit Ausrufen der Enttäuschung: Wir sind am Leben, wir sind nicht einmal verletzt. Die Menge hatte auf zermalmte Leichen, zerstörte Körper und vergewaltigte Frauen gehofft. Nun kommen wir heraus, als wäre nichts geschehen. Wir nehmen uns mit zitternden Fingern Zigaretten, rauchen und können nichts Rechtes berichten von den Grausamkeiten der Okkupanten. Wir sind hoffnungslos uninteressante Opfer der Revolution, wir können der Revolution mit nichts dienen.

Die Klitoris des Patriotismus ist so stark sensibilisiert, dass die geringste gewaltsame Regung genügt, um bei der Menge einen Orgasmus auszulösen.

Die Revolution ist eine anspruchsvolle Frau. Sie bringt nicht nur die Männer um den Verstand, sondern auch die Frauen. Sklavisch dienen ihr die Ideen und die abstraktesten Begriffe, die Freiheit und der Tod, denn das Werkzeug der Revolution ist die Menschenmenge. In Zeiten großer Volksbewegungen sterben die Menschen nicht im Namen von Freiheit und Liebe, sondern im Namen der Menge. Die Menge ist ein Wert an und für sich. In der Menge ist es nicht schrecklich zu sterben, die Menge hat weder Vergangenheit noch Zukunft. Sie ist erfüllt von höllischer Energie, sie vernichtet das Individuum und überwuchert den Selbsterhaltungstrieb. In der Menge sterben die Menschen nicht für die Heimat, sondern für die Menge.

Die Götter der revolutionären Menge sind Politiker, Dichter und Priester. In den frühen Morgenstunden des dreizehnten Januar erreicht ihr Triumph den Höhepunkt – der Tod wird bestätigt. Nun ist er kein abstraktes Objekt der Begierde auf romantischen Grabsteinen mehr, nun nimmt der Tod die Körper der Opfer an: Von Panzerketten zermalmt und von Kugeln durchsiebt, verliert die singende und weinende Jungfrau der Revolution endgültig ihre Unschuld und verwandelt sich in ein zürnendes Weib mit blutigen Schenkeln.

Der Tod berauscht alle, am meisten die Kirche. Geduldig hat sie auf ihre Stunde gewartet, nun ist sie wieder eine vollgültige Teilnehmerin des Spektakels. Ihre verstaubten Dekorationen erstrahlen wieder in leuchtenden Farben. Sie hat ihren wichtigsten Verbündeten zurückerobert: Dank der Revolution hat sie den Tod zurückgewonnen und mit dem Tod den Glauben. Den Glauben daran, dass die Kirche notwendig ist und bedeutsam, dass ohne ihren Segen die Opfer keinen Sinn bekommen und das Heldentum keine transzendentale Perspektive, keine metaphysische Tiefe .

Der Tod im Winter ist human. Der Tod hat eigentlich überhaupt keine menschlichen Eigenschaften, er hat gar nichts, nur den Körper. Trotzdem ist der Tod im klirrenden Frost für die Lebenden am humansten, weil der Gestank deines verwesenden Körpers ihre unendliche Trauer nicht verdirbt. So denke ich, als ich am Rand des Kathedralenplatzes stehe. Ich möchte losheulen, weil die mit der Nationalfahne bedeckten Särge so schön sind, weil die Menge heult, weil ich die Menge bin. Ich erinnere mich nicht einmal mehr an meinen Namen oder an meine Schuhgröße. Ich möchte losheulen, weil alle so wunderbare Reden halten. Sie sind rhetorisch und banal, doch der Tod, der Heldentod, der Tod mit allen patriotischen Insignien verleiht jeder Rede Inspiration und Größe. Und wenn du fühlst, wie dir die Tränen übers Gesicht laufen, dann weißt du nicht, ob da die Menschlichkeit aus dir hervorbricht, ob dich die erregte Menge berauscht oder ob der Alkohol dir die Eier und Gefühle aufgeweicht hat.

Wenn du dir deinen eigenen Tod vorstellst, dann denkst du nur an die totale Finsternis im Sarg, weil du dir nicht vorstellen kannst, endgültig tot zu sein. *No future* schreiben die Punks an die Mauern, die einzige reale Sache, die dich in der Zukunft erwartet, die du nicht abstreiten kannst, ist der Tod. Der Mensch neigt dazu, sich die Zukunft als ein besseres Leben vorzustellen. Ein besserer Tod dagegen ist selbst für den eifrigsten Katholiken ein nebulöses Versprechen. Ich würde um zwei Kilo schönen Tod bitten. Wenn möglich, nicht so zäh. Ja, zu patriotischer Soße sag ich nicht nein, nur, bitte, nicht zu scharf. Am liebsten hätte ich den Tod aber vegetarisch. Ja bitte, zwei Kilo vegetarischen Tod. Man muss ja auf seine Gesundheit achten, auf die Linie, Cholesterin, Verkalkung. Fleisch macht eine Menge Probleme …

Wenn du dich nach dem Tod gut erhalten willst, musst du in den Norden fahren, in den Dauerfrost, und dich da direkt ins Eis legen. In Tausenden von Jahren wird man deine vertrockneten Eingeweide finden und sich freuen. Du wirst Weltruhm erlangen.

Ein Tod bei hartem Frost ist gut. Allerdings werden einem die Füße kalt. Auf der Stelle zu treten oder Schnaps direkt aus der Flasche zu trinken hält die Menge für unmoralisch. Also ist es besser, unpatriotisch zu sterben, dann gibt es keine Menschenmengen, und man stiehlt den Lebenden nicht so viel Zeit mit schönen Reden und Versprechungen vom ewigen Gedenken. Das hält bestenfalls ein paar Jahre, denn die Ewigkeit gehört der Zukunft, also dem Tod. Die Ewigkeit, die die Lebenden benutzen, ist kurios, heuchlerisch und rhetorisch.

Die nächtlichen Streifzüge durch Vilnius waren gefährlicher als früher, besonders im angetrunkenen Zustand. Mittlerweile stieß man seltener auf Kirchen als auf plündernde napoleonische Soldaten. Soldaten fühlen sich in fremden Ländern immer etwas weniger strafbar, ein bisschen verdorben, ein wenig geplagt von Einsamkeit und Schuldgefühl. Ein Zustand, der Verbrechen begünstigt.

Die Revolution war für mich zu einer weiteren Frau geworden, die ich nicht befriedigen konnte, deren erogene Zonen für mich unverständlich und unerreichbar waren. Sie war eine Frau aus dem »Katalog«, den ich zusammenstellte, um mich an Maria zu rächen, um mich so weit wie möglich von ihr zu entfernen, um mich festzuhalten an Körpern von Frauen, um die verfluchte Lücke zu füllen zwischen Mann und Mensch, zwischen Mohn und Gedächtnis. Doch je emsiger ich den Katalog füllte, desto häufiger riss ich auch Seiten aus ihm aus. Ich glaubte, ich würde sie auch aus meinem Leben herausreißen. Ich meinte, ich könnte diesen Zustand, der mich immer öfter befiel, nämlich das Gefühl, garnicht der Verfasser des »Katalogs« zu sein, dadurch loszuwerden. Mir schien, als sei es umgekehrt: als würde ich ausgewählt, als sei ich selbst eine Episode im Katalog eines anderen, ein bedeutungsloses, zufälliges, nicht besonders gelungenes Fragment. Mir schien, als sei eine weibliche Verschwörung im Gange mit dem Ziel, meinen Schmerz über den Verlust von Maria nicht zu betäuben, sondern ihn zu verstärken.

Frauen und Alkohol, Frauen und Drogen – diese Kombinationen sind für die männliche Phantasie beängstigend und erregend. Im alltäglichen Leben aber verwandeln sie sich meist in eine geradezu komische Routine, die mit der ursprünglichen Vorstellung nichts zu tun hat.

In Julias Wohnung gibt es alles, und sie selbst ist auch eine Frau mit mehreren Persönlichkeiten. Sie mag starke Getränke, beschafft ständig irgendwo Gras, und in allen Ecken ihrer Wohnung glimmen Räucherstäbchen. Julia ist eine von den Frauen, mit denen man nicht zusammen einschläft, sondern aufwacht.

Das Aufwachen an einem fremden Ort ist nicht allzu angenehm. Besonders dann nicht, wenn du dich kaum daran erinnern kannst, wie du eingeschlafen bist und was du vor dem Einschlafen getan hast. Wenn du bekleidet zu dir kommst und neben dir schlummert jemand. Das Erwachen ist auch nicht leichter, wenn du dann im flüssigen Morgenlicht erkennst, dass es eine Frau ist, von der du weder weißt, wer sie ist, noch, was sie dir gestern bedeutet hat. Insbesondere dann nicht, wenn dir einfällt, dass am Vorabend sowohl Männer als auch Frauen anwesend waren: Es wird ja wohl kein Zufall sein, dass du jetzt ausgerechnet mit ihr allein bist. Weibliche Schönheit ist ein relativer Begriff, doch dich selbst kannst du niemals belügen: Eine Frau ist entweder anziehend oder sie ist es nicht. Julia ist anziehend, vor allem dann, wenn sie aus einer Flasche trinkt, die sie anschließend mir hinhält. Ich nehme einen Schluck und ersticke fast: Ich sehe, dass da im Dämmerlicht jemand steht. Ein großes, dickes Weib mit einer Axt in der Hand.

»Wir sind nicht allein«, flüstere ich Julia zu. Ich kenne zwar Julias Namen noch nicht, spüre aber intuitiv, dass man ihr vertrauen kann. Gott sei Dank, es ist nur ein Bild, das da an der Wand steht. Wir befinden uns im Atelier eines Künstlers. Die anderen Bilder sind mit der Vorderseite an die Wand gelehnt, dieses aber ist uns direkt zugewandt. Eine riesige Frau im Schein einer Glühlampe ohne Schirm, ein grüner, abgeschabter Boden und ein paar winzige Männlein, die über Boden und Wände kriechen. Auf der Brust der Frau hängt ein rotes Tuch, das ihre Brust knapp bedeckt, aber nicht bis zum Nabel reicht. In der rechten Hand hält sie die Axt mit einer blitzenden Klinge.

»Die Revolution«, sage ich zu Julia, »ihr Name ist Revolution. Und eines der Männchen bin ich.«

»Ein Philosoph bist du«, sagt Julia. Dann beschäftigen wir uns damit, womit ein Mann und eine Frau sich befassen sollten, wenn sie zu zweit auf einem unbewohnten Eiland erwachen.

Die Liege, auf der wir darum ringen, die vom Alkohol verblasste Leidenschaft zu entfachen, kracht plötzlich ein. Julia lässt mich nicht los, sie presst mich derart stark zwischen ihre Beine, dass ich mich kaum bewegen kann. Die Tür knarrt und öffnet sich, mit verdrehtem Kopf erblicke ich einen Mann.

»Wahrscheinlich der Hausherr«, sage ich zu Julia.

»Hör nicht auf«, sagt sie, »hör bloß nicht auf.«

Und der Mann schaut uns ziemlich erstaunt an, als seien wir Figuren seiner Bilder, der Leinwand entsprungen, um auf der zerbrochenen Liege schmutzige Dinge zu vollführen.

Julia und ich kamen uns ziemlich nahe – wir betranken uns zusammen, wir rauchten zusammen Gras und rannten zusammen los, um zu kotzen: sie in die Wanne, ich ins Klo oder umgekehrt. Manchmal drückte sie sich Mohn in die Venen, nachdem sie sich mit Schlagsahne vollgestopft hatte, damit das Kotzen besser schmeckte. Dann rannte sie allein ins Bad, denn ich wollte die Nadel nicht. Mir genügten Alkohol und Gras und manchmal eine Handvoll Relanium. Selbst danach noch, als sie ganz plötzlich gestorben war. Die Nachbarn sagten, sie hätte sich mit Schlaftabletten umgebracht, aber das glaube ich nicht. Selbst danach noch habe ich das Versprechen, das ich ihr gab, nicht gebrochen: Ich habe sie nicht in meinen Racheplan einbezogen, in den Katalog, von dem sie eine sehr schlechte Meinung hatte.

Sie starb nicht für die Heimat, sie starb einfach so. Die Sinnlosigkeit ihres Todes war genauso großartig wie bei allen Helden. Wenn ich mich an sie erinnere, denke ich immer mit leichter Wehmut, dass Julia es geschafft hat: Sie blieb schöner als ihr Tod. Und den Frauen ist das wichtig, vielleicht das Allerwichtigste.

Ein Schlag, und ich erwache. Das Gebetbuch ist polternd zu Boden gefallen, die Kirchentür krachend zugeschlagen und die Zellentür rasselnd aufgegangen. Und donnernd schließt sich das Tor zum Himmel, an dem einer dreimal anklopfen wollte. Doch es erging ihm wie den meisten vergeblichen Menschen: Es fehlte ein Weniges, vielleicht drei Sekunden nur. Und alle Türen verschwanden. Geblieben ist nur die Lücke zwischen Vision und Wirklichkeit, zwischen Mensch und Mann, zwischen dem Himmel und der Kuppel der Seele, die sich über die Erde schleppt und die Hufspur eines hinkenden Engels im Sand verwischt.

38

Am Fusse des Hügels das Sandland, wie Innereien, Gedärm, knirschend, geruchlos, ohne Kadaver. Oben, hinter dir, die Sonnenuhr, eine riesige umgekippte Brosche. Die himmlische Kanzlei, eine schmutzige Seite aus dem Buch des Lebens und die Nadel der Sonnenuhr. Vom Hochmut befallen, versucht sie den Himmel aufzuspießen. Hier ist immer Wind, vom Meer und vom Haff – eine Wegscheide, wenn man so will. Mitte des Lebens.

Hier im Innern ist kein Wasser in Sicht. Benetze meine Lippen mit einem Essigschwamm! Ich bin ein flauer Hering des Allmächtigen im salzigen Wasser des Zweifels.

Vor mir liegen hoch aufragende Rundungen, eine Sand-Konditorei. An den Rändern ist sie mit braunen Büscheln bewachsen, schartig, Gras mit Pusteln und Schwielen, wie Schamhaar unter einem gigantischen satten Bauch und die ausgetrocknete, unfruchtbare Vagina einer Riesin, der immer schwangeren Bettgefährtin von Äolus.

Wenn der Hintern Augen hätte – wie traurig wäre sein Gesichtsausdruck! Und wenn er eine Nase hätte?

Es ist sinnlos, die Schuhe auszuschütten. Der Sand hängt zwischen den Zehen, er ritzt blutlose Risse in die Füße. Kratzig wie der Sand ist auch das Moos, dann Gras und wieder Sand, dann ein Schild: »… verboten! Lebensgefahr!« Wie damals auf den Truppenübungsplätzen, Sand übersät mit Splittern. Und auch hier: massenweise Fußspuren, obwohl das Betreten verboten ist und ans ökologische Gewissen appelliert wird. So ein Unsinn, das Gewissen ist ja so etwas wie eine Ökologiebehörde des Menschen – eine Behörde, so idiotisch wie alle Behörden. Massen von Fußspuren, die der Wind augenblicklich verweht. All die Schritte, die Spuren vom Drehen und Wälzen, die Abdrücke von Knien und Handflächen – alles ist des Windes. Nach schwerem Ringen, bis zum Umfallen, ermattet von Hitze und Durst. Vierzig vor Hunger verwirrte Juden, die ihrem Anführer nachliefen, auf dem Weg ins Gelobte Land. Lange – so lange, bis alle gestorben waren, die das süße Gift der Gefangenschaft noch im Gedächtnis hatten. Schlau war Solschenizyn, schlauer als Moses.

Vierzig Kilometer von Cottbus nach Staakow, der Weg in den Gelobten Himmel.

Die Armee und der Tod lieben den Sand.

Alle Wege zu den Toten sind mit Tannennadeln und Sand bestreut.

Die Todesmaschine, eingegraben im Sand, bedeckt von Tannenzweigen.

In Sand kann man sich schnell eingraben, doch muss man den Schützengraben danach mit Holz befestigen.

Im Sand ist es trocken, der Körper widersteht der Verwesung länger. Alle wollen sich in den Sand legen.

Tautologisch ist die Todeszone.

Bau dein Haus nicht auf Sand, sonst wird sein Einsturz furchtbar sein. Auch die Bibel riecht nach Leichen … Kein Begriff, der der Armee fremder wäre als Zuhause. Der Name des Todes – Engelchen, Igor, Goscha.

Links wird fotografiert, das Objektiv zwinkert, die chemische Flamme spuckt, spritzt aufs Zelluloid, bis der Bildstreifen zu Ende ist. Gibt es eigentlich einen Film mit viel Sand? Ich kann mich nicht erinnern. Ludwig Rhesa in seinem versunkenen Dorf, jeden Baum trägt er im Herzen, bis zum Hals steckt er im Sand, nur der Kopf schaut noch heraus. *Tod Kopf*, leere Augenhöhlen, nach Westen gewandt, und die blinde Uhr des Todes, tief in der Erde, die bei jedem stehenbleibt und wieder weitergeht, das Grauen in glühend heißer Sonne.

Nein, viel deutlicher ist dieses Bild vom Tod in den Dünen: Eine Japanerin mit kurzen Beinen, auf dem Rücken ausgestreckt, die mit ihren kurzen Beinen die Taille eines Mannes umfängt, eines schwer und böse schnaufenden Japaners mit kurzen, krummen Beinen. Und sein nackter Hintern ist schlitzäugig, und er schließt die Augen wie geblendet vom gleißenden Licht und kichert, und auf seinen schlitzäugigen Hintern rieselt, durch eine Ritze in der Hauswand, ununterbrochen der Sand. Niemals wirst du entkommen aus dieser Grube. Wenn du die Glieder nicht regst, dann ist es schneller zu Ende. Doch entkommen wirst du niemals, so viel du auch schaufelst – die Zeit und der Wind, sie füllen Handflächen und Augenhöhlen.

Wind und Patient, und der Schatten des Flugzeugs streift immer gleiche Sandgebirge, die unaufhörlich in Bewegung sind. Liebe in den Dünen – die Leidenschaft, hygienisch, kratzig. Die Hitze der Leidenschaft weht in die Lungen – verkohltes Lungengewächs, sie weht in die Beckenhöhle – wüstes Land. Unsere Leidenschaft hat keine Zukunft. Du Dummkopf, hat denn irgendeine Leidenschaft eine Zukunft? Hat denn dieser Baum eine Zukunft? Wider Erwarten wächst er, mitten im Sand, seine Zweige tragen saftige, unglaublich selbstbewusste, provozierende Früchte. Dieser Baum wird zur Feuersäule, und was von den Früchten der Leidenschaft bleibt, sind Rauch und Asche, Schwefeldunst und zischendes Gewürm. Und ein sich nähernder Schlangenkopf …

Rechts, zwischen zwei vom Wind gestutzten kleinen Sandhügeln – ihre Hänge, übersät von Grasbüscheln, sehen aus wie die Warzenkolonien auf den Handflächen des Friedhofswächters –, ja, wirklich, dort ist der Kopf einer Frau. In diesem fast vollkommenen Bogen zwischen beiden Hügelchen ein fast vollkommenes Köpfchen. Wie das Korn auf dem Rohr eines Maschinengewehrs – Schuss! Und das Ziel fällt in den Sand. Sie schießen hervorragend, Sergeant. Jaja, mein Leben ist mehr wert als ein paar Gefreite.

Unglaublich, er bewegt sich zielstrebig, er ist konzentriert, er weiß, was er will. Ich dagegen kann mich überhaupt nicht konzentrieren, denkt er, ich müsste mich irgendwie besonders fühlen. Ja, stimmt er zu, du müsstest in feierlicher Stimmung sein. Er hat auf diesen Augenblick gewartet, und dir geht irgendwelcher Blödsinn über Maschinengewehre durch den Kopf.

Der Frauenkopf taucht unter im Sand. Sie weiß, man hat sie bemerkt. Sie muss nicht mehr Ausschau halten. Sie hat die Stelle gefunden. Sie ist hier schon einmal gewesen. Wann war das? Vor einer Woche, vor einem Jahr, vor drei Tagen? Er hatte ihr die Mulde von der Form eines riesigen Löffels, umgeben von sandigen Hügeln, gezeigt. »Eine gute Stelle zum Fangen von Bananenfischen«, hatte er mit einem geheimnisvollen Lächeln gesagt. Und sie wollte ihn unbedingt wieder hier treffen, genau so hatte sie sich ausgedrückt: »An der Stelle zum Bananenfangen.«. Heiliger Zynismus! Sie hat die Stelle im Windschatten gefunden und sich vor dem Wind verborgen, vor diesem irrsinnigen Keuchen, wie von Orgelpfeifen, das Schlangenköpfchen.

Wo ist das Lied, das mein Weib betört? Ich bin gekommen, es zu liebkosen und mich zu rechtfertigen. Und der Allmächtige wird Zeuge sein, wenn du dem Mann deiner Jugend untreu wirst.

Ich hasse Scheidungen, sprach der Gott Israels, und hüllte sich in Gewalt wie in ein Gewand. Aber die Gewalt, denkt er, wird sich allein gegen mich richten. Da sagte der Allmächtige, so gebt auf euch acht und seid nicht untreu. Das ist wunderbar gesagt, und das nennst du feierliche Stimmung, erregt er sich.

Wahrscheinlich kommt das von der Hitze, denke ich, als ich mich der Frau nähere, an die ich so viel gedacht habe, dass ich nun überhaupt nicht mehr denken muss. Sie ist für mich selbstverständlich geworden. Ich fürchte, man könnte das bereits als Gewohnheit bezeichnen. Das kommt wahrscheinlich von der Hitze: Ich sehe, wie ich zu dieser Frau gehe, von weitem, von oben. Als sei ich gestorben und meine Seele würde ihren noch immer sich bewegenden Kokon betrachten. Ein widerliches Gefühl, besonders, da ich genau weiß, der Kokon fühlt sich hervorragend. Ihm geht es gut und mir nicht.

Sie hält ihm die linke Wange hin und der Sonne die rechte, die wunderbare Sünderin mit der langen Nase. Ihr Arm ist zur Seite gestreckt, und die Hand des Windes streift ihren Kopf. Feuerfarbene Füchsin, die Augen halb geschlossen. Begierde. Deshalb also bin ich hier, die Schuhe voll Sand, das Herz voll Sand, puh, mit trockenem Mund. Nein, das ist nur die Sonne, eine solche Sonne, dass du einen Ausländer umbringen könntest. Sie wartet nicht, sie wartet auf gar nichts, außer …

Er setzt sich neben sie.

Und wieder – er.

Ich bin er, aber er ist nicht ich.

Sie hält eine grelle Apfelsine in den Händen. Sie schält sie langsam und sorgfältig, als pelle sie ein Ei oder als häute sie den Kopf eines Partisanen. Diese Sadistin mit den krummen Beinen und den Feuerhaaren. Etwas Alkohol könnte nicht schaden … Wenn ich nichts getrunken habe, kann ich einfach nicht Liebe machen. Er kann es, aber ich nicht. Mein nüchternes Bewusstsein macht sich über mich lustig. Es präsentiert mir diesen ganzen furchtbaren Anblick von der Seite. Wenn ich mir meinen nackten Hintern vorstelle, wie er sich auf und ab bewegt, dann muss ich lachen, und meine Erektion schmilzt dahin. Wenn ich dann, eher verwirrt als beschämt, sofort einen Schluck aus der Flasche kriege, stimme ich gleich wieder mit ihm überein. Dann verschwindet die Lücke zwischen uns beiden beinahe, die Lücke zwischen Mann und Mensch. Schade, dass ich nicht wenigstens eine Flasche Wein mitgebracht habe. Ich blinzele – er zwinkert, der Parasit, und mir tun die Augen weh, denke ich und schaue die gerötete, runde weibliche Wade an.

»Ich verschmachte«, sage ich und bedauere es sofort. Sie hält mir (ihm) eine Hälfte der geschälten Frucht hin und versenkt plötzlich in die andere ihre unglaublich weißen Zähne.

Wie schaffen sie es nur, ihre verdammten Mundfortsätze so zu weißen, denke ich, während ich eine Scheibe von der Apfelsine löse. (Er denkt nichts, der Zustand von Zähnen interessiert ihn überhaupt nicht. Er kann stinken, kann zahnlos sein, ihm ist das scheißegal.) Komisch, da sitze ich neben der Frau, die ich, verdammt noch mal, begehre, und denke über Zähne nach. Er hat sich nach vorn gebeugt und sanft die Wölbung an ihrem Fuß geküsst, fast am Gelenk. Ich denke daran, was er gerade getan hat.

»Ich will dich«, sagt sie plötzlich unbekümmert, schleudert den unverspeisten Rest der Frucht zur Seite und umschlingt seinen Hals. »Komm her.«

Ist das an mich gerichtet oder an ihn?

Er liegt noch ein Weilchen mit seinem ganzen Gewicht auf der Frau und spürt dabei, wie das heiße Spermapfützchen abkühlt und trocknet auf der glatten Haut ihres Bauchs. Ich beobachte seinen bebenden Hintern. Ich denke, es ist ihm angenehm, er möchte diesen Genuss nicht teilen mit mir. Er ist ein Tier, ich beneide ihn.

»Du hättest nicht aus mir rausgehen müssen, heute ist es ungefährlich«, sagt sie und liegt noch unverhüllt da, nur die Beine gekreuzt. Ihr rötliches, feuchtes Schamhaar leuchtet in der Sonne, es sieht aus, als hätte sie sich zwischen die Beine eine winzige Kokosnuss geklemmt, so reizend und nass, dass ich sie küssen muss.

Erst jetzt, da ich auf dem Rücken neben ihr liege, spüre ich, wie unerträglich heiß es ist. Der Himmel weidet sich ungerührt an seinem debilen, von Wolken nicht verunzierten Gesicht, und die Sonne, die die Körper in den Dünen röstet, ist so grausam wie das in Hiroshima gespaltene Atom.

»Du könntest mir einen Sohn gebären«, höre ich seine Stimme und erschrecke.

»Schon den dritten Tag schleppe ich mich in die verdammten Dünen. Nur gut, dass es nicht geregnet hat.« Maria spielt mir ihre lang angestaute Wut vor, aber ich sehe, sie ist mir kein bisschen böse.

»Ja, ich bin zu spät gekommen, aber nur drei Tage. Drei Tage sind ja noch nicht das ganze Leben«, sage ich zu ihr.

»Demagoge«, murmelt Maria und öffnet ihr Buch.

»Weißt du, als ich durch den Sand ging, stellte ich mir vor, du seist eine verheiratete Frau. Und ich sei dein heimlicher Liebhaber. Und mit weichen Knien, zitternd vor der Rache deines eifersüchtigen, despotischen Mannes komme ich trotz meiner Angst zu dir. So fühlen sich bestimmt Verbrecher auf dem Weg zu unanständigen Taten.«

»Aha«, sagt Maria und schält wieder eine Apfelsine.

»Erinnerst du dich an Barths ›Menelaiad‹?«

Maria erinnert sich an alles. »Ich erinnere mich: ›Jetzt hab ich dich, nicht?‹«, sagt sie.

»Ich versuche, mich mit diesem Prinzip an mein Leben zu erinnern. (Jetzt taucht er wieder auf, verspottet mich, schneidet widerliche Grimassen, zeigt mir einen Vogel und will, dass ich aufhöre, Blödsinn zu reden. Und ich mache absichtlich weiter.) Und irgendein Mist ist dabei herausgekommen: Ich erinnerte mich, wie ich mich vor einigen Jahren daran erinnert habe, was mir noch ein paar Jahre früher beim Erzählen wieder eingefallen war von dem, was weiß der Teufel wann geschehen war. Das Komischste daran: Wenn du dich erinnerst an Erinnerungen von Erinnerungen, entsteht die Illusion, dass es wirklich so gewesen ist.«

»Was ist gewesen?«, fragt Maria zerstreut.

»Chaos. Völliges, absolutes Chaos.«

»Du redest wohl von dir?« Maria kokettiert.

»Ja, in einem gewissen Sinne von mir in meinen Erinnerungen. Was immer ich erzählen möchte, die echten Fakten aus der Vergangenheit reichen nicht aus für eine normale Erzählung. Da sind ein paar Details, Striche, aber alles andere, das ganze Fleisch der Erinnerungen, ist aus der Gegenwart. Du erschaffst die Erinnerungen beim Erzählen, jetzt und ohne Zögern. Oder du erzählst etwas, das du dir früher schon einmal beim Erzählen von der Vergangenheit ausgedacht hast.«

Ihre Apfelsine ist geschält, und sie beißt wieder in sie hinein wie in einen Apfel. Der Saft spritzt, einige Tropfen fallen auf meine Zigarette. Neben meinem im Sand liegenden Unterarm klettert ein schwarzer, glänzender Käfer auf einen Grashalm. Ein lahmer Teufel mit roter Robe.

Ich spüre, wie er wieder Maria begehrt. Jetzt kann ich mich an ihm rächen, soll er doch versuchen, mich zu verdrängen.

Maria löst die Augen vom Buch. »Und was ist daran so seltsam? Das Chaos der Erinnerungen bedarf auch einer Form. Erinnerungen sind eine Kunst wie alle anderen Künste.«

»Aber das ist doch völlig unnatürlich«, wehre ich mich, »es existiert doch immerhin der Status des Dokumentarischen.«

»Er existiert nur, damit es irgendein beständiges Kriterium, eine Konstante, einen Bezugspunkt gibt. Vom Dokumentarischen zum Phantastischen und so weiter. Und Natürlichkeit«, sagt Maria sarkastisch, »ist auch etwas, das geschaffen wird, eine Illusion wie alles andere.«

»Mit dir kann man sich nicht unterhalten, du weißt immer alles, dir ist immer alles klar.« Ich werfe die Zigarette über die Düne.

Nun ist er wütend und verachtet mich. Doch je zorniger er wird, desto gefühlvoller und redseliger werde ich. Je mehr er Mann ist, desto mehr bin ich Mensch. Der Mensch ist ein sentimentales Geschöpf.

»Die Mnemotechniker brachten alle Informationen in einem bestimmten individuellen Zeichensystem unter. Und wenn sie später in Gedanken durch diese Zeichenwelt reisten, konnten sie sich an die längsten Reden und allen möglichen Müll erinnern.«

»Na und, was ist dir daran nicht klar?«, fragt Maria.

»Mir ist nicht klar, in welches Zeichensystem ich mein eigenes Leben übertragen kann, damit ich es ohne nachträgliche Verzerrungen und Erfindungen im Gedächtnis behalten kann, genau so, wie es irgendwann einmal stattgefunden hat. Fotos, Tagebücher, Daten, die Kino-Wochenschau – all das sind ja schon erfundene Produkte. Es sind ausgedachte Bilder deines Lebens, die du beim Verwenden erneut interpretierst. Du schaffst also noch einen weiteren Sinn.«

»Was zum Teufel hast du drei Tage lang gemacht?«, fragt Maria beunruhigt und misstrauisch, »mir kommt langsam ein Verdacht …«

»Nein, nein. Nichts dergleichen. Ich habe nur auf

einer Düne gesessen und darüber nachgedacht, ob wir schon von ›unserer Generation‹ reden können und was das bedeuten könnte.«

»Na, weißt du.« Maria wird böse.

»Ich weiß«, sage ich, ohne auf seine Proteste zu achten, »ich weiß, ich habe drei Tage lang dagesessen und aufs Meer gestarrt, auf die Wand, auf die Tür. Und ich habe, obwohl da kein Fenster war, nicht einmal eines mit Gittern, den Himmel gesehen. Ich habe ihn so deutlich gesehen, dass ich verstand, ich habe eine Grenze überschritten.«

Meine Neigung zu Fragestellungen kosmischen Ausmaßes hat sie schon immer genervt. Und meine dilettantischen Überlegungen schmettert sie meist mit irgendwelchen berühmten Namen ab. Blasiert und unverschämt nenne ich so was. Doch wenn mich irgendein Unheil befällt, ist sie immer sehr beunruhigt und sogar etwas zu weiblich. Es passt nicht zu ihr, sie wird dann selbst schwach, verletzlich und ein wenig unangenehm.

»Bist du betrunken?«, fragt Maria. »Was für eine Grenze, von welcher Grenze sprichst du? Was hast du angestellt?«, fragt sie. Sie fragt es schrecklich, schon mit Tränen in den Augen. Und mein Schweigen geht allmählich in ihre Hysterie und in ihr Heulen über. Maria heult furchtbar. Maria schlägt zornig und zugleich verzweifelt mit den Fäusten an meine Brust. Und das Echo, das widerhallt im hohen Gewölbe, ist in meinem Kopf zu hören. Vielleicht ist die Tür zugefallen, denke ich und spüre, wie mein Körper langsam dahinschmilzt, wie er vergeht im heißen Dünensand. Vielleicht ist es auch das Gebetbuch, auf dem mein Kopf lag, als ich einschlief in der Kirche. »Wo ist mein Arm?«, schreit Maria. In diesem Augenblick verrunzelt ihr schönes Gesicht, es verliert die weiblichen Züge und nimmt das Aussehen des Armlosen an. Auf ihn fällt blaues Lampenlicht, es ist, als beschiene ihn die Sonne der Toten. Die Eisentür donnert, jetzt holen sie mich, und ich habe nicht einmal Kraft genug, die Augen aufzumachen …

»Ein Fallschirmjäger stirbt nicht, er zieht in den Himmel und kehrt nicht zurück«, flüstert mir Igor lächelnd zu. Und ich muss ihm einfach glauben.

Anmerkungen der Übersetzerin

10 *kommunale Wohnungen* – in der Sowjetzeit Bezeichnung für Wohnungen, in denen mehrere Familien und Generationen auf engstem Raum zusammenleben mussten

14 *Wir sind vom Blau des Himmels …* – Marschlied der sowjetischen Luftlandetruppen (Autor unbekannt)

30 *Chwojnoj* (russ.) – Nadelbaum

33 *Mucha* (russ.) – Fliege

39 *dembel* (russ.) – Jargon für einen Wehrpflichtigen, der nach etwa eineinhalb Dienstjahren in der sowjetischen (und heute in der russischen) Armee seiner Entlassung entgegensieht und gewisse Privilegien genießt (vgl.: NVA: EK für Entlassungskandidat, Bundeswehr: Abgänger)

43 *Vilnius-Brigade* – seit Anfang der 90er Jahre eine der prominentesten mafiösen Gruppierungen in Litauen

46 *Geisterchen* (russ. *duchi*) – Militärjargon für frisch vereidigte Wehrpflichtige (Bundeswehr: »Dachs«)

47 *telnjaschka* (russ.) – das blau-weiß gestreifte Baumwollunterhemd der Fallschirmjäger, Marineinfanteristen und Seeleute in der sowjetischen und russischen Armee, ein notorisches bzw. legendäres militaristisches Symbol

48 *tschurka* (russ.) – aus dem Jargon der Sowjetarmee in den allgemeinen Sprachgebrauch übergegangene pejorative

Bezeichnung für Menschen mit asiatischem oder kaukasischem Aussehen, bisweilen auch für Ukrainer, Moldawier und Weißrussen sowie generell für Brünette mit dunklem Teint

48 *Schwarze* – russ.: rassistische Bezeichnung für Kaukasier und Zentralasiaten

54 *Soja Kosmodemjanskaja* (1923–1941) – sowjetische Propagandaikone, NKWD-Angehörige im Zweiten Weltkrieg

54 *Alexander Matrossow* (1924–1943) – bedeutendster, zum Mythos stilisierter Kriegsheld der Sowjetunion, eigentlich Schakirjan Muhamedjanow

57 *Baltischer Weg* – Menschenkette durch das Baltikum (Estland, Lettland, Litauen) am 23. 8. 1989 zum Gedenken an den 50 Jahre zuvor zwischen Deutschland und der UdSSR geschlossenen Molotow-Ribbentropp-Pakt, durch den die baltischen Staaten letztlich in die sowjetische »Interessensphäre« und Okkupation gerieten

72 *tschmyrjuga* (russ.) – vermutl. von *TschMO*, Abk. für *Tschelowek, Moral'no Opustiwschijsja*: »Moralisch Heruntergekommener Mensch«, offizielle sowjetische Häftlingskategorie, dann im Argot von Gulag, Halbwelt und Militär für einen verkommenen Menschen, heute auch in der Jugendsprache und generell verbreitet

76 *Elefant* (russ.: *slon*) – Abk. für *soldat, ljubjaschtschij ofigennyje nagruski*: »Soldat, der stattliche Belastungen liebt«; Wehrpflichtiger kurz nach der Vereidigung im ersten Diensthalbjahr

97 *Schakal* (russ.) – in der sowjetischen und russischen Armee junger Offizier oder Fähnrich, allgemeiner: Offizier

90 *Fresssack* (russ: *tschado*) – wörtl. »Leibesfrucht, Sprössling«: Jargon bei der sowjetischen und russischen Armee

für Soldaten, die beim Essen außerhalb der festgesetzten Mahlzeiten ertappt werden

97 *Goscha* – Kurzform zu Igor

99 *Schädel* (russ. *tscherep*) – in der sowjetischen und russischen Armee Bezeichnung für Soldaten im zweiten Diensthalbjahr

100 *dedowschtschina* (russ.) – wörtl. »Herrschaft der Großväter«: Bezeichnung für die in der sowjetischen und russischen Armee üblichen Schikanen von Dienstälteren an Rekruten, die häufig zu schweren Verletzungen, Traumatisierungen und Todesfällen führen

102 *Papa Carlo* – aus Alexej Tolstois 1936 publizierter, in der Sowjetunion beliebter Erzählung »Burattino«, deren Prototyp Carlo Collodis »Pinocchio« (1881) ist

105 *BMP* (russ.) – Abk. für *Bojewaja Maschina Pechoty*, wörtl. »Gefechtsfahrzeug der Infanterie«; weltweit verbreiteter sowjetischer Schützenpanzer

113 *chochol* (russ.) – seit dem 18. Jahrhundert weit verbreitete, anfangs pejorative, inzwischen teils scherzhafte, teils neutrale volkstümliche Bezeichnung für die Ukrainer

118 *oko* (russ.) – Auge (veraltet, feierlich)

133 *Katjuscha* – sowj. Raketenwerfer, die sog. »Stalinorgel«, deren umgangssprachliche Bezeichnung auf ein populäres Lied aus dem Zweiten Weltkrieg zurückgeht

154 *ein Fallschirmjäger stirbt nicht …* – Sprichwort bei den sowjetischen und russischen Luftlandetruppen

154 *Hilfsschirm* – ein dritter Schirm, der mit etwa achtzig Zentimetern Durchmesser viel kleiner ist als Haupt- und Reserveschirm, zieht durch seine Verzögerung im Luftstrom den Hauptschirm aus dem Verpackungssack

154 *Gensek* (russ.) – Akronym für *Generalnyj Sekretar'*: Generalsekretär (des Zentralkomitees der Kommunisti-

schen Partei der Union der Sozialistischen Sowjetrepubliken), d. h. sowjetischer Parteiführer

170 *tscherpak* (russ.) – wörtl. »Schöpfkelle«: Wehrpflichtiger im zweiten Diensthalbjahr (wie *tscherep* – Schädel)

181 *Stumbrinė* – litauischer Schnaps

193 *Tallinn* – Lebensmittelgeschäft in Vilnius

193 *die Gorki* (lit.: *Gorkynas*) – umgangssprachlich für die Gorkistraße (heute: Pilies gatvė) in der Vilniuser Altstadt, legendärer Treffpunkt von Anhängern der Gegenkultur (besonders Hippies und Punks) in der Sowjetzeit

193 *Kastytis* – litauische Biermarke

193 *Puschkinowka* – umgangssprachlich für den Puschkin-Park in Vilnius

194 *Antakalnis* – Stadtteil von Vilnius

194 *Sąjūdis* (lit.) – wörtl. »Die Bewegung«; Kurzbezeichnung für *Lietuvos Persitvarkymo Sąjūdis*: Reformbewegung Litauens; 1988 gegründete politische Organisation, die den friedlichen Kampf um die Wiederherstellung der staatlichen Unabhängigkeit Litauens Ende der 1980er und Anfang der 1990er Jahre anführte

208 *Mordwiner* – Angehöriger des finno-ugrischen Volks der Mordwinen; Mordwinien: eine Republik der russischen Föderation im Föderationskreis Wolga

208 *Schwarzärsche* – russ. Argot für Menschen mit schwarzer Hautfarbe oder Angehörige der sogenannten »südlichen Nationalitäten«, das heißt von Menschen kaukasischer oder zentralasiatischer Abstammung

220 *Belyj Aist* (russ.) – wörtl. »Weißer Storch«: legendäre sowjetische Weinbrandmarke

221 *Am 11. Januar …* – Die Rede ist von den Ereignissen um den sogenannten Vilniuser Blutsonntag am 13. Ja-

nuar 1991, als sowjetische Truppen am Fernsehzentrum in Vilnius gegen Demonstranten vorgingen. Vierzehn Menschen kamen ums Leben und über 1000 wurden verletzt.

223 *AK-74* (russ.) – Abk. für *Awtomat Kalaschnikowa obrasza 1974 goda*, 1974 eingeführtes Modell der Kalaschnikow

234 *Solschenizyn* – Anspielung auf Alexander Solschenizyns Roman »Im ersten Kreis« (erste, stark gekürzte Publikation 1968), in dem davon die Rede ist, dass Moses seine Gefolgschaft vierzig Jahre lang durch die Wüste ziehen ließ, um die Annehmlichkeiten der Gefangenschaft in Ägypten vergessen zu machen (*vierzig Juden*: eine bewusste Verzerrung)

235 *Ludwig Rhesa* (1776–1840) – Theologie-Professor, Leiter des Litauischen Seminars an der Königsberger Universität, Herausgeber und Übersetzer bedeutender Klassiker der litauischen Literatur; Rhesa, kurischer Abstammung, erlebte, wie Carwaiten, sein Heimatdorf auf der Kurischen Nehrung, nach jahrzehntelangem vergeblichem Ringen der Bewohner in den neunziger Jahren des 18. Jahrhunderts von Wanderdünen verschüttet wurde; seinen lyrischen Abgesang auf das Dorf veröffentlichte Rhesa in »Prutena, oder Preussische Volkslieder und andere vaterländische Dichtungen« (1809, 1825).

claassen

Wassili Grossman

Tiergarten

Erzählungen

Aus dem Russischen von Katharina Narbutovič
Mit einem Nachwort versehen von Franziska Thun-Hohenstein
320 Seiten / Gebunden mit Schutzumschlag
ISBN 978-3-546-00437-4

Vom Staunen über das Glück, am Leben zu sein

Nach der vielbeachteten Neuauflage von Wassili Grossmans bedeutendem Stalingrad-Epos *Leben und Schicksal* sind seine Erzählungen, die hier zum ersten Mal auf Deutsch erscheinen, eine große Entdeckung. Er hat in ihnen alle Tragödien des 20. Jahrhunderts, die er selbst miterlebt hat, literarisch verarbeitet – vom russischen Bürgerkrieg bis zum Abwurf der Atombombe.

Über *Leben und Schicksal*:
»Ein bewegendes und großartiges Buch über das 20. Jahrhundert.«
Joschka Fischer, *Deutschlandradio (Lesart)*

»Und wer noch lesen kann und lesen will, wer sich erschüttern lassen kann durchs Lesen, wer die Wahrheit sucht im Lesen, Lebendigkeit, Liebe und Geschichte, der muss dieses Buch lesen.«
Volker Weidermann, *Frankfurter Allgemeine Sonntagszeitung*

claassen

Knut Hamsun
Hunger
Roman

Aus dem Norwegischen von Siegfried Weibel
Mit einem Nachwort von Daniel Kehlmann
ca. 224 Seiten / Gebunden mit Schutzumschlag
ISBN 978-3-546-00449-7

»Ein Klassiker, so vielgestaltig, dass er nicht aufhört, uns zu überraschen.«

Daniel Kehlmann

Am 4. August 2009 jährt sich der 150. Geburtstag des norwegischen Literaturnobelpreisträgers Knut Hamsun. Mit *Hunger* gelang ihm 1890 sein literarischer Durchbruch. Nie wurde menschliches Leid so schonungslos und genau geschildert wie in diesem weltberühmten Roman über einen zerlumpten, halb verhungerten Künstler.

»*Hunger* ist eines der Ausnahmebücher, in denen sich fortwährend etwas Neues ereignet, ohne dass man je ins Beliebige gerät.«

Dieter Wellershoff

»Keine literarische Erfahrung hat sich mir tiefer eingeprägt als Knut Hamsuns *Hunger.*« *Roger Willemsen*